데미안

Demian

데미안
Demian

헤르만 헤세 지음

김완균 옮김

책세상

차례

데미안

단지 내 안에서 솟아나려던 것,
그것을 살아보려 했다.
그것이 왜 그리 힘들었을까?

　나의 이야기를 하자면 아주 앞에서부터 시작해야 한다. 할 수만
있다면 훨씬 더 멀리, 내 어린 시절의 맨 처음으로, 그리고 그보다
훨씬 더 먼 나의 근원으로 거슬러 올라가야 할 것이다.
　작가들은 소설을 쓸 때면 마치 자신이 신이기나 한 듯, 그래서 그
어떤 인간의 이야기를 완전히 조망하고 이해할 수 있으며, 신이 자
기 이야기를 하듯 아무런 막힘 없이 꼭 필요한 것들을 무엇이든 묘
사할 수 있는 것처럼 굴곤 한다. 작가들은 그렇게 할 수 없다. 나도
마찬가지다. 하지만 나에게는, 어떤 작가에게 그 자신의 이야기가

중요한 것보다도 더 나의 이야기가 중요하다. 그것은 나 자신의 이야기이기 때문이다. 그리고 그것은 어느 지어낸 인간, 있을 법한 인간, 관념적이거나 아예 존재하지 않는 인간의 이야기가 아니라, 실제로 존재하고 단 하나뿐이며 살아 있는 어느 한 인간의 이야기이기 때문이다. 진정으로 살아 있는 인간이란 무엇인가? 오늘날, 사람들은 그에 대해 그 어느 때보다도 알지 못한다. 그리고 저마다가 모두 자연의 소중하고 유일무이한 시도인 인간들을 무더기로 쏴 죽인다. 우리가 단 하나뿐인 인간 이상의 존재가 아니었다면, 그래서 총알로 우리 모두를 정말로 세상에서 완전히 몰아낼 수 있다면, 이야기를 하는 것은 더 이상 아무런 의미가 없을지도 모른다. 그러나 모든 사람은 단지 그 자신인 것만이 아니다. 사람들 저마다는 또한 세상의 모습들이 단 한 번만 그렇게 교차할 뿐 두 번 다시는 그렇게 교차하지 않는, 유일무이하고 아주 특별하며, 어떤 경우에도 중요하고 기억할 만한 지점이기도 하다. 그러므로 사람들 저마다의 이야기는 중요하고 영원하며 거룩하다. 그러므로 사람들 저마다는 어떤 모습으로든 살아서 자연의 의지를 실현하는 한, 경이로우며 주목할 만한 가치가 있는 존재이다. 저마다의 삶에서 정신은 형상이 되고, 저마다의 삶에서 피조물은 고통받으며, 저마다의 삶에서 하나의 구세주는 십자가에 매달린다.

오늘날, 인간이 무엇인지 아는 사람은 거의 없다. 많은 이들이 그것을 느끼고, 그 때문에 훨씬 더 쉽게 죽어간다. 마찬가지로 나는 이 이야기를 완성하면 훨씬 더 쉽게 죽게 될 것이다.

나는 나 자신을 지식인이라고 부를 수는 없다. 나는 구도자였으며, 지금도 여전히 구도자이다. 하지만 더는 별을 쳐다보거나 책을 들여다보지 않는다. 이제 나는 내 피가 내 안에서 살랑거리는 가르침에 귀 기울이기 시작한다. 나의 이야기는 유쾌하지 않고, 꾸며낸 이야기처럼 달콤하거나 조화롭지 않다. 나의 이야기에서는 더 이상 자기 자신을 기만하려 하지 않는 모든 이들의 삶처럼 무의미와 혼란, 광기와 꿈의 맛이 난다.

　사람들 저마다의 삶은 자기 자신에게로 나아가는 하나의 길이고, 하나의 길을 가려는 시도이며, 하나의 오솔길의 암시이다. 일찍이 어떤 인간도 오롯이 자기 자신이었던 적은 없다. 그럼에도 불구하고 저마다는 자기 자신이 되기 위해 노력한다. 누군가는 어렴풋하게, 누군가는 좀 더 명확하게, 저마다 자기만의 방식으로 노력한다. 사람들은 누구나 죽는 날까지 출생의 흔적, 태곳적의 점액 및 알껍데기를 가지고 다닌다. 많은 이들은 결코 인간이 되지 못하고, 개구리로 남고, 도마뱀으로 남고, 개미로 남는다. 많은 이들이 위는 인간이고 아래는 물고기이다. 그러나 그들 저마다는 인간을 향한 자연의 시도이다. 우리 모두에게는 어머니라는 공통의 태생이 존재한다. 우리 모두는 같은 깊은 구멍에서 태어난다. 그러나 심연에서 비롯된 하나의 시도이자 투척인 저마다는 자신만의 목표를 향해 노력한다. 우리는 서로를 이해할 수 있다. 그러나 저마다는 단지 자기 자신만을 해석할 수 있다.

두 세계

내가 살던 소도시에 있는 라틴어 학교에 다니던 10살 때의 한 가지 경험으로부터 나는 나의 이야기를 시작한다.

그 시절에서는 짙은 향기가 나에게로 풍겨와, 슬픔과 기분 좋은 전율로 나를 내면에서부터 휘젓는다. 어두운 골목들과 밝은 집들과 탑들, 시계 종소리와 사람들의 얼굴, 아늑함과 포근한 쾌적함으로 가득한 방들, 비밀과 유령이 나올 것만 같은 깊은 두려움으로 가득 찬 방들. 포근한 협소함, 토끼와 하녀들, 그리고 가정상비약과 말린 과일 냄새가 난다. 그곳에서는 두 세계가 뒤섞여 흘렀고, 두 개의 극에서는 낮과 밤이 나왔다.

하나의 세계는 아버지의 집이었다. 그러나 그 세계는 심지어 더 더욱 협소했으며, 실질적으로는 단지 나의 부모님만을 포함하고 있었다. 그 세계의 대부분은 내가 익히 알고 있던 것이었고, 어머니와 아버지라고 불렸으며, 사랑과 엄격함, 모범과 학교라고 불렸다.

그 세계에는 온화한 광채와 명료함과 청결이 속했고, 그곳에는 부드럽고 다정한 말, 씻은 손, 깨끗한 옷, 예의범절이 깃들어 있었다. 그곳에서는 아침 찬송가 소리가 울려 퍼졌고, 그곳에서는 크리스마스 파티가 열렸다. 그 세계에는 미래로 이어지는 직선과 길들이 있었고, 의무와 책임, 양심의 가책과 고해, 용서와 선의, 사랑과 존경, 성경 말씀과 지혜가 있었다. 삶이 맑고 깨끗하고 아름답고 질서 정연하기 위해서는 그 세계에 머물러야만 했다.

한편, 또 다른 세계 하나는 우리 집 한가운데서 이미 시작되고 있었다. 그 세계는 완전히 달랐다. 냄새가 달랐고, 말하는 게 달랐고, 약속하고 요구하는 게 달랐다. 그 두 번째 세계에는 하녀와 일꾼들, 유령 이야기와 추잡한 소문들이 있었다. 그곳은 기괴하고 유혹적이며 끔찍하고 수수께끼 같은 일들, 도살장과 감옥 같은 것들, 술주정뱅이와 악다구니하는 여자들, 새끼를 낳는 암소와 넘어뜨려진 말들, 도둑질과 살인과 자살 이야기 등, 온갖 것들로 흘러넘쳤다. 아름답고 끔찍하고 거칠고 잔혹한 그 모든 일들이 도처에, 그리고 집 앞 골목과 바로 옆집에 널려 있었다. 경찰관과 부랑자들이 주변을 돌아다녔고, 주정뱅이들은 자기 아내를 구타했고, 저녁 무렵이면 한 무리의 젊은 여자들이 공장에서 쏟아져 나왔고, 나이 든 여자들은 누군가를 홀려 병들게 할 수 있었고, 숲에는 도둑들이 살고 있었고, 방화범들은 경찰관들에게 체포되었다. 이 과격한 두 번째 세상은 어디서나 흘러나오고 냄새가 났다. 단지, 어머니와 아버지가 있었던 우리 방에서만큼은 그렇지 않았다. 그게 너무 좋았다. 여기 우리 집에는 평화와 질서와 고요, 그리고 의무와 양심, 용서와 사랑이 있다는 것은 진정 놀라웠다. 그리고 시끄럽고 날카롭고 음울하고 폭력적인 다른 모든 것들 또한 존재했지만, 단숨에 그것들에서 벗어나 어머니에게로 피신할 수 있었다는 사실도 놀랍기만 했다.

그리고 가장 기이한 점은 그 두 세계의 경계가 서로 맞닿아 있었으며, 두 세계가 거의 함께 있다시피 가까웠다는 사실이었다! 예를 들어 우리 집 하녀인 리나는 저녁기도 시간이면 말끔하게 주름을 편 앞치마에 깨끗이 씻은 두 손을 얹은 채 거실문 옆에 앉아 맑은 목소리로 함께 찬송가를 불렀는데, 그럴 때면 그녀는 완전히 아버지와 어머니의 세계, 밝음과 올바름의 우리 세계에 속했다. 그러나 바로 그 뒤에 부엌이나 장작을 쌓아 둔 헛간에서 머리가 없는 난쟁이 이야기를 내게 들려주거나, 또는 작은 푸줏간에서 이웃 여자들과 말싸움을 벌일 때면, 그녀는 다른 사람이 되었고, 다른 세계에 속했으며, 비밀에 싸여 있었다. 다른 모든 일들, 특히 나 자신도 마찬가지였다. 나는 분명 밝고 올바른 세상에 속해 있었고, 나의 부모님의 자식이었지만, 나의 눈과 귀가 향하는 곳 어디에나 다른 것들이 있었다. 비록 그 같은 사실이 내게는 종종 낯설고 무섭게만 느껴졌고, 그곳에서는 한결같이 양심의 가책과 불안을 느꼈지만, 나는 또한 다른 것들 속에서도 살고 있었다. 심지어 나는 때때로 금지된 세계에서 사는 것을 가장 사랑했고, 종종 밝음으로의 회귀는 그것이 제아무리 꼭 필요하고 선한 일이라 할지라도 덜 아름답고 더 지루하고 더 황량한 것으로 돌아가는 것과 다를 바가 없었다. 때때로 나는 내 인생의 목표가 아버지와 어머니처럼 아주 밝고 순수하고 훌륭하고 단정한 사람이 되는 것임을 잘 알고 있었다. 하지만 그렇게 되기까지 가야 할 길은 멀었다. 그렇게 되기 위해서는 학교를 마치고, 대학교를 졸업하고, 이런저런 테스트와 시험을 치러야 했다. 그러나 그 길은 자꾸만 또 다른 어두운 세계 옆을 스치거나 완전히 가로질러 지나갔고, 그래서 그 세계에 머무르거나 그 세계에 빠져버리는 것은 전혀 불가능한 일도 아니었다. 그렇게 되어버린 탕자들의 이야기가 있었는데, 나는 그 이야기들을 열정적으로 읽었다. 그 이야기들 속에서, 아버지와 선함의 집으로 돌아가는 것은 언제나 진정한 구원이자 숭고한 일이었다. 나는 오직 그것만이 전적으로 옳고, 선하고, 바람직하다고 느꼈다. 하지만 그럼에도 불구하고 내게는 악한 자와 탕자들 사이에서 펼쳐지는 이야기 부분이 훨씬 더 매력적으로 다가왔다. 그리고 감히 속마음을 고백하자면, 탕자가 회개하고 다시금 받아들여지는 것이 실로 유감스럽게 느껴질 때도 많았다. 그러나 사람들은 그렇게 말하지 않았고, 그런 생각조차 하지 않았다. 그런 느낌은 그저 막연한 예감이나 가능성으로서, 가슴속 가장 깊은 곳에 남아 있었다. 악마를 상상할 때면, 변장을 했건 본 모습을 드러내고 있건, 나는 저 아래 길거리나 장터, 또는 술집에 있는 악마를 떠올릴 수 있었다. 하지만 우리집에 있는 악마는 결코 상상할 수 없었다.

나의 누나들은 마찬가지로 밝은 세계에 속했다. 내 눈에 비친 누나들은 본질적으로 아버지와 어머니에게 더 가까웠고, 나보다 더 선하고 예의 바르며, 나에 비해 흠잡을 데가 별로 없는 것 같았다. 누나들에게는 부족한 점이 있었고, 나쁜 습관이 있었다. 그러나 내가 보기에 그런 것들은 그리 심각하지 않았고, 악과의 접촉이 종종 그리도 힘들고 고통스럽기만 했으며 어둠의 세계에 훨씬 더 가까이 다가가 있던 나와는 같지 않았다. 누나들은 부모님과 마찬가지로 보호받고 존중받을 만했다. 누나들과 말다툼을 벌였다면, 나중에 스스로의 양심에 비추어볼 때 나쁜 사람, 문제를 일으킨 장본인, 용서를 구해야 하는 사람은 늘 나 자신이었다. 왜냐하면 누나들을 모욕하는 것은 부모님을, 선과 명령을 거스르는 것이었기 때문이다. 누나들보다는, 오히려 가장 타락한 길거리의 불량배들과 더 공유할 법한 비밀들이 있었다. 세상이 환하고, 양심에 거리낄 것이 없는 기분 좋은 날이면, 누나들과 노는 것, 그들에게 착하고 얌전하게 구는 것, 그리고 착하고 고상해 보이는 자기 자신의 모습을 보는 것은 종종 기분 좋은 일이었다. 천사라면, 분명 그래야만 했을 것이다! 천사가 된다는 것은 우리가 아는 것 중 최고의 것이었고, 우리는 크리스마스와 행복 같은 밝은 울림과 향기에 둘러싸인 천사가 되는 것을 달콤하고 경이롭게 생각했다. 아, 그런 시간과 날들은 하지만 얼마나 드물었던가! 기분 좋고 무해하며 우리에게 허용된 놀이를 하다 나는 종종 열정과 격렬함에 사로잡혔고, 이는 누나들을 너무나 힘들게 해 다툼과 불행으로 이어졌다. 그리고 분노가 치밀 때면 나는 끔찍해져 닥치는 대로 말하고 행동했는데, 그런 순간에 조차 나는 이미 그것들의 사악함을 뼈저리게 느꼈다. 그러고 나면 불쾌하고 암울한 후회와 자책의 시간이 찾아왔고, 그 뒤를 이어 내가 한 짓에 대해 용서를 구하는 고통스러운 순간이 찾아왔으며, 그런 다음에는 한 줄기 밝은 빛, 그리고 갈등이 없는 평온하고 고마운 행복이 얼마간이나마 다시금 찾아왔다.

　나는 라틴어 학교에 다녔다. 시장의 아들과 산림 감독관의 아들이 나와 같은 반이어서 종종 함께 어울렸는데, 그들은 비록 거칠었지만 선하고 허락된 세계의 구성원이었다. 그렇지만 나는 우리가 평소 무시했던 동네 아이들이나 공립 학교 학생들과도 가깝게 지

냈다. 나는 그 아이들 중 한 명과 더불어 나의 이야기를 시작해야
한다.

열 살이 막 넘었을 무렵이었다. 수업이 없던 어느 날 오후, 나는
이웃집 아이 두 명과 어울려 여기저기를 기웃거리고 있었다. 그때,
덩치 큰 아이가 우리에게로 다가왔다. 열세 살쯤 된 나이에 힘이 세
고 거친 그 아이는 재단사의 아들로 공립 학교에 다니고 있었다. 그
의 아버지는 술꾼이었고, 가족 모두가 평판이 안 좋았다. 프란츠 크
로머는 나도 이미 알고 있던 아이로, 나는 그를 무서워했다. 그런
그가 이제 우리에게로 불쑥 다가오자 나는 마음이 편치 않았다. 그
는 이미 어른 같은 느낌을 물씬 풍겼고, 젊은 공장 노동자들의 걸음
걸이와 말투를 흉내 냈다. 그의 지시에 따라 우리는 다리 옆 강가로
내려갔고, 첫 번째 아치형 교각 아래로 들어가 세상으로부터 몸을
숨겼다. 아치형 다리 벽과 느리게 흘러가는 강물 사이의 좁은 강가
에는 깨진 조각과 잡동사니, 뒤엉킨 녹슨 철사 뭉치와 다른 잡다한
물건 등 온갖 쓰레기가 널려 있었다. 그곳에서는 종종 쓸 만한 것들
이 발견되기도 했다. 우리는 프란츠 크로머가 시키는 대로 그 지역
을 샅샅이 뒤지고, 그에게 우리가 찾아낸 것을 보여주어야 했다. 그
러면 그는 우리가 내미는 것을 슬그머니 집어넣거나, 아니면 물속
에 던져버렸다. 그는 납이나 놋쇠나 주석으로 된 것들이 있는지 잘
살펴보라고 지시했고, 그런 것들은 모두 챙겨 넣었다. 그중에는 뿔
로 만든 낡은 빗도 하나 있었다. 나는 그와 함께 있는 내내 가슴이
무척이나 답답하고 불안했다. 아버지가 그런 사실을 알게 된다면
그와 어울리지 못하게 할 거라는 사실을 알고 있기 때문이 아니었
다. 그저 프란츠가 무서웠기 때문이다. 그러면서도 나는 그가 나를

받아들이고, 다른 아이들과 똑같이 대해줘서 기분 좋았다. 그는 명령했고, 우리는 복종했다. 그와 어울린 것은 이번이 처음이었는데도, 그런 관계가 마치 오래된 관행인 것처럼 느껴졌다.

마침내 우리는 땅바닥에 앉았다. 프란츠는 강물에다 침을 뱉었고, 그런 그가 어른 같아 보였다. 그는 이빨 사이로 침을 뱉어, 원하는 곳을 정확히 맞혔다. 대화가 시작되었고, 아이들은 학생으로서 저지를 수 있는 온갖 영웅담과 못된 짓거리를 자랑삼아 떠벌렸다. 나는 입을 다물고 있으면서도 나의 침묵이 곧바로 주의를 끌고, 그래서 크로머를 화나게 하지는 않을까 두려웠다. 나의 두 친구는 처음부터 나를 외면한 채 그를 신처럼 떠받들고 있었다. 그들 속의 나는 이방인이었고, 나의 옷차림과 태도가 그들 눈에는 도발적으로 비쳐질 수도 있을 거라는 사실을 느낄 수 있었다. 프란츠가 라틴어 학교 학생이자 유복한 집안의 자식이었던 나를 좋아할 리 만무했고, 다른 두 아이 또한 여차하면 언제든 나를 외면하고 버릴 것임을 나는 분명히 느끼고 있었다.

나는 더럭 겁이 났고, 그래서 마침내 이야기를 늘어놓기 시작했다. 나는 대담한 도둑 이야기를 지어냈는데, 그 이야기의 주인공은 바로 나였다. 나는 어느 날 밤에 모퉁이 물방앗간 옆 과수원에서 다른 친구 한 명과 함께 사과 한 자루를 훔쳤으며, 그것도 보통 사과가 아니라 모두 다 최고 품종인 라이네테와 골트파르메네 사과였다고 말했다. 나는 순간의 위험에서 그 이야기 속으로 피신했다. 나는 이야기를 꾸며내고 들려주는 일에 거침이 없었다. 단지 당장이라도 이야기가 끊기고, 그래서 더 나쁜 일에 휘말려 들지 않기 위해 나는 내 모든 기술을 발휘했다. 나는 우리 중 한 명은 계속해서 망을 봐야 했고, 그 틈을 타서 다른 한 명은 나무에 올라가 사과를 따 아래로 던졌으며, 자루가 너무 무거워져서 우리는 결국 자루를 열고 절반가량을 버려두고 와야 했지만, 그것마저도 30분쯤 후에 다시 가서 가져왔다고 말했다.

나는 이야기를 마쳤고, 어느 정도는 박수를 받을 거라 기대했다. 나는 그만큼 내 이야기에 열중했고, 이야기를 꾸며내는 데에 도취해 있었다. 두 아이는 입을 다문 채 가만히 있었다. 하지만 프란츠 크로머는 반쯤 감긴 눈으로 나를 쏘아보며 다그치듯 물었다. "정말이야?"

"응." 내가 대답했다.

"그러니까 진짜로 있었던 일이란 말이지?"

"그래, 진짜로 있었던 일이야." 내심, 겁이 나서 숨이 막힐 것만 같았다. 하지만 나는 꿋꿋하게 대꾸했다.

"맹세할 수 있어?"

나는 깜짝 놀랐지만, 서슴없이 그렇다고 대답했다.

"그럼, '하느님을 걸고!'라고 말해봐."

나는 말했다. "하느님을 걸고!"

"그렇다면 뭐….." 그가 그렇게 말하며 몸을 돌렸다.

나는 이제 다 잘 되었다고 생각했고, 그가 이내 몸을 일으켜 돌아가려 하자 반가웠다. 우리는 다리 위로 올라왔고, 나는 조심스레 이제 그만 집에 가봐야 한다고 말했다.

프란츠가 미소 지으며 말했다. "그렇게 서두르지 마! 어차피 우린 가는 길이 같잖아."

그는 계속해서 느릿느릿 걸어갔고, 나는 감히 그에게서 벗어날 엄두를 내지 못했다. 그런데 그는 정말로 우리 집 쪽으로 향해 가고 있었다. 우리 집 앞에 이르러 우리 집 대문과 두툼한 놋쇠 손잡이, 유리창에 비치는 햇살, 그리고 어머니 방의 커튼을 보자 나는 안도의 한숨을 내쉬었다. 아, 집에 돌아왔구나! 집으로의, 밝음과 평화로운 세계로의 기분 좋고 축복받은 귀환!

내가 얼른 문을 열고 들어가 등 뒤로 문을 닫으려던 순간, 프란츠 크로머도 덩달아 문 안으로 몸을 밀고 들어왔다. 단지 안마당 쪽에서만 빛이 들어오는 서늘하고 어두운 타일이 깔린 복도에서, 그는 내 옆에 서서 팔을 붙잡고 나지막이 말했다. "그렇게 서두르지 마!"

나는 깜짝 놀라 그를 쳐다보았다. 내 팔을 붙잡은 그의 손은 무쇠처럼 단단했다. 나는 그가 무슨 생각을 하고 있는 것인지, 내게 뭔가 못된 짓을 하려는 것은 아닌지 머리를 굴렸다. 내가 지금 비명을 지른다면, 그것도 아주 크고 격하게 비명을 지른다면, 그러면 위에 있는 누군가가 제때 나타나 나를 구해줄 수 있을까? 하지만 나는 소리 지르기를 포기했다.

"왜? 뭐 원하는 게 있어?" 내가 물었다.

"응. 별건 아니고, 너한테 좀 묻고 싶은 게 있어서. 다른 사람들은 굳이 들을 필요가 없는 이야기거든."

"그래? 알았어. 무슨 이야기가 더 듣고 싶은데? 너도 알다시피, 나는 이제 올라가 봐야 해."

프란츠가 속삭이듯 말했다. "모퉁이 물방앗간 옆 과수원이 누구네 것인지는 너도 알지?"

"아니, 몰라. 아마도 방앗간 주인 거겠지."

프란츠가 한쪽 팔로 내 어깨를 감싸 안더니, 나를 바짝 끌어당겼다. 나는 어쩔 수 없이 아주 가까이에서 그의 얼굴을 바라봐야만 했다. 그의 두 눈은 사악함으로 번득였고, 기분 나쁘게 웃고 있던 그의 얼굴은 잔인함과 위세로 가득 차 있었다.

"그래? 그렇다면 그 과수원이 누구네 것인지 말해줄게. 그 집 사과가 도둑맞았다는 사실을 나는 이미 오래전부터 알고 있었어. 또, 과수원 주인이 사과를 훔쳐 간 사람이 누군지 알려주는 이에게 2마르크를 주겠다고 한 것도 알고 있고."

"맙소사!" 나는 소리쳤다. "그렇지만 그 주인한테는 아무 말도 하지 않을 거지?"

나는 그에게서 명예심 따위를 기대한다는 것이 소용없는 짓임을 알고 있었다. 그는 다른 세계 출신이었고, 그런 그에게 배신은 그리 잘못된 행위가 아니었다. 나는 그 같은 사실을 정확히 느꼈다. 이런 일에 있어서만큼은 '다른' 세계의 사람들은 우리와 같지 않았다.

"아무 말도 안 할 거냐고?" 크로머가 웃으며 말했다. "이봐 친구, 내가 2마르크 동전을 직접 찍어낼 수 있는 무슨 화폐 위조범이라도 되는 줄 아는 거야? 나는 가난뱅이고, 내게는 너처럼 부자인 아버지도 없어. 그러니 2마르크를 벌 수 있다면, 나는 그 돈을 벌어야 하는 거야. 어쩌면, 과수원 주인이 더 많은 돈을 줄지도 모르지."

그가 갑자기 나를 놓아주었다. 우리 집 현관 복도에서는 더 이상 평화와 안전의 냄새가 나지 않았고, 내 주변의 세상은 무너져 내렸다. 그는 나를 고자질할 것이고, 나는 범죄자였다. 그 사실은 아버지에게도 알려질 것이고, 어쩌면 경찰까지 찾아올지도 몰랐다. 모든 혼란스러운 공포가 나를 위협했고, 모든 추하고 위험한 것이 나

를 향해 달려들었다. 맹세코 도둑질한 적이 없다는 사실은 전혀 중
요하지 않았다. 더구나 나는 이미 맹세까지 했었다. 하느님 맙소사!

울컥 눈물이 솟았다. 나는 몸값을 치러 자유를 찾아야 한다는 것
을 느꼈고, 필사적으로 주머니란 주머니를 차례차례 뒤졌다. 사과
도 없고, 주머니칼도 없고, 아무것도 없었다. 그때 내 시계가 문득
생각났다. 오래된 은시계였는데, 고장이 나서 '그냥 그렇게' 차고
만 다니던 시계였다. 할머니가 차던 시계였는데, 나는 그 시계를 얼
른 풀어 들었다.

내가 말했다. "크로머, 절대로 내 이름을 말해서는 안 돼. 그래봤
자 너한테도 좋을 건 없을 거야. 대신, 너한테 내 시계를 줄게. 여기
이 시계 말이야. 아쉽게도 다른 것은 가진 게 없어. 이 시계는 네가
가져. 은으로 만든 거고, 내부 장치도 훌륭해. 단지 고장 난 곳이 있
기는 하지만, 어렵지 않게 수리할 수 있을 거야."

그는 미소 지으며, 커다란 손으로 시계를 받아 들었다. 나는 그
손을 보며 그 손이 얼마나 야비하고 나에게 얼마나 적대적인지, 그
손이 어떻게 내 삶과 평화를 움켜쥐려 하는지를 느꼈다.

"은으로 만든 시계야." 나는 기어들어 가는 목소리로 말했다.

"나는 이따위 은이나 낡은 시계에는 관심이 없어!" 그가 경멸에
찬 목소리로 말했다. "그러니 수리를 하려면 너나 하라고!"

"하지만 프란츠." 나는 그가 당장이라도 가버릴지 모른다는 두
려움에 떨며 그를 불렀다. "잠깐만! 이 시계를 받아줘! 진짜 은으로
만든 시계야. 정말로! 그리고 이 시계 말고는 달리 가진 게 아무것
도 없어."

그는 싸늘한 눈으로 가소롭다는 듯 나를 바라보았다.

"그래도 내가 누구를 찾아가려 하는지는 아는가 보네. 아니면, 경찰서에 가서 말할 수도 있어. 경찰관도 잘 알고 있거든."

그가 몸을 돌려 가려고 했다. 나는 그의 소매를 붙잡았다. 이대로 보낼 수는 없었다. 그가 이렇게 가버린다면, 그 후 나에게 닥칠 그 모든 일들을 견디느니 차라리 죽는 게 나을지도 몰랐다.

"프란츠!" 나는 흥분한 탓에 잠긴 목소리로 애원했다. "바보 같은 짓은 하지 마! 그냥 농담하는 거지? 그렇지?"

"그래, 재미 삼아 한 말이야. 하지만 너한테는 아주 비싼 농담일 수도 있지."

"프란츠, 어떻게 해야 하는지 말해봐! 뭐든 다 할게!"

그가 가늘게 뜬 눈으로 나를 훑어보더니 다시 한번 웃었다.

"바보처럼 굴지 마!" 그가 가식적인 선량함을 드러내며 말했다. "너도 잘 알잖아. 나는 2마르크를 벌 수 있어. 그리고 너도 알다시피 나는 벌 수 있는 2마르크라는 돈을 그냥 무시해버릴 만큼 부자가 아니야. 하지만 너는 부자이고, 심지어 시계도 있어. 그러니 나한테 그냥 2마르크만 주면 돼. 그러면 아무 문제도 없을 거야."

그의 말도 이해는 됐다. 하지만 2마르크라니! 나에게 그 돈은 10마르크, 100마르크, 1000마르크와 마찬가지로 결코 손에 넣을 수 없는 큰돈이었다. 나한테는 돈이 없었다. 어머니 방에 놓아둔 작은 저금통이 하나 있었는데, 그 안에는 삼촌이 집에 놀러 온다거나 그와 비슷한 집안일이 있을 때 받은 10페니히나 5페니히짜리 동전들이 몇 개 들어 있었다. 그것 말고는 가진 돈이라곤 전혀 없었다. 그 나이에는 아직 용돈을 받지 못했다.

"나는 가진 게 없어." 나는 애처롭게 말했다. "돈이 없다고. 그러나 돈 말고는 뭐든 다 줄게. 인디언 책이 한 권 있고, 병정 인형들과 나침반도 하나 있어. 그걸 너한테 가져다줄게.”

크로머는 단지 뻔뻔하고 사악하게 입을 실룩거렸고, 바닥에 침을 뱉었다.

“헛소리하지 마!” 그가 명령하듯 말했다. “그런 잡동사니는 너나 가져. 나침반이라고? 잘 들어. 더는 나를 화나게 하지 마! 그리고 돈을 가져오라고!”

“하지만 나는 돈이 없어. 그렇다고 돈을 받지도 못하고. 그것만큼은 나도 어쩔 수가 없어!”

“그럼 내일 2마르크를 가져와. 수업이 끝난 후, 저 아래 시장에서 기다리고 있을게. 그러면 되는 거야. 하지만 만일 돈을 가져오지 않는다면, 그땐 뜨거운 맛을 보게 될 거야.”

“그래, 알아. 하지만 나보고 어디서 그런 돈을 구해 오란 거야? 맙소사, 만약 돈을 구하지 못한다면….”

“너희 집엔 돈이 많잖아. 그건 네가 알아서 할 일이야. 그러니 내일 수업이 끝난 후에 보자고. 그리고 분명히 말해두는데, 만일 돈을 가져오지 않는다면….” 그는 무서운 눈빛으로 나를 쏘아봤고, 한 번 더 침을 뱉고는 그림자처럼 사라졌다.

나는 계단을 올라갈 수가 없었다. 나의 삶은 파괴되었다. 도망쳐서 다시는 돌아오지 않거나, 아니면 물에 빠져 죽어버릴까 생각도 했다. 그러나 그런 생각들은 선명하게 그려지는 그림이 아니었다. 나는 어둠 속의 맨 아래 계단에 걸터앉았고, 잔뜩 몸을 웅크린 채 불행에 몸을 맡겼다. 장작을 가져가기 위해 바구니를 들고 내려오던 리나가 그곳에서 울고 있던 나를 발견했다.

나는 그녀에게 식구들에게는 아무 말도 하지 말라고 당부하고, 위층으로 올라갔다. 유리문 옆 옷걸이에는 아버지의 모자와 어머니의 양산이 걸려 있었고, 그 모든 것에서는 집과 애정이 내게로 밀려왔다. 탕자가 돌아온 옛 고향집 방의 모습과 냄새를 대하듯, 나의 가슴은 간절하고 감사하게 그들을 맞이했다. 그러나 그 모두는 더 이상 내 것이 아니었다. 그 모두는 아버지와 어머니의 밝은 세계였고, 나는 낯선 홍수 속으로 깊이 자책하며 빠져들었고, 모험과 죄악에 연루되었으며, 적으로부터 위협받고 있었고, 위험과 두려움과 치욕을 예상하고 있었다. 모자와 양산, 오래된 고급 사암 바닥, 복도 장식장 위에 걸린 커다란 그림, 그리고 안쪽 거실에서 들려오는 누나들의 목소리, 그 모두는 그 어느 때보다도 더 사랑스럽고 다정하고 기분 좋았지만, 이제 더는 위안이 되거나 의지할 수 있는 대상이 아니라 오직 비난처럼 여겨졌다. 그 모두는 더 이상 나의 것이 아니었고, 나는 그것들의 명랑함과 평온함을 함께 할 수 없었다. 나는 깔개에 문질러서는 닦아낼 수 없는 더러움을 두 발에 묻혀 왔고, 나는 우리 집의 세계가 알지 못했던 어두운 그림자를 가지고 왔다. 나는 지금껏 얼마나 많은 비밀과 얼마나 많은 불안을 가지고 있었던가! 하지만 그것들 모두는 오늘 내가 이곳으로 가지고 온 것에 비하면 그저 어린아이 장난에 불과했다. 운명이 나를 뒤쫓아오고 있었다. 나를 향해 두 손을 내뻗고 있었다. 그리고 그 손들 앞에서는 어머니조차도 나를 지켜줄 수 없었고, 그 손들은 절대 어머니가 알아서는 안 되는 것이었다. 내가 지은 죄가 도둑질이든 거짓말이든(나는 이미 신의 이름을 걸고 거짓 맹세를 하지 않았던가?), 그것은 아무래도 상관없었다. 내 죄는 이것이냐 저것이냐가 아니라, 내가 악마에게 손을 내밀었다는 사실이었다. 나는 왜 그를 따라갔던 것일까? 나는 왜 평소 아버지 말에 순종하던 것보다 크로머 말을 더 잘 따랐던 것일까? 나는 왜 하지도 않은 도둑질 이야기를 꾸며냈던 것일까? 나는 왜 무슨 영웅적인 행위이기나 한 듯 나쁜 짓을 저질렀다고 자랑스레 떠벌렸던 것일까? 이제 악마는 내 손을 잡고 있었고, 이제 적은 나를 뒤쫓아오고 있었다.

한순간, 나는 더 이상 내일에 대한 두려움을 느끼지 않았다. 무엇보다도 나의 길이 이제 점점 더 내리막길을 걸으며 어둠 속으로 이어질 것이라는 끔찍한 확신을 느꼈다. 나의 죄는 분명 새로운 죄들로 이어지게 될 것이라는 사실, 누나들 앞에 드러내 보인 나의 모습과 부모님께 드린 나의 인사와 입맞춤이 거짓이었다는 사실, 내가 내 안에 숨긴 운명과 비밀을 지니고 있었다는 사실을 분명하게 느꼈다.

아버지의 모자를 바라보던 순간, 내 안에서는 언뜻 신뢰와 희망이 번쩍였다. 나는 아버지에게 모든 것을 말하고, 아버지의 심판과 처벌을 달게 받아들여 아버지를 나와 비밀을 공유하는 벗이자 구원자로 삼게 되리라. 그건 단지 내가 이제껏 종종 해왔던 것과 같은 하나의 참회이고, 괴롭고 쓰라린 시간이자, 후회하며 힘들게 용서를 구하는 것에 불과하리라.

그런 생각은 얼마나 달콤했던가! 얼마나 아름답게 유혹했던가! 그러나 그런 생각은 아무 쓸모도 없었다. 나는 내가 그러지 못하리라는 것을 알고 있었다. 나는 이제 나에게 하나의 비밀이 생겼으며, 내가 혼자서 감내해야 할 죄를 짊어지게 되었다는 사실을 알았다. 아마도 지금 나는 갈림길에 서 있었다. 어쩌면 나는 이 시간부터 영

원토록 나쁜 놈에 속하고, 나쁜 놈들과 비밀을 공유하고, 그들에게
종속되고, 복종하고, 그들과 같은 인간이 되어야만 할지도 몰랐다.
나는 남자다움과 영웅다움을 연기했고, 이제 그에 따르는 결과를
감당해야 했다.

내가 안으로 들어서자, 다행히도 아버지는 나의 젖은 신발에만
관심을 보였다. 그것이 주의를 돌렸고, 아버지는 더 나쁜 것을 알
아차리지 못했다. 나는 그 정도의 나무람은 견딜 수 있었고, 그런
질책을 나는 암암리에 다른 것과 연관시켰다. 그런 와중에 내 안에
서는 기이한 새로운 감정이 불꽃처럼 번뜩였다. 내가 아버지보다
우월하다고 느껴졌던, 미늘이 잔뜩 박힌 사악하고 날카로운 감정
이었다. 나는 한순간 아버지의 무지에 대해 일종의 경멸을 느꼈고,
젖은 장화에 대한 아버지의 꾸지람이 내게는 하찮게만 여겨졌다.
'만일 아버지가 아셨다면!' 하고 나는 생각했고, 살인죄를 털어놔
야 할 판에 고작 빵을 훔쳤다는 죄로 추궁당하는 범죄자가 된 듯한
기분이 들었다. 그것은 추하고 역겨운 느낌이었지만, 강렬하고도
깊은 매력이 있었으며, 나의 비밀과 죄에 대한 그 어떤 생각보다도
더 단단하게 나를 옭아매고 있었다. 어쩌면 크로머는 이미 경찰서
에 가서 나를 신고했을지도 모르고, 내가 여기에서 어린아이 취급
을 당하는 동안 천둥 번개가 나에게로 몰려오고 있다는 생각이 들
었다.

이제까지 이야기한 이 모든 경험에서는 바로 그 순간이 가장 중
요하고 가장 영속적인 것이었다. 그것은 아버지의 신성함에 생긴
최초의 균열이었고, 내 어린 시절의 삶을 떠받치고 있던 기둥이자
모든 인간이 자기 자신이 되기 전에 무너뜨려야만 했던 기둥에 난

최초의 상처였다. 우리의 운명의 내적이고 본질적인 선線은 아무도 보지 못하는 이러한 경험들로 구성되어 있다. 그 같은 균열과 상처는 다시금 아물고 치유되고 잊히지만, 가장 은밀한 방 안에서는 여전히 살아서 피를 흘린다.

그 같은 새로운 느낌에 나 자신조차 곧바로 섬뜩해졌고, 당장이라도 용서를 빌기 위해 아버지의 발에 입 맞춰야 할 것만 같았다. 그러나 본질적인 것은 어느 것도 결코 용서를 구할 수 없다. 그리고 그 같은 사실은 어린아이도 여느 현자 못지않게 깊이 느끼고 안다.

나는 내 상황에 대해 곰곰이 생각해보며, 내일 일에 대한 대책을 마련하는 게 필요함을 느꼈다. 그러나 나는 그러지 못했다. 저녁 내내, 나는 그저 우리 집 거실의 변화된 분위기에 적응하느라 여념이 없었다. 벽시계와 탁자, 성경과 거울, 책장과 벽에 걸린 그림들은 마치 나에게 작별을 고하는 것 같았고, 나는 나의 세상과 훌륭하고 행복한 삶이 과거가 되어 나와 분리되는 것을 얼어붙는 가슴으로 지켜보아야 했다. 그리고 내가 저 바깥세상의 어둠과 낯선 것들 속에 빨아들이는 새로운 뿌리로 닻을 내리고 단단히 달라붙는 것을 느껴야 했다. 나는 생전 처음 죽음을 맛보았다. 그리고 그 죽음은 쓴맛이다. 죽음은 탄생이고, 죽음은 끔찍한 혁신에 대한 두려움과 불안이기 때문이다.

마침내 침대에 눕자, 안도감이 들었다! 잠자리에 들기 직전의 저녁기도 시간은 마지막 연옥의 불길이 되어 나를 휩쓸고 지나갔다. 우리는 기도하며 함께 찬송가를 불렀다. 내가 가장 좋아하는 찬송가였다. 아! 나는 그 노래를 따라부르지 않았다. 음 하나하나가 나에게는 쓸개즙이자 독이었다. 아버지가 성호를 그으며 감사기도를 올릴 때도, 나는 함께 기도하지 않았다. 그리고 아버지가 "우리 모두와 함께하소서!" 하고 기도를 마칠 때, 경련이 일어나며 나를 그 모임에서 완전히 몰아냈다. 하나님의 은혜는 그들 모두와 함께했지만, 나와는 더 이상 함께하지 않았다. 나는 춥고 기진맥진한 채, 그 자리를 떠났다.

잠시 침대에 누워 따뜻한 온기와 안온감이 내 몸을 다정하게 감싸자, 내 가슴은 다시금 불안 속으로 빠져들며 지난 일에 대한 걱정으로 고동쳤다. 언제나처럼, 어머니는 잘 자라고 말씀하셨다. 어머니의 발소리 여운은 아직도 방 안에 남아 있었고, 어머니의 손에 들린 촛불 빛은 여전히 문틈 사이로 빛을 던지고 있었다. 나는 생각했다. 이제, 이제 어머니가 한 번 더 돌아올 거야. 어머니는 뭔가 느꼈어. 어머니는 내게 굿나잇 키스를 하며 물을 거야. 온화하면서도 다짐하듯 물을 거야, 그러면 나는 울음을 터뜨릴 테고, 그러면 막혔던 가슴이 뚫리고, 나는 어머니를 껴안고 있었던 일을 전부 말할 거야. 그러면 모든 것이 잘될 테고, 그러면 구원받는 거야! 그리고 문틈은 이미 어두워졌고, 그러고 나서도 나는 한참을 귀 기울이며, 그렇게 되리라고, 반드시 그렇게 되리라고 생각했다.

그런 다음, 나는 나의 문제로 돌아와 내가 마주한 적의 눈을 응시했다. 나는 또렷이 그를 보았다. 그는 한쪽 눈을 가늘게 뜨고 있었고, 그의 입은 거칠게 웃고 있었다. 내가 그를 바라보며 피할 수 없는 것을 속으로 삼키는 사이, 그는 점점 더 커지고 추악해졌다. 그리고 그의 사악한 눈은 악마처럼 번득였다. 내가 잠들 때까지, 그는 내 곁에 달라붙어 있었다. 하지만 나는 그와 오늘 일에 대해 꿈꾸지 않았다. 그 대신, 오직 어느 휴일의 평화와 광채에 둘러싸인 채, 부모님과 누나들과 내가 다 함께 같은 배를 타고 가는 꿈을 꾸었다. 한밤중에 나는 잠에서 깼다. 그런데도 나는 행복의 여운을 느꼈고, 햇빛 아래서 반짝이는 누나들의 하얀 여름 드레스가 여전히 눈에 선했으며, 그러다 모든 낙원에서 굴러떨어져 실재하던 현실로 돌아왔고, 사악한 눈을 번득이는 적과 또다시 대면했다.

다음 날 아침, 방문을 열고 들어와 시간이 늦었는데 왜 아직도 자고 있냐고 다그치던 어머니는 내 안색이 좋지 않은 걸 알아차렸다. 그리고 어디가 아픈 거냐고 묻는 순간, 나는 토했다.

그 덕분에 뭔가 나아진 것 같았다. 나는 몸이 좀 아팠고, 그래서 아침 내내 카모마일 차를 마시며 침대에 누워 있을 수 있었고, 또 옆방에서 청소하는 어머니의 소리와 리나가 현관 밖에서 푸줏간 주인과 주고받는 말에 귀 기울일 수 있어서 무척 좋았다. 학교에 가지 않는 오전 시간은 마법에 걸린 동화 속 세상 같았고, 그럴 때면 어른거리는 햇빛이 방 안으로 비쳐 들었다. 그리고 그 햇빛은 교실에 빛이 들어오는 것을 막기 위해 초록색 커튼을 치던 햇빛과는 전혀 달랐다. 하지만 그마저도 오늘은 흥이 나지 않았고, 뭔가 다른 느낌이 들었다.

차라리 내가 그냥 죽었더라면! 그러나 나는 종종 그랬듯 그저 몸이 조금 불편했을 뿐이고, 그게 전부였다. 나를 학교에 가지 않아도 되도록 보호했지만, 11시 정각에 시장에서 기다리고 있을 크로머로부터 나를 보호해주지는 못했다. 이번에는 어머니의 다정함마저 위로가 되지 않았다. 그저 귀찮고 고통스러웠다. 나는 다시 잠이 든 척하며 가만히 생각했다. 아무것도 도움이 되지 않았다. 나는 11시까지 시장에 가야 했다. 그래서 10시에 조용히 자리에서 일어나서, 몸이 다시 괜찮아졌다고 말했다. 이런 경우에는 보통 다시 잠을 자거나, 아니면 오후 수업을 들으러 학교에 가야 했다. 나는 학교에 가고 싶다고 말했다. 그러면서 한 가지 계획을 세웠다.

돈이 없이 크로머한테 갈 수는 없었다. 나는 내 작은 저금통을 가져와야 했다. 그 안에 충분한 돈이 들어 있지 않다는 건 나도 알고 있었다. 충분하기는커녕 어림도 없었다. 그러나 적어도 얼마간의 돈은 들어 있었고, 본능적으로 아무것도 없는 것보다는 뭔가라도 있는 게 나을 것이며, 적어도 크로머를 달랠 수는 있을 거라고 느꼈다.

양말만 신고 어머니의 방으로 몰래 들어가 어머니의 책상에서 내 저금통을 집어드는 순간, 기분이 좋지 않았다. 하지만 어제만큼 나쁘지는 않았다. 가슴이 두근거려, 숨이 막힐 것만 같았다. 계단 아래로 내려와 비로소 저금통이 잠겨 있는 것을 발견했을 때도 가슴이 뛰기는 마찬가지였다. 저금통을 깨뜨려 여는 것은 아주 쉬웠다. 얇은 양철 판 하나만 부러뜨리면 되었다. 그러나 부서진 자리는 마음을 아프게 했고, 이제 나는 비로소 도둑질을 한 것이었다. 그때까지만 해도 각설탕이나 과일을 조금 훔쳐먹은 게 고작이었다. 하지만 비록 내 돈이기는 하지만, 이제 나는 돈을 훔친 것이었다. 나는 내가 크로머와 그의 세계에 한 걸음 더 가까워졌고, 아주 야금야금 타락해가고 있다는 걸 느꼈으며, 그에 맞서 저항했다. 그러나 설사 악마가 나를 데려간다 할지라도 이제 돌아갈 길은 더 이상 없었다. 나는 불안해하며 돈을 세었다. 저금통 안에서는 제법 가득 찬 소리가 났는데, 이제 내 손에 들린 돈은 비참할 정도로 적었다. 65페니히였다. 나는 저금통을 복도 아래에 숨기고, 손에 돈을 꼭 쥔 채, 집을 나섰다. 지금껏 그 문을 지나던 것과는 느낌이 전혀 달랐다. 마치, 위에서 누군가가 나를 소리쳐 부르는 것만 같았다. 나는 서둘러 그곳을 벗어났다.

시간은 아직 여유가 있었다. 나는 변화된 도시의 골목길들을 지나, 일찍이 본 적이 없는 구름 아래, 나를 유심히 바라보던 집들과 나를 의심의 눈빛으로 바라보던 사람들을 지나쳐, 멀찍이 돌아가는 길로 접어들었다. 도중에, 학교 친구 하나가 가축시장에서 1탈러 은화 하나를 주웠던 일을 떠올렸다. 나는 하느님께 기적을 행하시어, 나도 그런 발견을 할 수 있게 해달라고 기도하고 싶었다. 그러나 내게는 더 이상 기도할 권리가 없었다. 설사 있었다 할지라도, 부서진 저금통이 다시 멀쩡해지는 일은 결코 없었을 것이다.

프란츠 크로머는 멀리서도 나를 알아보았다. 하지만 그는 아주 천천히 나를 향해 다가왔고, 나한테는 별다른 관심이 없는 것처럼 보였다. 내 가까이에 다다르자, 그는 나에게 따라오라고 신호하듯 눈을 한 번 깜빡였다. 그러고는 뒤 한 번 돌아보지 않고, 계속해서 가던 길을 조용히 걸어갔다. 그는 슈트로가세 골목길을 따라가다 좁은 판자 다리를 건너더니, 마지막 집들 가운데 어느 신축 중인 건물 앞에 멈춰섰다. 공사는 중단되어 있었고, 문도 창문도 없는 벽들이 휑하니 서 있었다. 크로머는 주위를 둘러보더니 문을 통해 안으로 들어갔고, 나도 그를 따라 들어갔다. 그가 벽 뒤로 가더니, 자기 쪽으로 오라 눈짓을 하며 손을 내밀었다.

"그건 가져왔지?" 그가 차갑게 물었다.

나는 꽉 쥐고 있던 손을 주머니에서 꺼내, 그의 손바닥에 돈을 쏟아부었다. 그는 돈을 세었고, 마지막 5페니히짜리 동전이 낸 땡그랑 소리가 잦아들기도 전, 나를 바라보며 말했다.

"모두 65페니히네."

"응." 나는 소심한 목소리로 말했다. "그게 내가 가진 전부야. 물론 충분하지 않다는 건 나도 알아. 하지만 그게 다야. 더는 가진 게 없어."

"난 네가 제법 똑똑한 아이인 줄 알았는데." 그는 살짝 나무라듯 잔소리를 했다. "명예로운 남자들 사이에는 질서가 있어야 하는 법이야. 너도 알겠지만, 나는 너한테서 정당하지 않은 것은 아무것도 받고 싶지 않아. 그러니 여기 이 푼돈은 도로 가져가! 너도 알고 있는 다른 누군가는 흥정을 해서 값을 깎으려 하지 않아. 그냥 다 준다고!"

"하지만 없어. 더는 없다고! 이것도 내 저금통을 깬 거야."

"그건 네 사정이고. 그렇다고 내가 너를 힘들게 만들려는 건 아니야. 너는 나한테 아직 1마르크 35페니히를 빚지고 있어. 그 돈은 언제 받을 수 있을까?"

"당연하지! 반드시 줄게, 크로머. 지금은 언제라고 말할 수 없지만, 어쩌면 내일이나 모레쯤이면 더 많은 돈이 생길지도 몰라. 물론, 내가 이 일을 아버지에게 말할 수 없다는 건 너도 잘 알 거야."

"그건 나와는 상관없는 일이야. 그렇다고 너한테 해를 끼치고 싶은 생각도 없고 말이야. 마음만 먹으면, 나는 오늘 오전 중에라도 내 돈을 받을 수 있어. 너도 알지만, 나는 가난해. 너는 좋은 옷을 입고, 점심으로 나보다 더 맛있는 걸 먹지. 하지만 나는 아무 말도 하지 않을 거야. 조금 더 기다려준다고. 모레 오후에, 내가 휘파람을 불게. 그러면 너도 이번에는 제대로 처리하는 거야. 내 휘파람 소리는 알지?"

그는 시범 삼아 휘파람을 불었다. 그 소리는 전에도 종종 듣곤 하던 소리였다.

"응, 알고 있어." 내가 말했다.

내가 그와는 아무 관계도 없는 사람이란 듯, 그는 홀연히 사라졌다. 우리 사이에는 거래가 있었을 뿐, 그 이상은 아무것도 없었다.

크로머의 휘파람 소리를 갑자기 다시 듣게 된다면, 지금도 그 소리에 자지러지게 놀랄 것 같다는 생각이 든다. 그때부터 나는 그 소리를 자주 듣게 되었는데, 자꾸만 계속해서 그 소리가 들리는 것 같았다. 어디에 있든, 어떤 놀이를 하고 어떤 일을 하든, 무슨 생각을 하든, 그 휘파람소리는 파고들지 못하는 곳이 없었고, 나를 종속시켰고, 이제 나의 운명이 되었다. 울긋불긋하고 온화한 가을날 오후면 나는 종종 내가 아주 좋아했던 우리 집 작은 꽃밭을 찾곤 했고, 어린 시절의 놀이를 다시 해보고 싶다는 기이한 충동에 사로잡혔다. 말하자면 나는 나보다 어린 소년을 연기했는데, 그 아이는 여전히 착하고 자유롭고 천진난만하고 안전하게 보호받고 있었다. 그러나 놀이가 한창일 때면, 늘 예상하고 있었지만 그래도 언제나 끔찍스러울 정도로 놀라게 하고 혼란스럽게 만드는 크로머의 휘파람 소리가 어딘가에서 들려와, 생각의 흐름을 끊고 상상을 파괴했다. 그러면 나는 가야 했다. 나를 괴롭히는 자를 따라 사악하고 혐오스러운 곳으로 가야 했고, 그에게 변명을 늘어놓고 돈 문제로 독촉을 받아야만 했다. 그 모든 일들은 아마도 몇 주 동안 계속되었을 것이다. 하지만 나에게는 그 시간들이 몇 년, 아니 영원인 것처럼만 여겨졌다. 간혹, 리나가 부엌 식탁에 올려둔 장바구니에서 5페니히나

10페니히짜리 동전을 훔치기도 했다. 크로머를 만날 때면 나는 매번 잔소리를 듣거나 실컷 욕을 먹었다. 그를 기만하고 그의 정당한 권리를 빼앗으려 했던 것은 나였고, 그에게서 무언가를 훔친 것은 나였으며, 그를 불행하게 만든 것은 바로 나였다! 살면서 그토록 절실하게 괴로움을 느껴본 적은 흔치 않았고, 그보다 더 큰 절망감이나 종속감에 사로잡혔던 적도 없었다.

나는 저금통에 가짜 돈을 채워서 원래 있던 자리에 다시 갖다 놓았고, 아무도 그것에 관심을 갖지 않았다. 하지만 그 일은 언제든 탄로 나서 나를 덮칠 수 있었다. 나는 크로머의 거친 휘파람 소리보다도 나를 향해 조용히 다가오는 어머니를 종종 더 무서워하곤 했다. 혹시나 저금통에 대해 물어보려고 나한테 오는 것은 아닐까?

나는 끄떡하면 돈이 없이 악마 앞에 모습을 나타냈고, 그는 나를 다른 방법으로 괴롭히고 이용하기 시작했다. 나는 그를 위해 일해야 했다. 그는 그의 아버지를 위해 여러 가지 심부름을 해야 했는데, 나는 그 심부름들을 그를 대신해 처리해야 했다. 아니면 그는 나에게 한쪽 다리로 10분 동안 뛰어다니거나, 지나가는 사람의 윗도리에 종잇조각을 붙이게 하는 등, 뭔가 하기 어려운 일들을 수행하도록 시켰다. 숱한 밤의 꿈속에서 나는 그 끔찍한 일들을 계속했고, 가위에 눌린 채 식은땀을 흘리며 누워 있었다.

나는 한동안 몸이 아팠다. 자주 토하고, 끄떡하면 오한이 났으며, 그러다가도 밤이면 열이 나 땀을 흘리곤 했다. 어머니는 뭔가 잘못됐다는 것을 느끼고 많은 관심을 보여주셨고, 그게 내 마음을 아프게 했다. 어머니의 관심에 믿음으로 보답할 수 없었기 때문이다.

어느 날 저녁, 한번은 일찌감치 침대에 누워 있는데 어머니가 내게 초콜릿 한 조각을 가져다주었다. 그리고 그 초콜릿은 어린 시절, 내가 착한 하루를 보낸 날 저녁이면 종종 잠이 들기 전 일종의 상으로 받곤 했던 초콜릿을 떠올리게 했다. 이제 어머니는 그곳에 서서, 나에게 초콜릿 조각을 내밀고 있었다. 하지만 나는 너무 마음이 아팠고, 그래서 고개를 저을 수밖에 없었다. 어머니는 무슨 일이냐고 물으며 내 머리를 쓰다듬었다. 그리고 나는 단지 이렇게 소리칠 수밖에 없었다. "아니에요! 됐어요! 아무것도 먹고 싶지 않아요." 어머니는 침대 옆 탁자 위에 초콜릿을 내려놓고 방에서 나갔다. 다른 날, 어머니는 그 일에 대해 나에게 물어보려 했고, 나는 마치 그 일에 대해서는 아무것도 모르는 척했다. 한번은 어머니가 의사를 불러왔고, 그는 나를 진찰한 후 아침에 찬물로 목욕하도록 처방을 내렸다.

당시의 내 상태는 일종의 정신 착란이었다. 질서정연한 우리 집의 평온함 한가운데에서 나는 유령처럼 겁먹고 고통받으며 살고 있었다. 다른 사람의 삶에 관여하지 않았고, 단 한 시간이라도 내 문제를 잊은 적이 거의 없었다. 종종 짜증을 내며 대체 무슨 이유인지 말해보라고 채근하곤 했던 아버지에게 나는 마음을 닫고 냉정하게 대했다.

카인

내 고통으로부터의 구원은 전혀 예상하지 못했던 곳에서 찾아왔다. 그와 더불어 오늘날까지도 영향을 미치고 있는 뭔가 새로운 것이 내 삶 속으로 들어왔다.

얼마 전, 내가 다니던 라틴어 학교에 새로운 학생 한 명이 전학을 왔다. 그는 우리 도시로 이사 온 어느 유복한 미망인의 아들이었고, 옷소매에 검은 띠로 된 상장을 두르고 있었다. 그는 나보다 한 학년 상급반이었고 나이도 몇 살 많았지만, 얼마 지나지 않아 다른 사람들과 마찬가지로 나도 그를 눈여겨보게 되었다. 눈에 띄는 그 학생은 보기보다도 훨씬 나이가 들어 보였고, 누구에게도 소년이라는 인상을 주지 않았다. 우리 어린애 같은 아이들 사이에서 그는 남자답게, 아니 신사처럼 낯설고도 능숙하게 행동했다. 그는 인기가 없었고, 놀이에도 끼지 않았으며, 싸움질에는 더더욱 관여하지 않았다. 단지 선생님들에게 내보이는 그의 자신감 있고 단호한 어조만이 다른 학생들의 마음을 사로잡았다. 그의 이름은 막스 데미안이었다.

어느 날, 우리 학교에서는 가끔 일어나는 일이지만, 어떤 이유에서인지 아주 큰 우리 반 교실에 다른 반 하나가 더 들어와 같이 수업을 받게 되었다. 데미안이 속한 반이었다. 우리 어린 학생들은 성경 이야기 시간이었고, 나이 든 학생들은 작문 시간이었다. 우리의 머릿속이 카인과 아벨의 이야기로 채워지고 있던 동안, 나는 자꾸만 데미안 쪽을 건너다보았다. 그의 얼굴은 묘하게 나를 사로잡았고, 나는 지적이고 밝으며 전혀 흔들림 없는 그의 얼굴이 완전히 집중해 작문 과제 위로 수그러져 있는 모습을 보았다. 그런 그의 모습은 과제를 풀고 있는 학생이 아니라, 마치 자기만의 문제에 몰두하고 있는 연구자 같았다. 그에게는 사실 호감이 가지 않았다. 오히려 그 반대였다. 뭔가 거부감이 느껴졌다. 그는 지나칠 만큼 침착하고 냉정했으며, 도발적일 만큼 확신에 차 있었고, 아이들이 절대 좋아하지 않는 어른의 표정을 띤 그의 두 눈은 냉소의 빛과 함께 조금은 슬퍼 보였다. 그러나 그가 마음에 들든 마음에 들지 않든, 나는 계속해서 그를 바라볼 수밖에 없었다. 그러다가 그가 한 번 내 쪽을 쳐다보자 나는 화들짝 놀라 눈을 돌렸다. 그 당시 그의 학생 시절 모습이 어떠했는지 지금 와 생각해보면, 그는 모든 면에서 남달랐다고 말할 수 있을 것이다. 그는 전적으로 독특하고 개성적인 특징을 드러냈고, 그로 인해 다른 사람들의 관심을 끌었다. 하지만 동시에, 그는 사람들의 눈에 띄지 않기 위해 온갖 노력을 기울였다. 그는 마치 시골집 아이들 사이에 끼어 있으면서 그들처럼 보이려고 애를 쓰는 변장한 왕자님처럼 처신하고 행동했다.

학교가 끝나고 집에 가는 길에 그가 내 뒤에서 걸어왔다. 다른 아이들이 하나둘 흩어져 보이지 않게 되자, 그가 나를 따라잡더니 인사를 건넸다. 비록 그는 우리 학생들의 말투를 흉내 냈지만, 그 인사 또한 무척이나 어른스럽고 정중하게 들렸다.

"우리 잠시 같이 갈까?" 그가 상냥하게 물었다. 나는 기분이 우쭐해져 고개를 끄덕였다. 그런 다음, 그에게 내가 사는 곳을 설명했다.

"아, 거기?" 그가 웃으며 말했다. "그 집이라면 나도 이미 알고 있어. 너희 집 대문 위에 기이한 것 하나가 붙어 있던데, 그게 곧바로 내 관심을 끌었거든."

나는 그게 무슨 말인지 언뜻 알아차리지 못했고, 그가 나보다 우리 집을 더 잘 알고 있는 것 같아서 놀랐다. 아치형 대문 위에는 아마도 일종의 문장인 쐐기 모양의 종석이 붙어 있었을 것이다. 그러나 세월이 흐르면서 평평해지고 페인트로 여러 차례 덧칠이 된 그 종석은 내가 아는 한 우리나 우리 가족과는 아무 관련이 없었다.

"그것에 대해서는 나도 아는 게 별로 없어." 내가 수줍게 말했다. "한 마리 새이거나, 뭔가 그와 비슷한 거야. 아주 오래된 건 분명해. 우리 집은 한때 수도원 소유였다고 하더라고."

"그럴 수도 있겠구나." 그가 고개를 끄덕였다. "한번 잘 봐봐! 그런 것들은 종종 아주 흥미롭거든. 내 생각에는 수릿과의 새매인 거 같아."

우리는 계속해서 걸었고, 나는 무척이나 어색하게 느껴졌다. 뭔가 재미난 일이 생각난 듯, 갑자기 데미안이 웃으며 말을 꺼냈다.

"참, 아까 내가 너희 반 수업할 때 같이 있었잖아." 그가 시원시원하게 말했다. "이마에 표지를 달고 다녔다는 카인의 이야기였어. 그렇지? 그런데 너는 그 이야기가 마음에 들었어?”

아니었다. 우리가 배워야만 했던 것 중에는 내 마음에 드는 것이 거의 없었다. 하지만 나는 그런 생각을 감히 입 밖으로 꺼내지 못했다. 마치 내가 어른하고 이야기하고 있는 것 같다는 기분이 들었기 때문이다. 나는 그 이야기가 꽤 마음에 든다고 말했다.

데미안이 내 어깨를 툭 쳤다.

“내 앞에서는 굳이 마음에 없는 말 하지 않아도 돼. 그런데 그 이야기는 정말로 아주 이상해. 내 생각에는 수업 시간에 나오는 대부분의 다른 이야기들보다도 훨씬 더 이상한 것 같아. 선생님은 거기에 대해 별 이야기가 없고, 단지 신과 죄악 등등에 대한 일반적인 이야기만 했어. 하지만 내 생각에는….” 그가 하던 말을 잠시 멈추고는, 미소 지으며 물었다. “그런데 이런 이야기에 관심이 있니?”

그가 계속해서 말했다. “그러니까 내 생각에는 카인에 관한 이 이야기는 전혀 다르게 읽힐 수도 있는 것 같아. 우리가 배우는 대부분의 것들은 분명 사실이고 타당한 것이지. 그렇지만 그것들 모두는 선생님들이 보는 것과는 다르게 볼 수도 있고, 또 대부분은 그렇게 할 때 훨씬 더 의미가 있어. 예를 들어 카인과 그의 이마에 있는 표지만 해도 우리가 들었던 방식으로는 전혀 만족할 수가 없어. 너도 그런 생각이 들지 않니? 누군가가 싸우다가 자기 형제를 때려죽이는 일은 분명 있을 수 있는 일이야. 또, 그가 나중에는 겁을 집어먹고 굴욕을 감수한다는 것도 가능하고. 그러나 그가 자신의 비겁함 때문에 특별히 훈장을 받았고, 그 훈장이 그를 보호하고 다른 모든 사람들을 두려움에 사로잡히게 했다는 것은 정말이지 아주 이상한 일이야.”

"맞아!" 그의 말에 흥미를 느낀 내가 말했다. 그 일이 나를 매료 시키기 시작한 것이다. "하지만 그렇다면 그 이야기를 달리 어떻게 설명할 수 있을까?"

그가 내 어깨를 툭 쳤다.

"아주 간단해! 실제로 있었고, 그와 더불어 이야기가 시작된 것은 그 표지였어. 한 남자가 있었고, 그 남자는 얼굴에 무언가가 있었는데, 그것이 다른 사람들을 무서워하게 만든 것이지. 그들은 감히 그를 건드릴 엄두를 내지 못했고, 그와 그의 자식들은 다른 사람들에게 깊은 인상을 남겼어. 어쩌면, 아니 아마도 분명히, 그것은 실제로는 우체국 소인처럼 이마에 찍힌 표지가 아니었을 거야. 세상사라는 게 그렇게 조잡한 경우는 거의 없거든. 오히려 그 표지란 것은 거의 인지할 수 없을 만큼 섬뜩한 무엇이었을 거야. 사람들이 익숙해 있던 것보다 조금 더 영적이고 대담한 것, 그의 눈빛에서 느껴지는 그 무엇이었을 거라고. 그 남자는 힘이 있었고, 사람들은 그를 두려워했어. 그에게는 하나의 '표지'가 있었어. 사람들은 그 표지를 저마다 원하는 대로 설명할 수 있었고. 그리고 '사람들'은 늘 자기한테 편하고 자기가 옳다고 믿는 것을 원하지. 그들은 카인의 자손들을 두려워했고, 그들에게는 하나의 '표지'가 있었어. 그래서 사람들은 그 표지를 그것의 본래 모습인 무언가 우월한 것에 대한 표창이 아니라, 그 반대로 설명했어. 사람들은 그 표지가 있는 녀석들은 무섭다고 말했어. 그리고 그들은 정말로 그렇기도 했고. 용기 있고 개성 있는 사람들은 언제나 다른 사람들에게 아주 무섭게 느껴지지. 겁도 없고 무시무시한 족속이 돌아다니는 게 너무 불편했어. 그래서 사람들은 그 족속에게 복수하기 위해, 그리고 견뎌낸 두

려움을 모두를 위해 조금이나마 보상하기 위해 이제 그 족속에게
하나의 별명과 꾸며낸 이야기를 붙여준 거야. 어때? 이해하겠어?”

“응. 그러니까 카인은 결코 나쁜 사람이 아니었다는 것이잖아?
그리고 성경에 있는 이야기가 실제로는 전혀 사실이 아니라는 거
고?”

“그렇다고 할 수도 있고, 아니라고 할 수도 있지. 그처럼 오래되
고 케케묵은 이야기들은 언제나 사실이야. 하지만 늘 있는 그대로
기록되거나 설명되는 것은 아니지. 요컨대, 내 생각에는 카인은 꽤
괜찮은 사람이었는데, 단지 사람들이 그를 두려워했기 때문에 그
런 이야기를 갖다 붙여 놓은 거 같아. 그 이야기는 그저 사람들이 여
기저기 떠들고 다니는 소문과 같은 것일 뿐이야. 그러나 카인과 그
의 자손들에게는 실제로 일종의 ‘표지’가 있었고, 그들이 다른 대
부분의 사람들과 달랐다는 점만큼은 분명한 사실일 거야.”

나는 몹시 놀랐다.

“그럼 살인했다는 것도 전혀 사실이 아니라고 믿는 거야?” 그의
말에 매료된 채, 내가 물었다.

“아니지! 그건 틀림없는 사실이야! 강한 자가 약한 자를 때려죽
였어. 하지만 맞아 죽은 사람이 정말로 그의 형제였는지는 물론 의
심해볼 수 있겠지. 하지만 그건 중요하지 않아. 어차피 모든 인간은
형제이니까. 그러니까 어떤 강한 자가 어떤 약한 자를 때려죽인 거
야. 그리고 그건 어쩌면 영웅적인 행위일 수도 있고 아닐 수도 있었
지. 어쨌거나 다른 약자들은 이제 잔뜩 겁을 집어먹었고, 하소연을
늘어놓았어. 그리고 사람들이 ‘그럼 너희도 그냥 그 인간을 때려죽
이지 그래?’ 하고 물으면, ‘우리는 겁쟁이라서 그럴 수 없어.’라고

대답하는 대신, '안 돼. 그는 표지를 지니고 있거든. 그건 신이 그에게 그려준 거야!'라고 말했어. 그 사기 행각은 대충 그런 식으로 시작되었을 게 분명해. 이런, 내가 너를 너무 오래 붙잡고 있었나 보다. 그럼 잘 가고!"

그는 알트 가세로 접어들었고, 나는 일찍이 겪어보지 못한 당혹감에 사로잡힌 채 혼자 남겨졌다. 그가 사라지자마자 그가 말했던 모든 것이 도저히 믿을 수 없는 것처럼 여겨졌다! 고귀한 인간 카인, 겁쟁이 아벨! 일종의 표창인 카인의 표지! 그것은 당치않고, 불경스럽고, 사악한 이야기였다. 그렇다면 사랑의 하느님은 어디에 계셨을까? 그분은 아벨의 제물을 받아들이지 않았던가? 아벨을 사랑하지 않았던가? 아니야, 그건 다 말도 안 되는 소리야! 문득, 데미안이 나를 놀리고, 나를 유혹해 곤경에 빠뜨리려 했다는 생각이 들었다. 그는 정말이지 대단히 영리했고, 그렇게 말할 수도 있었다. 하지만 그런 식으로는… 아니었다….

어쨌거나 나는 지금껏 성경 이야기나 다른 이야기에 대해 그렇게 많이 생각해본 적이 한 번도 없었다. 그리고 언젠가부터, 몇 시간 동안 내지 저녁 내내 프란츠 크로머를 그처럼 완전히 잊고 있었던 적은 없었다. 집에서 나는 카인의 이야기를 성경에 쓰여 있는 대로 다시 한번 꼼꼼히 읽어보았다. 이야기는 간결하고 분명했으며, 거기서 어떤 특별하고 비밀스러운 해석을 찾아낸다는 것은 정신 나간 짓이나 다름없었다. 만일 그렇다면, 살인자는 누구나 자신을 신이 총애하는 사람이라고 선언할 수 있을 것이다! 아니, 그건 말도 안 되는 소리였다. 데미안은 그런 이야기를 마치 너무나 당연한 것처럼 아주 쉽고 매력적으로, 더구나 그런 눈빛으로 말할 수 있었다.

그리고 단지 그런 모습이 호감이 갈 뿐이었다!

물론 나 자신에게는 분명 뭔가 문제가 있었다. 심지어 심각한 혼란에 빠져 있었다! 나는 밝고 깨끗한 세상에 살았었고, 나 자신은 일종의 아벨이었다. 그런데 이제 나는 '다른 것'에 아주 깊이 뿌리 내리고 있었고, 너무 타락하고 함몰되어 있었다. 그런데도 그에 맞서 내가 할 수 있는 것은 기본적으로 거의 없었다. 어쩌다 이 지경이 되었을까? 맞아! 그때 내 안에서 기억 하나가 번뜩 떠올랐고, 그 기억에 나는 한순간 거의 숨이 멎을 뻔했다.

비참한 지금의 나의 상황이 아버지와 더불어 시작되었던 역겨운 저녁, 나는 아버지와 아버지의 밝은 세상과 지혜를 갑자기 꿰뚫어 본 듯 한순간 경멸했다! 그랬다! 그 순간, 스스로가 카인이자 그의 표지를 달고 있던 나는 그 표지가 치욕이 아니라 명예이며, 나의 음흉함과 불행으로 인해 내가 아버지나 선한 자 그리고 경건한 자보다 더 높이 있다는 엉뚱한 생각을 했었다.

당시, 나는 지금처럼 명료한 생각의 형태 속에서 그 일을 경험하지 못했다. 하지만 그 모든 것은 그 안에 담겨 있었고, 그것은 단지 나를 아프게 하면서도 자부심으로 가득 채웠던 이상한 감정과 충동의 폭발이었다.

생각해보면, 데미안은 두려워하지 않는 자와 겁쟁이에 대해 얼마나 이상한 이야기를 들려주었던가! 그는 카인의 이마에 있는 표지를 얼마나 이상하게 해석하였던가! 그럴 때의 그의 눈, 그의 어른 같은 기묘한 눈은 또 얼마나 기이하게 빛났던가! 그리고 어떤 생각들이 내 머릿속을 어렴풋이 스치고 지나갔다. 그러니까 데미안 자신이 일종의 카인인 것은 아닐까? 그 자신이 카인과 비슷하다고 느끼지 않는다면, 무엇 때문에 그를 변호하는 걸까? 그는 왜 그런 힘에 주목하는 걸까? 원래 경건한 자들과 신의 마음에 드는 사람들인 겁쟁이들, '다른 이들'에 대해 그는 왜 그토록 경멸하듯 말하는 걸까?

그런 생각들이 계속해서 내 머릿속을 맴돌았다. 돌멩이 하나가 우물 속에 던져졌고, 그 우물은 바로 내 젊은 영혼이었다. 그리고 카인과 살인과 카인의 표지와 관련된 이 문제들은 오랫동안, 아주 오랫동안, 인식과 의심과 비판에 이르려는 나의 모든 시도가 시작된 지점이었다.

나는 다른 학생들도 데미안에게 관심이 많다는 걸 알아차렸다. 카인의 이야기에 관해서는 아무에게도 말하지 않았지만, 그는 다른 아이들에게도 흥미를 불러일으키는 것 같았다. 적어도 "새로 온 아이"에 대한 소문들이 많이 떠돌았다. 내가 단지 그런 소문을 모두 알았다면, 그 소문들 하나하나는 그의 참모습을 밝히는 데 도움을 주고, 나름대로 해석될 수 있었을 것이다. 하지만 나는 맨 처음에 데미안의 어머니가 큰 부자라는 소문이 돌았다는 것만 알고 있었다. 사람들은 또한 그녀가 평생 교회에 나간 적이 없으며, 아들도 마찬가지라고 말하곤 했다. 어떤 사람은 두 사람이 유대인인 것을 알고 있다고 주장하기도 했지만, 어쩌면 그들은 은밀한 이슬람교도일지도 몰랐다. 더불어 막스 데미안의 체력에 대한 동화 같은 이야기도 떠돌았다. 분명한 것은, 데미안의 반에서 가장 힘이 센 아이가 자신과 싸울 것을 요구하다, 데미안이 싸우기를 거부하자 겁쟁이라고 불렀는데, 데미안이 결국 그를 완전 묵사발을 만들어버렸다는 사실이다. 그 자리에 있었던 아이들 말로는 데미안이 그저 한 손으로 목덜미를 잡아 꽉 눌렀을 뿐인데 그 아이는 얼굴이 창백해져서 슬그머니 도망을 쳤고, 그 후로도 며칠 동안이나 팔을 사용하지 못했다고 한다. 어느 날 저녁에는 심지어 그가 죽었다는 소문까지 돌았다. 온갖 이야기들이 한동안 주장되었고, 모든 것이 믿어졌다. 그리고 그들 모두는 흥미진진하고 놀라운 이야기들이었다. 그러다가 한동안은 잠시나마 잠잠한가 싶다가도 얼마 지나지 않아 우리 학생들 사이에서는 새로운 소문이 떠돌았다. 데미안이 여자아이와 사귀고 있으며, "이미 알 건 다 안다."는 소문이었다.

그러는 사이에도, 프란츠 크로머와 나의 관계는 계속해서 필연적인 과정을 밟아가고 있었다. 나는 그로부터 벗어날 수 없었다. 그가 비록 간간이 나를 며칠 동안이나마 가만 내버려둔다 할지라도, 나는 여전히 그에게 묶여 있었기 때문이다. 나의 꿈속에서 그는 마치 그림자인 듯 나와 함께 했고, 현실에서는 그가 내게 하지 않았던 것들을 나의 상상력은 그 꿈들 속에서 하게끔 만들었으며, 나는 꿈속에서 완전히 그의 노예가 되었다. 나는 언제나 대단한 몽상가였고, 현실보다는 그 꿈들 속에서 더 많이 살았다. 그리고 이 그림자에 힘과 삶을 소진했다. 무엇보다도 나는 크로머가 나를 학대하고, 나한테 침을 뱉고, 무릎으로 짓누르는 꿈을 종종 꾸었다. 더 끔찍한 것은 심각한 범죄를 저지르도록 그가 나를 유혹하는 꿈이었다. 아니, 유혹했다기보다 그는 자신의 강력한 영향력을 통해 그저 나에게 강요했다. 내가 반쯤은 정신이 나간 채로 깨어났던 그 꿈들 중에서 가장 끔찍한 것은 아버지를 살해하려고 공격하는 꿈이었다. 크로머는 칼을 갈아서 내 손에 쥐어주었고, 우리는 어느 가로수길의 나무 뒤에 숨어서 누군가를 기다렸다. 나는 누구를 기다리고 있는지 알지 못했다. 하지만 누군가가 다가왔고, 크로머는 내 팔을 눌러 내가 찔러야 할 사람이 그 사람임을 알려주었고, 앞에 있는 그 사람은 바로 나의 아버지였다. 그 순간, 나는 꿈에서 깨어났다.

이런 것들에 사로잡혀 있으면서도 나는 여전히 카인과 아벨을 생각했다. 하지만 데미안은 더 이상 거의 생각하지 않았다. 그가 맨 처음 내게 다시 다가온 것 역시 신기하게도 어떤 꿈속에서였다. 나는 내가 겪었던 학대와 폭력을 또다시 꿈꿨지만, 이번에는 내 몸에 올라타 무릎으로 짓누른 사람은 크로머가 아니라 데미안이었다. 그리고 그것은 내게 아주 새롭고 깊은 인상을 남겼다. 크로머로 인해서는 고통과 저항 속에 마지못해 겪었던 모든 것을 나는 이제 데미안으로 인해서는 두려움 못지않은 기쁨을 담고 있는 느낌으로 기꺼이 받아들이고 견뎠다. 나는 그런 꿈을 두 차례 꾸었고, 그런 다음에는 크로머가 다시 그의 자리를 차지했다.

이 꿈들 속에서 경험한 것과 현실에서 일어난 일을 나는 이제 더 이상 정확히 구분할 수 없었다. 어쨌든 나와 크로머의 나쁜 관계는 계속되었고, 사소한 도둑질 때문에 그에게 빚진 돈을 마침내 다 갚고 나서도 좀처럼 끝날 줄을 몰랐다. 아니, 이제 그는 내가 저지른 도둑질들에 대해 알고 있었다. 돈을 갖다줄 때마다 그는 계속해서 어디서 난 돈이냐고 물었기 때문이다. 그리고 나는 어느 때보다도 더 그에게 예속되어 있었다. 그는 끄떡하면 아버지에게 모든 것을 다 말하겠다고 위협했고, 그럴 때도 내가 느끼는 두려움은 애당초 스스로 그렇게 하지 않았다는 것에 대한 깊은 후회만큼 크지는 않았다. 그런 와중에도, 그리고 그토록 비참했지만, 나는 모든 것을 다 후회하지는 않았다. 적어도 늘 후회만 한 것은 아니었다. 가끔은, 모든 것이 본래 이럴 수밖에 없었을 거라는 생각이 들기도 했다. 하나의 운명이 내 위로 드리워져 있었고, 그것을 깨부순다는 것은 소용없는 짓이었다.

아마 나의 부모님은 이 같은 상황에서 적지 않게 마음고생을 했을 것이다. 낯선 영혼이 나를 덮쳤고, 나는 그토록 친밀했던 우리 공동체에 더 이상 어울리지 않았다. 그리고 나는 종종 그 공동체를 생각하며 마치 잃어버린 낙원을 향한 것과 같은 극렬한 향수에 시달렸다. 나는 특히 어머니에게 악당이라기보다는 환자 취급을 받았지만, 상황이 어떤지는 두 누나의 행동을 보면 가장 잘 알 수 있었다. 아주 아끼면서도 나를 끝없이 슬프게 했던 그들의 행동은 내가 일종의 신들린 사람이고, 자신의 상태로 인해 비난받기보다는 동정받아야 할 사람이며, 그렇지만 그 안에 악이 들어와 자리 잡고 있는 사람이라는 사실을 분명히 보여주었다. 나는 사람들이 나를 위해 평소와는 다르게 기도하고 있음을 느꼈고, 그 기도가 허사일 뿐이라는 것을 알고 있었다. 나는 종종 안도감에 대한 갈망과 솔직한 고해를 향한 욕구를 강하게 느꼈다. 그러나 아버지나 어머니에게 모든 것을 사실대로 말하고 설명할 수 없을 것이라는 사실 또한 예감하고 있었다. 사람들은 나의 고백을 호의적으로 받아들이고 나를 많이 아끼며 진정 안타까워하겠지만, 완전히 이해하지는 못할 거란 점을 나는 알고 있었다. 그 모든 것은 운명이었던 반면, 사람들에게는 일종의 탈선으로 간주될 것이라는 사실도 잘 알고 있었다.

아직 열한 살도 되지 않은 아이가 그렇게 느낄 수 있다는 것을 많은 사람들은 믿지 않을 것임을 나는 알고 있다. 나는 그런 이들에게 나의 일을 말하는 것이 아니다. 인간을 더 잘 이해하는 사람들에게 나는 내 일을 이야기한다. 자신의 감정 중 일부를 생각으로 바꾸는 법을 배운 어른은 아이들에게는 그러한 생각이 없다고 아쉬워하며, 경험 또한 없을 거라고 생각한다. 그러나 살면서 내가 그때만큼 그렇게 깊이 경험하고 고통받은 적은 거의 없었다.

비가 내리던 어느 날, 나는 박해자로부터 부르크 광장으로 나오라는 명령을 받았다. 나는 그곳에 서서 기다리며, 흠뻑 젖은 검은 나무들에서 계속 떨어지는 젖은 마로니에 나뭇잎을 두 발로 헤집고 있었다. 돈은 없었지만, 크로머에게 적어도 무언가를 줄 수 있기 위해 따로 챙겨 놓았던 케이크 두 조각을 가지고 있었다. 나는 이미 오래전부터 그렇게 어딘가 구석진 곳에 서서 때로는 아주 오랫동안 그를 기다리는 데 익숙해져 있었고, 사람들이 달리 어쩔 도리가 없는 것을 받아들이듯 그런 상황을 달게 받아들였다.

마침내 크로머가 나타났다. 그는 그날 오래 머무르지 않았다. 그는 내 옆구리를 몇 번 쿡 찔렀고, 낄낄 웃었고, 내 케이크를 받았고, 심지어 내게 축축한 담배를 건넸고, 나는 그 담배를 받지 않았지만 평소보다 훨씬 상냥하게 굴었다.

그가 떠나가면서 말했다. "참, 잊기 전에 말해두는데, 다음번에는 네 누나를 데려왔으면 좋겠다. 큰누나 말이야. 그런데 큰누나 이름이 뭐야?"

나는 무슨 말인지 전혀 이해하지 못했고, 따라서 아무 대답도 하지 못했다. 그저 멍하니 그를 바라보았다.

"무슨 말인지 못 알아들었어? 너희 누나를 데려오라고."

"크로머, 그건 안 돼. 나는 그럴 수 없어. 그리고 누나도 절대 나와 함께 오지 않을 거야."

나는 그런 요구가 단지 또 다른 트집잡기이자 구실일 뿐이라고 받아들였다. 그는 종종 그리했었다. 그는 뭔가 불가능한 일을 요구했고, 나를 공포로 몰아넣었고, 굴욕감을 느끼게 했고, 그런 다음에는 점차적으로 타협하도록 만들었다. 그러고 나면 나는 얼마간의 돈이나 다른 선물로 몸값을 치르고 그 상황에서 빠져나와야 했다.

하지만 이번만큼은 달랐다. 내가 거절했음에도 그는 화를 내지 않았다.

그가 아무렇지 않게 말했다. "글쎄, 한번 잘 생각해봐. 나는 너희 누나랑 친해지고 싶어. 그 정도쯤은 아무 문제 없을 거야. 너는 그저 누나와 같이 산책을 나오는 거야. 그러면 내가 합류하는 거고. 내일 휘파람을 불게. 그러면 우리 다시 한번 이 문제에 대해 이야기하자."

그가 사라지자, 갑자기 그가 원하는 것의 의미가 뭔지 분명해졌다. 나는 아직 어린아이였다. 하지만 소년 소녀들이 조금 더 나이가 들면 서로 간에 그 어떤 은밀하고 상스러우며 금지된 일을 벌일 수 있다는 것을 소문으로 들어 알고 있었다. 그러니까 이제 내가… 나는 그것이 얼마나 엄청난 짓인지 갑자기 깨달았다! 그리고 절대 그렇게 하지 않겠다는 나의 결심은 그 즉시 더욱 확고해졌다. 그러나 그다음에 무슨 일이 일어날지, 그리고 크로머가 나에게 어떻게 앙갚음할 것인지에 대해서는 감히 생각할 엄두가 나지 않았다. 나에게 새로운 고난이 시작되고 있었다. 아직은 충분치가 않았던 것이다.

나는 주머니에 두 손을 넣은 채, 텅 빈 광장을 쓸쓸히 걸어갔다. 새로운 고통, 새로운 굴종!

그때 상쾌하고 낮은 목소리가 나를 불렀다. 나는 깜짝 놀라 달려가기 시작했다. 누군가가 그런 나를 쫓아왔고, 뒤에서 손 하나가 나를 부드럽게 잡았다. 막스 데미안이었다.

나는 자진해서 멈춰 섰다.

"너였어? 깜짝 놀랐잖아!" 나는 불안한 목소리로 말했다.

그는 나를 빤히 바라보았고, 그런 그의 눈빛은 그 어느 때보다도 더 어른스럽고 우월하고 통찰력 있어 보였다. 우리는 한동안 이야기를 나누지 않았었다.

"미안!" 그가 특유의 정중하면서도 단호한 태도로 말했다. "하지만 있잖아, 그렇게 쉽게 겁을 먹어서는 안 돼!"

"하지만 뭐, 그럴 수도 있지."

"그렇기는 하지. 하지만 알아야 해. 너한테 아무 짓도 하지 않은 누군가의 앞에서 그렇게 놀라 기겁을 하면, 그 누군가는 생각하기 시작할 거야. 그런 너의 모습이 이상하기도 하고, 왜 그런지 궁금하기도 하거든. 결국 그 누군가는 네가 신기할 정도로 잘 놀란다고 생각하게 될 거야. 그리고 계속해서 생각하겠지. 사람들은 단지 겁이 날 때만 그런다고 말이야. 겁쟁이들은 항상 불안해하거든. 하지만 난 네가 정말로 겁쟁이라고는 생각하지 않아. 내 말이 맞지? 아, 물론 그렇다고 해서 영웅인 것도 아니고 말이야. 네가 두려워하는 것들이 있지. 또, 네가 두려워하는 사람들도 있고. 하지만 우리는 결코 그래서는 안 돼. 맞아, 절대로 사람을 두려워해서는 안 되는 거야. 혹시 내가 무서운 거는 아니지? 아니면?"

"아냐! 하나도 안 무서워."

"맞아, 그래야지. 그런데 네가 무서워하는 사람이 있는 거야?"

"몰라… 날 좀 가만 내버려둬. 나한테서 무슨 말을 듣고 싶은 거야?"

그는 나와 나란히 걸었다. 나는 도망치고 싶다는 생각에 좀 더 빨리 걸었다. 하지만 곁에서 그의 시선이 느껴졌다.

그가 다시 말하기 시작했다. "내가 너에게 호의를 갖고 있다고 한번 가정해보자. 어쨌거나 너는 나를 무서워할 필요가 없는 거야. 나는 너와 함께 한 가지 실험을 해보고 싶어. 재미도 있고, 그 실험을 통해 무언가를 배울 수도 있는 아주 유용한 실험이야. 그러니 잘 들어봐! 나는 종종 사람들이 독심술이라고 부르는 방법을 시도하곤 해. 마법 같은 거하고는 전혀 관계가 없지만, 어떻게 하는 건지 알지 못한다면 아주 기이해 보이기도 하지. 그걸로 사람들을 많이 놀라게 할 수 있어. 자, 한번 시험 삼아 해보자. 그러니까 나는 너를 좋아해. 아니면 너에게 관심이 있고, 그래서 이제 너의 마음속이 어떤 모습인지 알아보고 싶어. 그러기 위해서 나는 이미 첫걸음을 내디뎠어. 내가 너를 놀라게 한 거지. 그렇다면 너는 쉽게 놀라는 편이야. 그러니까 너한테는 두려워하는 무언가나 누군가가 있다는 것이지. 왜 그렇게 되었을까? 우리는 그 누구도 두려워할 필요가 없어. 하지만 누군가가 만일 다른 누군가를 두려워한다면, 그건 그 누군가에게 자기 자신을 지배할 수 있는 권한을 내주었기 때문이야. 예를 들어 네가 나쁜 짓을 저질렀고, 다른 누군가가 그 사실을 알고 있다면, 그러면 그는 너를 지배할 수 있는 거야. 내 말 이해하지? 분명하지 않아?"

나는 속절없이 그의 얼굴만 바라보았다. 그의 얼굴은 언제나처럼 진지하고 지적이었고, 또한 선해 보였다. 그러나 다정함이라고는 전혀 찾아볼 수 없었고, 오히려 엄격해 보였다. 그의 얼굴에는 정의나 그와 비슷한 무언가가 깃들어 있었다. 나는 무슨 영문인지 알 수 없었다. 그리고 그는 마법사처럼 내 앞에 서 있었다.

"내 말 이해했어?" 그가 다시 한번 물었다.

나는 고개를 끄덕였다. 말은 한마디도 할 수 없었다.

"내가 말했지만, 독심술은 기묘해 보여. 하지만 아주 자연스러운 과정이지. 예를 들어, 내가 카인과 아벨의 이야기를 들려주었을 때, 네가 나에 대해 무슨 생각을 했는지 상당히 정확하게 말해줄 수 있어. 물론, 그건 지금 이 일과는 관계없는 이야기이지만 말이야. 네가 한 번쯤은 내 꿈을 꾸었을 수도 있을 거라 생각해. 하지만 그 이야기는 이제 그만 하자! 너는 영리한 아이야. 대부분의 아이들은 진짜 멍청하고 말이야! 나는 내가 신뢰하는 영리한 아이와 때때로 이야기 나누는 걸 좋아해. 그래도 괜찮겠지?"

"물론이지. 단지 전혀 이해가 안 될 뿐이야."

"재미있는 실험을 계속해보자! 그래서 우리는 다음과 같은 사실을 알게 되었어. 소년 S는 쉽게 겁을 먹고, 그는 누군가를 두려워해. 그는 아마도 그 누군가와 어떤 비밀을 공유하고 있을 거야. 그에게는 아주 불편하기만 한 비밀을 말이야. 대충 그렇지 않을까?"

꿈에서처럼 나는 그의 목소리와 그의 영향력 아래에 놓여 있었다. 나는 그저 고개를 끄덕였다. 단지 내 안에서만 나올 수 있었던 어떤 목소리가 말하고 있는 것이 아니었을까? 그 목소리는 모든 것

을 알고 있었을까? 그 목소리는 나 자신보다도 모든 것을 더 잘, 그
리고 더 명확하게 알고 있던 것일까?

데미안이 내 어깨를 툭 쳤다.

"정말 그런가 보네. 나도 그럴 거라 생각했어. 이제 한 가지만 더
물어볼게. 조금 전에 저기 있다 가버린 아이가 누구야?"

나는 더럭 겁이 났다. 슬며시 건드려진 나의 비밀이 내 안에서 다
시금 고통스럽게 움츠러들며, 백일하에 드러나는 걸 꺼렸다.

"어떤 아이? 나 말고는 아무도 없었는데."

그가 웃었다.

"그냥 말해!" 그가 웃으며 말했다. "그 아이 이름이 뭐야?"

나는 속삭이듯 말했다. "프란츠 크로머를 말하는 거야?"

그는 만족스러운 듯 고개를 끄덕였다.

"좋았어! 넌 역시 똑똑해. 우리는 친구가 될 거야. 하지만 이제 너
에게 무언가를 말해야겠어. 그 크로머인가 뭔가 하는 아이는 나쁜
놈이야. 그의 얼굴이 그가 악당이라고 말해주고 있거든! 네 생각은
어때?"

"응, 맞아," 나는 한숨을 내쉬었다, "그 아이는 나빠. 악마라고! 그
러나 그 아이는 아무것도 알아서는 안 돼! 제발이지, 아무것도 몰라
야 해. 그 아이를 아니? 그 아이가 너를 알고 있어?"

"자, 진정하고! 그 아이는 가고 없어. 나를 알지도 못하고. 아직
은 말이야. 그러나 나는 그 아이에 대해서 정말로 알고 싶어. 그 아
이는 공립 학교에 다니니?"

"응."

"몇 학년인데?"

"5학년. 하지만 그 아이한테는 아무 말도 하지 마! 부탁이니, 제발 그 아이에게는 아무 말도 하지 마!"

"걱정하지 마. 너한테는 아무 일도 없을 거야. 그런데 혹시 그 크로머라는 아이에 대해 좀 더 이야기해주지 않을래?"

"아니, 그럴 수는 없어! 그러니, 나를 그만 내버려둬!"

그는 잠시 말이 없었다.

"아쉽네." 그가 계속해서 말했다. "우리는 이 실험을 좀 더 해볼 수도 있었는데. 하지만 널 귀찮게 하고 싶지는 않아. 그러나 그를 두려워하는 것이 옳지 않다는 것은 너도 분명 알고 있지? 그렇지? 그 같은 두려움은 우리를 완전히 망가뜨려. 그래서 우리는 그런 두려움에서 벗어나야 해. 진짜 남자가 되고 싶다면, 너는 그런 두려움을 떨쳐버려야 해. 알겠지?"

"물론, 네 말이 맞아…. 하지만 그렇게 되지를 않는걸. 너는 정말이지 몰라…."

"내가 많은 것을 알고 있다는 걸 너도 보았어. 아마도 네가 생각하는 것보다도 훨씬 더 많이 알고 있을 거야. 너, 혹시 그 아이에게 돈이라도 빚지고 있는 거니?"

"응, 그것도 맞아. 그렇지만 진짜 중요한 것은 그게 아니야. 하지만 나는 말할 수 없어, 할 수가 없다고!"

"그럼 내가 빚진 만큼의 돈을 네게 줘도 소용이 없다는 거야? 돈이라면 내가 너한테 줄 수도 있어."

"아니야, 그게 아니야. 그리고 부탁할게. 이 일에 대해서는 아무한테도 말하지 말아줘! 단 한 마디도! 너는 나를 정말로 힘들게 하고 있어!"

"싱클레어, 나를 믿어. 너는 언젠가 내게 너희 둘 사이의 비밀에 대해 더 많은 것을 말해줄 거야."

"아니야, 절대 그러지 않을 거야. 절대로!" 나는 격하게 소리쳤다.

"그래, 네 마음대로 해. 나는 단지, 어쩌면 네가 나중에라도 나에게 더 많은 것을 말해줄 거라고 말하는 것일 뿐이야. 물론 전적으로 네가 원해서 말이야. 설마 나도 크로머처럼 행동할 거라고 생각하는 건 아니지?"

"오, 아니야. 하지만 너는 그 일에 대해 아무것도 몰라!"

"아무것도 모르지. 나는 단지 그 일에 대해 깊이 생각해볼 뿐이야. 그리고 나는 절대 크로머처럼은 행동하지 않을 거야. 그것만큼은 믿어줘. 더구나 나한테는 빚진 것도 전혀 없잖아."

우리는 한참 동안 말이 없었고, 나는 점차 안정을 되찾았다. 하지만 데미안이 나와 크로머 사이의 관계에 대해 알고 있다는 사실은 점점 더 기이하게만 여겨졌다.

"이제 집에 가야겠다." 그가 빗속에서 로덴 코트를 여미며 말했다. "이왕 말이 나온 김에 한 가지만 더 말해줄게. 그 녀석에게서 벗어나야 해! 달리 아무것도 할 수 없다면 그를 죽이기라도 해! 네가 그렇게 한다면 무척이나 감동적이고 반가운 일일 거야. 나도 도와줄게."

나는 다시금 두려워졌다. 갑자기 카인의 이야기가 다시 떠올랐다. 나는 겁이 났고, 나직이 소리 내어 울기 시작했다. 나를 둘러싸고 너무나 많은 섬뜩한 일들이 벌어지고 있었다.

"그래, 됐어." 막스 데미안이 미소 지으며 말했다. "이제 그만 집에 가자! 우리는 잘 해낼 거야. 물론, 때려죽이는 게 가장 간단하겠지만…. 이런 경우에는 가장 단순한 게 언제나 최선의 해결책이야. 어쨌거나 크로머 같은 녀석이랑 어울려서 결코 좋을 건 없어."

나는 집으로 돌아왔다. 마치 1년 동안 집을 떠나 있었던 것 같은 기분이 들었다. 모든 것이 달라 보였다. 나와 크로머 사이에는 미래와 같은 무언가가, 희망과 같은 무언가가 존재했다. 나는 더 이상 혼자가 아니었다! 그리고 그제야 비로소 나는 지난 몇 주 동안 나만의 비밀을 끌어안고 있던 내가 얼마나 끔찍할 정도로 혼자였는지 알 수 있었다. 그리고 그 즉시, 내가 몇 번이고 고민했던 것이 떠올랐다. 부모님께 고백한다면 마음이 홀가분해지기는 하겠지만, 결코 완전히 구원받지는 못할 거라는 사실 말이다. 이제 나는 하마터면 다른 누군가에게, 낯선 사람에게 고백할 뻔했다. 그리고 구원의 예감이 마치 진한 향기처럼 나를 향해 밀려왔다!

어쨌거나 나의 두려움은 아직 극복되지 않았고, 나는 여전히 적과의 길고도 무서운 싸움을 각오하고 있었다. 그럴수록 모든 것이 그처럼 조용하고 완전히 은밀하고 고요하게 흘러가고 있다는 것이 더 신기하게만 여겨졌다.

크로머의 휘파람 소리는 하루, 이틀, 사흘, 그리고 일주일 동안 우리 집 앞에서 들리지 않았다. 나는 도무지 그 같은 사실을 믿을 수 없었고, 전혀 예상하지도 못한 때에 갑자기 그가 다시 나타나지는 않을까 은근히 걱정하고 있었다. 그러나 그는 여전히 나타나지 않았다! 새로운 자유에 대해 의심하며, 나는 여전히 그 사실을 믿지 못했다. 그러다 마침내, 나는 프란츠 크로머와 다시 마주쳤다. 그는 자일러 가세 맞은편에서 내 쪽으로 내려오고 있었다. 그는 나를 보자마자 움찔 놀라더니 사납게 얼굴을 찡그리고는, 나를 피하는 듯 곧바로 몸을 돌렸다.

나로서는 진정 놀라운 순간이었다! 나의 적이 내 앞에서 꼬리를 감춘 것이다! 나의 악마는 나를 두려워했다! 나는 기쁨과 놀라움에 전율했다.

그 무렵, 데미안이 다시 한번 내 앞에 모습을 나타냈다. 그는 학교 앞에서 나를 기다리고 있었다.

"안녕." 내가 인사했다.

"안녕, 싱클레어. 그렇지 않아도 어떻게 지내는지 듣고 싶었어. 크로머란 녀석이 이제 더는 너를 귀찮게 하지 않지? 그렇지?"

"네가 그렇게 한 거야? 하지만 어떻게? 대체 어떻게 한 거야? 어찌 된 일인지 모르겠지만, 그 아이는 아예 내 앞에 얼씬거리지도 않아."

"잘됐네. 그 아이가 언제고 다시 나타난다면, 물론 그럴 일은 없겠지만 워낙에 뻔뻔한 놈이라서…. 그럴 땐 그냥 데미안을 잊지 말라고만 말해버려."

"그게 대체 무슨 말이야? 그 애랑 싸워서 흠씬 패주기라도 한 거야?"

"아니, 난 그렇게 하는 걸 별로 좋아하지 않아. 너하고 했던 것처럼 나는 그저 그 아이랑 이야기했을 뿐이야. 그러면서 너를 가만 놔두는 게 그에게도 득이 되리란 것을 분명하게 이해시켰지."

"설마, 그 아이에게 돈을 주거나 한 거는 아니지?"

"아니야. 그런 방법이라면 네가 이미 시도해봤잖아."

아무리 캐물어도 그는 대답하지 않은 채 떠나갔다. 그리고 나는 그에 대한 예전의 꽉 막힌 듯한 중압감을 느끼며 그 자리에 남아 있었다. 그 감정은 고마움과 경외심, 감탄과 두려움, 애착과 내적인 거부감이 묘하게 뒤섞인 느낌이었다.

나는 그를 곧 다시 만나기로 마음먹었고, 그러면 카인의 일을 포함하여 그 모든 것에 대해 그와 더 이야기해 보고 싶었다.

하지만 내가 마음먹은 대로 되지는 않았다.

감사는 결코 내가 믿는 미덕이 아니며, 어린아이에게서 감사를 구한다는 것은 잘못이라고 여겼다. 그래서 나는 내가 막스 데미안에게 보여주었던 완전한 배은망덕에 대해서도 그다지 놀라지 않는다. 데미안이 크로머의 손아귀에서 나를 해방시켜 주지 않았더라면 나는 평생토록 병들고 타락했을 것이라고 지금까지도 확신한다. 그 당시에도 나는 이 해방을 내 어린 시절의 가장 큰 경험이라고 느꼈었지만, 해방자가 기적을 행하자마자 나는 그의 존재 자체를 외면하고 말았다.

이미 말했듯, 배은망덕은 나에게는 이상한 일이 아니다. 내가 유일하게 이상하다고 느꼈던 점은 내가 보여준 호기심의 결핍이다. 데미안이 알게 해준 비밀들을 좀 더 자세히 알아내지 못한 채, 나는 어떻게 단 하루라도 평온하게 지낼 수 있었던 걸까? 카인에 대해, 크로머에 대해, 그리고 독심술에 대해 더 많이 알고 싶다는 욕구를 나는 어떻게 억누를 수 있었을까?

좀처럼 이해할 수 없지만, 실제로 그러했다. 나는 갑자기 악마의 그물에서 풀려난 나 자신을 보았고, 밝고 즐거운 세상이 다시금 내 앞에 놓여 있는 것을 보았으며, 더는 불안 발작과 숨이 막힐 것만 같은 빠른 심장의 고동에 시달리지 않았다. 마법은 풀렸고, 나는 더 이상 고통받는 저주받은 영혼이 아니었으며, 다시금 예전과 같은 학생으로 돌아왔다. 내 본성은 가능한 한 빨리 균형과 평온을 되찾으려 했고, 그래서 무엇보다도 추하고 위협적인 많은 것들을 밀쳐내고 잊어버리려 애썼다. 그리고 나의 잘못과 불안에 관한 긴 이야기 전체는 겉으로는 그 어떤 흉터나 인상도 남기지 않은 채, 놀랍도록 빨리 내 기억에서 사라져갔다.

그러고 보면, 내가 나의 조력자와 구원자를 마찬가지로 빨리 잊으려 했던 것 또한 이제 이해가 된다. 나는 상처받은 내 영혼의 모든 의지와 힘을 다해 나의 저주받은 비탄의 골짜기로부터, 그리고 크로머에게 얽매였던 끔찍한 속박으로부터, 예전의 행복하고 만족했던 곳으로, 다시 열린 잃어버린 낙원으로, 아버지와 어머니의 밝은 세계로, 누나들에게로, 순수함의 향기로, 신의 뜻에 부합하는 아벨의 경건함으로 도망쳤다.

데미안과 짧은 대화를 나누었던 그 날, 마침내 자유를 되찾았다는 확신이 들고 더는 재발할 것을 두려워하지 않게 되자, 나는 곧바로 내가 그토록 자주 그리고 간절히 바랐던 일을 실행에 옮겼다. 나는 고백했다. 나는 어머니에게 가서, 자물쇠가 부서지고 돈 대신 가짜 돈으로 채워져 있던 저금통을 보여주었고, 내가 저지른 잘못으로 인해 얼마나 오랫동안 사악한 박해자에게 구속되어 있었는지 이야기했다. 어머니는 모두 다 이해하지는 못했지만, 저금통을 보았고, 나의 변화된 눈빛을 보았으며, 나의 변화된 목소리를 들었고, 내가 회복되었으며, 어머니의 품으로 되돌아왔다는 것을 느꼈다.

그리고 이제 나는 고양된 감정으로 나의 복귀를, 탕자의 귀환을 축하하는 의식을 치렀다. 어머니는 나를 아버지에게 데려갔고, 나의 이야기는 다시 한번 되풀이되었고, 질문과 탄성이 연달아 이어졌고, 부모님은 내 머리를 쓰다듬으며 오랫동안 참고 있던 안도의 한숨을 내쉬었다. 모든 것이 훌륭했고, 모든 것이 동화 속 이야기만 같았고, 모든 것이 놀라운 조화 속으로 녹아들었다.

이제 나는 진정 열정을 다해 그 조화 속으로 빠져들었다. 마음의 평화와 부모님의 신뢰를 되찾았다는 사실에 나는 결코 만족할 수 없었다. 나는 가정적인 착한 아들이 되었고, 그 어느 때보다 더 많이 누나들과 어울렸으며, 기도 시간이면 구원받고 교화된 이들의 기쁨에 가득 찬 마음으로 좋아하는 옛 노래들을 함께 불렀다. 그것은 진심에서 우러나온 행동이었고, 조금의 거짓도 들어 있지 않았다.

그럼에도 불구하고 모든 상황이 다 괜찮아진 것은 전혀 아니었다! 그리고 바로 그 사실만이 내가 데미안을 잊고 있던 이유를 진정으로 설명해줄 수 있다. 나는 그에게 고백했어야 했다! 그리고 그렇게 했더라면 지금보다는 덜 화려하고 덜 감동적이었겠지만, 그 고백은 나에게 훨씬 더 유익한 결과를 가져왔을 것이다. 나는 이제 모든 뿌리를 내려 예전의 낙원과도 같은 나의 세계에 매달렸고, 집으로 돌아와 은혜롭게 받아들여졌다. 하지만 데미안은 결코 그 세계에 속하지 않았고, 그 세계에 어울리지 않았다. 크로머와는 달랐지만, 그도 마찬가지였다. 그 역시 유혹자였고, 그 역시 나를 사악하고 그릇된 두 번째 세계와 연결시켰다. 하지만 나는 영원토록 그 세계에 대해서는 더 이상 아무것도 알고 싶지 않았다. 나는 이제 막 다시 아벨이 되었고, 그런 나로서는 아벨을 포기하고 카인을 영광스럽게 하는 일을 도울 수 없었고, 그러고 싶지도 않았다.

표면적인 맥락은 그러했다. 그러나 내적인 상황은 또 달랐다. 나는 크로머와 악마의 손아귀에서 구원받았다. 그러나 그 구원은 나 자신의 힘과 노력을 통한 것이 아니었다. 나는 세상의 길을 걸어가려고 노력했지만, 그 길들은 나에게는 너무 미끄러웠다. 다정한 손길 하나가 나를 붙잡아 구해준 지금, 더는 바깥세상에 한눈을 팔지 않은 채, 나는 어머니의 품속으로, 그리고 애지중지 사랑받고 경건하며 온화한 어린 시절의 아늑함 속으로 되돌아갔다. 나는 나 자신을 실제의 나보다 더 어리게, 더 의존적으로, 더 유치하게 만들었다. 나는 크로머에의 종속을 다른 무언가에 대한 새로운 예속으로 대체해야 했다. 혼자서는 걸어갈 수 없었기 때문이다. 그래서 나는 맹목적인 심정으로 아버지와 어머니에게의 종속을, 그리고 이 세상에 존재하는 유일한 세계가 아님을 이미 알고 있었던 예전의 사랑받는 "밝은 세계"에의 종속을 선택했다. 그렇게 하지 않았더라면, 나는 분명 데미안 옆에 남아서 그에게 내 속마음을 털어놓았을 것이다. 내가 그렇게 하지 않았다는 사실은 당시의 나에게는 그의 낯선 생각에 대한 정당한 불신으로 여겨졌다. 하지만 그 같은 생각은 실제로는 두려움에 불과했다. 데미안이 부모님보다 더 많은 것을, 훨씬 더 많은 것을 나에게 요구할 것이 두려웠기 때문이다. 그라면 자극과 훈계, 조롱과 빈정거림을 통해 나를 좀 더 자립적으로 만들려고 노력했을 것이기 때문이다. 아, 세상 사람들에게는 자기 자신에게로 이끄는 길을 걸어가는 것보다 더 거슬리는 것은 없다는 사실을 나는 이제 알고 있었다!

약 6개월 후, 그럼에도 불구하고 나는 유혹을 참을 수 없었고, 산책을 하다 아버지에게 어떤 사람들은 카인이 아벨보다 더 훌륭하다고 하는데 그에 대해 어떻게 생각하는지 물었다.

아버지는 깜짝 놀랐고, 그런 주장은 그다지 새로울 것도 없는 견해라고 설명했다. 그 같은 해석은 심지어 초기 기독교 시대에 나타나 여러 교파에서 가르쳐져 왔는데, 그중 하나는 자신들을 "카인의 후예"라고 불렀다는 것이다. 그러나 아버지의 말에 따르면, 그런 터무니없는 주장은 물론 우리의 믿음을 망가뜨리려는 악마의 시험에 불과할 뿐이었다. 카인의 옳음과 아벨의 옳지 않음을 믿는다면, 그로부터 신이 실수한 것이고, 따라서 성경 속의 하느님은 옳고 유일한 신이 아니라 거짓된 신이라는 결론이 도출되기 때문이다. 카인의 후예는 실제로도 그와 비슷한 것을 가르치고 설교했다. 하지만 그 같은 이단은 인간 세상에서 사라진 지 이미 오래되었는데, 나의 학교 친구가 그런 주장에 대해 무언가를 들어 알고 있다는 사실이 그저 놀라울 뿐이라고 아버지는 말했다. 아울러, 행여나 그런 생각에는 귀 기울이지 말라고 진지하게 당부했다.

예수와 함께 십자가에 매달린 도둑

나의 어린 시절, 아버지와 어머니 곁에서 내가 누렸던 안정감, 그리고 온화하고 사랑이 가득하고 밝은 환경 속에서 즐기는 근심 걱정 없는 즐겁고 편안한 삶과 자식의 부모 사랑에 대해 이야기하는 것은 아름답고 다정하고 사랑스러울 것이다. 하지만 나에게는 오직, 나의 삶에서 나 자신을 찾기 위해 내가 내디뎠던 발걸음들만에 관심이 있을 뿐이다. 그들의 마법과도 같은 매력을 나도 모르지는 않았지만, 나는 그 모든 아름다운 휴식의 순간들, 그리고 행복의 섬과 낙원들을 먼 과거의 광채 속에 내버려둔 채, 다시 한번 그곳에 발을 들여놓고 싶지는 않다.

그렇기 때문에 아직 나의 어린 시절에 머무르는 동안, 나는 단지 나에게 새롭게 다가왔던 것, 나를 잡아채 앞으로 나아가게 했던 것에 대해서만 이야기한다.

그런 자극과 계기는 언제나 '다른 세계'에서 찾아왔고, 언제나 두려움과 속박과 양심의 가책을 초래하였으며, 언제나 혁명적이었고, 내가 기꺼이 머물고 싶었을 평화를 위태롭게 했다.

허용된 밝은 세계에서는 기어다니며 숨어야 하는 원초적 본능이 나 자신 안에 살고 있다는 것을 새삼 발견해야 했던 시간이 찾아왔다. 다른 모든 사람들과 마찬가지로, 서서히 깨어나는 성에 대한 감정은 적이자 파괴자로서, 금지된 것으로서, 유혹과 죄악으로서 나 또한 엄습했다. 나의 호기심이 구하던 것, 나의 꿈과 욕망과 두려움이 내게 불러일으켰던 것, 사춘기의 위대한 비밀, 그것들은 내 어린 시절의 평화의 보호를 받던 행복과는 전혀 어울리지 않았다. 나는 다른 모든 사람들처럼 행동했다. 나는 이제 더는 어린아이가 아닌 어린아이의 이중적인 삶을 살았다. 나의 의식은 가정적이고 허용된 것 속에서 살았고, 나의 의식은 어렴풋이 밝아오는 신세계를 거부했다. 그러나 동시에, 나는 내밀한 부류의 꿈과 충동과 욕망 속에서 살았다. 그리고 그것들 위로 저 의식적인 삶은 점점 더 불안해지는 다리를 건설했다. 왜냐하면 내 안의 어린아이의 세계가 무너졌기 때문이다. 거의 모든 부모들과 마찬가지로 나의 부모님 역시 언급되어지지 않은 채 깨어나던 생명의 충동을 모른 척하며 거들지 않았다. 그들은 단지 현실을 부정하고, 점점 더 비현실적이고 위선적으로 변해가는 어린아이의 세계에서 계속해서 살아가려는 나의 가망 없는 시도를 지칠 줄 모르는 세심함으로 도왔을 뿐이다. 이런 상황에서 부모가 어느 정도 도움이 될 수 있는지 나는 알지 못하고, 그래서 나의 부모님을 탓하지 않는다. 나 자신을 통제하고 내 길을 찾아내는 것은 나의 일이었고, 나는 대부분의 품행이 단정한 사람들과 마찬가지로 나의 일을 잘 해내지 못했다.

누구나 그런 어려움을 겪는다. 이는 보통 사람들에게는 자기만의 삶의 요구가 주변 세계와 가장 격하게 부딪히는 인생의 지점이고, 앞으로 나아갈 길을 가장 혹독하게 싸워 개척해야 하는 인생의 지점이다. 많은 이들이 우리의 운명인 죽음과 새로 태어남을 경험한다. 살면서 오직 한 번, 어린 시절이 쇠퇴하고 점점 붕괴되면서, 우리가 어느새 익숙해져 있던 모든 것이 우리를 떠나려 하고, 우리 주변에서 갑자기 우주의 치명적인 추위와 고독이 느껴질 때, 이들을 경험하게 된다. 아주 많은 이들이 마냥 이 절벽에 매달리고, 되돌릴 수 없는 지나간 것에 평생 동안 고통스럽게 달라붙는다. 그리고 모든 꿈 중에서 가장 최악이자 가장 끔찍한 꿈인 잃어버린 낙원의 꿈에 연연한다.

나의 이야기로 되돌아가보자. 어린 시절의 종말을 나에게 알려준 감정과 꿈의 이미지들은 굳이 언급해야 할 만큼 중요하지 않다. 중요한 것은 '어두운 세계', '다른 세계'가 다시금 거기 있었다는 사실이다. 한때는 프란츠 크로머였던 것이 이제는 나 자신 안에 내재해 있었다. 그리고 그로 인해 '다른 세계'는 외부로부터도 나를 지배하는 힘을 다시 획득했다.

크로머 사건이 있고서 몇 년이 흘렀다. 당시에는 나의 인생 가운데 극적이고 죄 많았던 그 시간은 이미 내 관심 밖의 일이었고, 짧은 악몽처럼 흔적도 없이 사라진 것처럼 보였다. 프란츠 크로머는 내 삶에서 사라진 지 오래였고, 어쩌다 그를 만나더라도 나는 거의 신경 쓰지 않을 정도였다. 그러나 내 비극의 또 다른 중요한 인물인 막스 데미안은 내 주변 세계에서 아직도 완전히 사라지지 않고 있었다. 그 대신, 그는 눈에 띄기는 하지만 별다른 영향력을 발휘하지는 않으면서, 오랫동안 멀리 가장자리에 머물러 있었다. 그랬던 그가 비로소 다시 점점 가까이 다가섰고, 다시 한번 힘과 영향력을 발산했다.

그 시절의 데미안에 대해 내가 알고 있는 것을 기억해보려 한다. 1년 또는 그 이상, 나는 그와 단 한 번도 이야기를 나누지 않았던 것 같다. 나는 그를 피했고, 그는 결코 치근대며 달라붙지 않았다. 언젠가 한 번 우리는 우연히 마주쳤고, 그는 나에게 고개를 끄덕여 다정히 인사했다. 그러고는 간간이 그의 다정함에서 비웃음이나 아이러니한 비난의 미묘한 울림이 느껴지기도 했지만, 어쩌면 그것은 그저 나의 상상에 불과했을지도 모른다. 내가 그와 함께 겪었던 사건과 그 당시 그가 나에게 끼쳤던 기이한 영향력은 그와 나 모두에게서 잊힌 것만 같았다.

그의 모습을 찾고 그를 기억해 떠올리는 지금, 그가 결국 거기에 있었고, 내가 그런 그를 주목하고 있었다는 것을 나는 알 수 있다. 나는 그가 혼자이거나 다른 상급반 학생들과 어울려 학교에 가는 것을 본다. 그리고 그가 낯설게, 외롭고 조용하게, 그 자신의 분위기에 에워싸이고, 그 자신의 법칙에 따라 살며, 그들 사이를 하늘의 별자리처럼 떠도는 것을 본다. 아무도 그를 좋아하지 않았고, 그의 어머니 외에는 아무도 그와 친하지 않았다. 어머니와의 관계에서도 그는 아이라기보다는 어른처럼 행동하는 것 같았다. 선생님들은 가능한 한 그를 그냥 내버려두었다. 그는 공부 잘하는 학생이었지만, 다른 누구의 마음에 들려고 애쓰지 않았다. 때때로 그가 선생님을 상대로 했다는 그 어떤 말, 논평, 반론 등을 소문을 통해 들었다. 그것들은 직설적인 도전성이나 아이러니한 측면에서 뭐 하나

부족할 게 없는 최상의 것들이었다.

　나는 두 눈을 감고 기억을 떠올리고, 그의 모습이 나타나는 것을 본다. 그게 어디였지? 그렇다, 이제 다시 그곳이었다. 우리 집 앞 골목이었다. 그곳에서 나는 어느 날 손에 수첩을 들고 서 있는 그를 보았고, 그가 그림을 그리는 것을 보았다. 그는 우리 집 대문 위의 새가 있는 오래된 문장을 그리고 있었다. 나는 창가에 서서, 커튼 뒤에 몸을 숨기고, 그를 바라보고 있었다. 그리고 문장을 향하고 있는 그의 주의 깊고 냉정하고 밝은 얼굴을 깊은 놀라움 속에 바라보았다. 그것은 우월하고 의지가 넘치고, 기이할 만큼 밝고 시원하며, 뭔가를 아는 듯한 눈을 지닌, 어른의 얼굴, 학자의 얼굴, 또는 예술가의 얼굴이었다.

　다시금 그의 모습이 보인다. 조금 지나서, 거리에서였다. 학교에서 집으로 돌아오는 길에 우리 모두는 쓰러진 말 주위에 서 있었다. 그 말은 여전히 끌채에 매인 채, 어느 농장 마차 앞에 누워서, 벌름거리는 코로 무언가를 찾듯 애처롭게 씩씩거리고 숨을 쉬면서, 눈에 띄지 않는 상처에서 피를 흘리고 있었고, 그래서 옆구리 쪽에서는 도로의 하얀 먼지가 천천히 피로 시커멓게 젖어 가고 있었다. 구역질이 날 것만 같아 고개를 돌리던 나는 데미안의 얼굴을 보았다. 그는 앞으로 밀치고 나와 있지 않았다. 그답게, 편안하고 상당히 우아한 모습으로, 맨 뒤쪽에 서 있었다. 그의 시선은 말의 머리를 향해 있는 것 같았고, 다시금 그만의 그윽하고 고요하며 거의 광적이면서도 냉정한 관심을 담고 있었다. 나는 잠시 그를 바라볼 수밖에 없었고, 그러면서 여전히 분명하지는 않지만 무언가 아주 독특한 것을 느꼈다. 나는 데미안의 얼굴을 보았고, 단지 그가 소년의 얼굴이 아니라 어른의 얼굴을 가졌다는 것만을 본 것이 아니었다. 나는 더 많은 것을 보았다. 나는 또한 그의 얼굴이 어른의 얼굴이 아니라, 또 다른 무언가의 얼굴이라는 사실을 보았거나 감지했다고 생각했다. 마치 그 안에는 여자의 얼굴도 들어 있는 것 같았다. 무엇보다도 그 얼굴은 한순간, 어른스럽거나 어린아이 같은 게 아니고, 늙거나 젊은 게 아니라, 왠지 모르게 천 년은 된 듯, 왠지 모르게 시간을 초월한 듯, 우리가 살고 있는 것과는 다른 시대의 낙인이 찍혀 있는 듯 여겨졌다. 동물들은, 아니면 나무나 별이라면 그렇게 보일 수도 있었다. 이제 어른이 되어 지금 내가 말하는 바로 그것을 그때는 알지 못했고, 느끼지 못했다. 단지 그와 비슷한 무언가를 느꼈을 뿐이다. 어쩌면 그가 멋졌을지도 모르고, 어쩌면 내 마음에 들었을지도, 어쩌면 역겹게 느껴졌을지도 몰랐다. 그것 또한 단정할 수 없었다. 내가 보았던 것은 단지 그가 우리와는 달랐다는 사실, 그가 어떤 짐승 같았거나 유령 같았거나 하나의 형상 같았다는 사실이다. 그가 어떠했는지는 알지 못한다. 그러나 그는 달랐다. 상상할 수 없을 만큼 우리 모두와는 달랐다.

나의 기억은 내게 더 많은 것을 말해주지 못한다. 어쩌면 이것 역시도 부분적으로는 훗날의 인상들에서 길어 올린 것일지도 모른다.

몇 살 더 나이를 먹고서야 나는 마침내 그와 다시 가까워졌다. 데미안은 일반적인 관습과는 달리 동갑내기 아이들과 함께 교회에서 치르는 견진성사를 받지 않았고, 이내 그 일과 관련된 소문들이 떠돌았다. 학교에서는 그가 실제로는 유대인이라거나 이교도라고 아이들끼리 수군댔고, 또 어떤 사람들은 그와 그의 어머니가 아무런 종교도 갖고 있지 않다거나 어떤 광적이고 평판이 안 좋은 교파에

속해 있다고 알고 있었다. 그런 소문들과 관련해 나는 그가 어머니와 연인처럼 지내고 있다는 의혹도 들었던 걸로 기억한다. 아마도 그 같은 소문들의 근원은 이제까지 그는 종교 없이 자랐고, 그로 인해 사람들은 그가 장차 어떤 불미스러운 일을 초래하게 될지도 모른다고 우려했기 때문인 것 같다. 어쨌든 그의 어머니는 그가 또래 아이들보다 2년 늦게 견진성사를 받도록 했다. 그래서 그는 몇 달 동안 나와 같은 반에서 견진성사 수업을 듣게 되었다.

한동안 나는 그와 완전히 거리를 두고 있었고, 그와 관계되고 싶지 않았다. 내가 보기에 그는 너무나 많은 소문과 비밀에 둘러싸여 있었고, 무엇보다도 크로머와의 사건 이후로 내게 남아 있던 뭔가 빚을 진 듯한 느낌이 나를 특히 힘들게 했다. 그리고 그 당시 나는 나 자신의 비밀만으로도 이미 충분히 힘겨워하고 있었다. 나의 경우에는 견진성사 수업과 성 문제에 결정적으로 눈을 뜨게 된 시기가 맞물렸고, 그래서 아무리 마음을 다잡으려 해도 경건한 가르침에 집중하기가 쉽지 않았다. 신부님이 이야기한 것들은 나와는 거리가 먼, 고요하고 성스러운 비현실의 세계 속에 있었다. 어쩌면 그것들은 아주 아름답고 가치 있는 것일지 몰랐지만 결코 실질적이거나 흥미진진한 것은 아니었고, 그에 반해 다른 것들은 아주아주 관심을 끌 만한 것들이었다.

이런 상황이 나를 종교 수업에 무관심하게 만들수록, 다시금 나의 관심은 점점 더 막스 데미안에게로 향해 갔다. 무언가가 우리를 한데 묶어놓고 있는 것 같았다. 그리고 나는 가능한 한 정확하게 그 연결고리를 살펴봐야 한다. 내가 기억하는 한, 그 계기는 교실에 아직 불이 밝혀져 있던 어느 이른 아침 시간에 시작되었다. 우리 반 선생님인 신부님은 카인과 아벨의 이야기를 설명했고, 나는 그 이야기에 거의 주의를 기울이지 않았다. 나는 여전히 잠에 취해 있었고, 무슨 말을 하는지 거의 듣지 않았다. 한순간, 신부님이 한층 크고 고양된 어조로 카인의 표지에 대해 말하기 시작했다. 그리고 바로 그 순간, 나는 뭔가 와닿는 느낌이나 경고 같은 것을 느꼈다. 그리고 고개를 들던 내 눈에 앞쪽 책상 줄에 앉아 있던 데미안이 나를 향해 얼굴을 돌리고 있는 게 보였다. 그의 맑은 눈은 조롱이자 진지함일 수 있는 표정으로 무언가를 말하고 있었다. 그는 아주 잠깐 나를 바라보았고, 나는 갑자기 잔뜩 긴장해 신부님이 하는 말에 귀를 기울였다. 신부님이 카인과 그의 표지에 관해 이야기하는 것을 들으며 나는 내 안 깊은 곳에서, 그 상황은 실제로는 신부님이 가르치는 것과 같지 않고, 다른 관점에서도 바라볼 수 있으며, 그에 대한 비판이 가능하다는 사실을 느꼈다!

그 순간, 데미안과 나 사이는 다시 하나로 연결되었다. 그리고 기이하게도, 영혼에서 그 어떤 연대감이 느껴지자마자 그 느낌이 마법처럼 공간적인 영역으로도 전이되는 것을 보았다. 그가 스스로 그렇게 상황을 만들 수 있었던 것인지, 아니면 순전한 우연의 일치였는지 나는 알지 못했다. 당시만 해도 나는 우연의 일치일 것이라고 굳게 믿었다. 그리고 며칠 뒤, 데미안은 갑자기 견진성사 수업 시간에 자리를 바꿔, 바로 내 앞자리에 앉았다. (아침이면 혼잡할 정도로 가득 찬 교실의 비참한 빈민촌 공기 속에서 그의 목덜미에서 은은히 풍겨오는 신선한 비누 냄새를 내가 얼마나 기분 좋게 들이마셨었는지 나는 지금도 생생히 기억한다!) 그리고 다시 며칠 후, 그는 이제 또 한 번 자리를 바꿔 내 옆에 앉았고, 그해 겨울과 이어지는 봄까지 내내 그 자리에 앉아 있었다.

아침 시간은 완전히 바뀌었다. 그 시간은 더 이상 졸리거나 지루하지 않았다. 나는 그 시간이 오기를 은근히 기다렸다. 때때로 우리 둘은 아주 집중해 신부님의 말씀에 귀 기울였다. 옆자리에 앉은 친구의 시선은 내가 이상한 이야기와 기이한 대목에 주목하도록 만들기에 충분했다. 그리고 그의 또 다른 시선, 아주 단호한 시선은 내 안에서 비판과 의심을 불러일으키도록 나의 주의를 환기시키기에 충분했다.

그러나 아주 많은 경우 우리는 좋은 학생이 못 되었고, 수업에 전혀 집중하지 않았다. 데미안은 선생님과 반 친구들을 늘 깍듯이 대했다. 나는 그가 또래 남학생들 특유의 어리석은 짓을 하는 걸 본 적이 없었고, 그가 큰 소리로 웃거나 떠드는 것을 들어본 적이 없었다. 그는 선생님에게 질책받을 짓은 절대 하지 않았다. 그러나 그는 아주 조용히, 그리고 속삭이는 말보다는 차라리 손짓과 눈빛으로, 내가 그 자신의 활동에 관여하도록 만드는 법을 알고 있었다. 그런 것 중 일부는 아주 기묘하기까지 했다.

예를 들어, 그는 자신이 반 아이 중 누구에 대해 관심이 있으며, 어떤 방식으로 그 아이들을 찬찬히 살펴보고 있는지 말해주었다. 그중 몇몇 아이에 대해서는 그는 아주 정확하게 파악하고 있었다. 수업이 시작되기 전, 그가 말했다. "내가 너한테 엄지손가락으로 신호를 보내면, 아무개는 우리 쪽을 돌아보거나 목을 긁거나 할 거야." 그러고 나서 수업이 시작되었고, 나는 어느새 데미안이 했던 말을 까맣게 잊고 있었다. 그때 갑자기 데미안이 눈에 띄는 몸짓으로 나를 향해 엄지손가락을 홱 뒤집어 보였다. 나는 재빨리 아까 언급되었던 아이 쪽을 바라보았고, 그럴 때면 그 아이는 마치 줄에 매여 조종당하는 꼭두각시처럼 영락없이 요구된 행동을 하곤 했다. 나는 데미안에게 그와 똑같은 것을 선생님에게도 한번 시도해보라고 졸랐다. 하지만 그는 그렇게 하려 하지 않았다. 하지만 한번은 수업 시간에 예습을 해 오지 못했고, 그래서 그날만큼은 신부님이 나에게 아무것도 묻지 않았으면 좋겠다고 그에게 말했을 때, 그는 나를 도와주었다. 신부님은 교리문답의 한 구절을 암송하게 할 학생을 찾고 있었고, 아이들을 둘러보던 신부님의 눈은 지레 겁을 집어먹고 있던 내 얼굴에 와 멈추었다. 신부님은 천천히 다가왔고, 손가락을 들어서 내 쪽을 가리키며, 막 내 이름을 입에 올리려 했다. 그 순간, 신부님은 갑자기 생각이 바뀌었거나 왠지 불안하다고 느낀 듯 옷깃을 살짝 여미며, 자신의 얼굴을 뚫어져라 처다보고 있던 데미안에게로 다가가 그에게 뭔가 물으려는 것처럼 보였다. 그러나 놀랍게도 신부님은 다시 한번 돌아섰고, 몇 차례 헛기침을 하더니 이내 다른 학생을 지목했다.

이 같은 장난에 무척이나 재미있어하는 동시에, 나는 비로소 내 친구가 종종 나를 상대로도 그와 똑같은 장난을 치고 있다는 사실을 점차 알아차리게 되었다. 학교에 가는 길에 갑자기 데미안이 내 뒤에서 걸어오고 있다는 느낌이 들었고, 내가 돌아서자 데미안이 정말로 거기에 있었다.

"정말로, 네가 원하는 걸 다른 사람이 생각하게끔 할 수 있는 거야?" 내가 물었다.

그는 특유의 어른스러운 태도로 느긋하고 덤덤하게 대답했다.

"아니야." 그가 말했다. "그럴 수 있는 사람은 없어. 신부님이 뭐라고 말씀하시든, 우리에게는 자유의지란 없으니까 말이야. 사람들은 자신이 원하는 것을 생각할 수도 없고, 또 내가 원하는 것을 다른 사람이 생각하게 할 수도 없어. 그러나 누군가를 유심히 관찰하다 보면 종종 그가 생각하거나 느끼는 것을 상당히 정확하게 말할 수는 있지. 그러다 보면 일반적으로 그가 바로 다음 순간에 무엇을 할지 예측할 수도 있는 거야. 단지 사람들이 알지 못할 뿐이지, 알고 보면 사실 아주 간단한 거야. 물론 그러기 위해서는 연습이 필요하지. 예를 들어, 나비 중에는 암컷이 수컷보다 개체 수가 훨씬 적은 특정 나방 종류가 있어. 그 나방은 다른 모든 동물과 마찬가지 방식으로 번식해. 수컷이 암컷을 수정시키고, 그러면 암컷이 알을 낳는 거지. 자연 과학자들이 여러 차례 시험해본 바에 따르면, 이제 이 나방 중의 암컷 한 마리가 있다면, 수컷 나방들이 밤이면 그 암컷에게로 날아드는 거야. 그것도 몇 시간이나 떨어진 곳에서 말이야! 수 킬로미터나 떨어진 곳에 있던 모든 수컷들이 그 지역에 있는 단 한 마리의 암컷을 감지해내는 거지! 사람들은 그 같은 상황을 설명하려고 노력하지만, 결코 쉽지 않은 일이지. 훌륭한 사냥개가 눈에 보이지 않는 자취를 따라 사냥감을 추적할 수 있는 것과 같은 일종의 후각이나 그와 비슷한 무언가가 존재하는 게 틀림없어. 무슨 말인지 알겠어? 그건 그냥 그런 거고, 자연은 그런 것들로 가득 차 있지. 그리고 그 누구도 그걸 설명할 수는 없어. 그러나 단지 이렇게는 말할 수 있겠지. 그 나방들에게서도 암컷이 수컷만큼 흔했다면, 그들은 그처럼 발달된 후각을 갖지 못했을 것이라고 말이야! 결국 그 나방들은 단지 계속해서 훈련했기 때문에 그런 후각을 가지게 된 거야. 동물이나 인간은 특정한 일에 자신의 모든 관심과 의지를 쏟아부을 때 그것을 이룰 수 있어. 그게 다야. 그리고 그것이 바로 네가 궁금해하는 것이고. 누군가를 충분히 자세히 관찰해봐. 그러면 그에 관해 그 사람 본인보다 더 많은 것을 알게 될 거야."

나는 하마터면 '독심술'이라는 단어를 입에 올리고, 그로써 아주 오래전에 있었던 크로머와의 일을 데미안에게 상기시킬 뻔했다. 그러나 그런 일은 이제 우리 둘 사이에서는 아주 보기 드문 일들 가운데 하나이기도 했다. 즉, 그든 나든 우리 모두는, 몇 년 전에 한 번 그가 나의 삶에 그토록 진지하게 개입했었다는 사실을 조금이라도 떠올리게 할 만한 일은 절대로 하지 않았다. 마치 우리 둘 사이에는 일찍이 그 어떤 일도 없었던 것만 같았다. 아니면, 상대방이 그 일을 잊었다고 서로가 굳게 믿고 있는 것 같았다. 심지어 함께 길을 가다 프란츠 크로머를 마주친 일도 한 번인가 두 번 있었지만, 우리는 눈길 한 번 주고받지 않았고, 그에 대해 단 한마디도 언급하지 않았다.

내가 물었다. "그런데 지금 말한 그 의지라는 건 또 뭐야? 우리한테는 자유의지 같은 건 없다며? 그래 놓고는, 지금은 또 무언가를 향해 자기 의지만 확고하게 세우면 목표를 이룰 수 있다고? 그건 말이 안 되잖아! 내가 만일 내 의지의 주인이 아니라면, 나는 내 의지를 내가 원하는 대로 여기저기로 향하게 할 수도 없다고."

그가 내 어깨를 툭 쳤다. 내가 그를 기쁘게 할 때면, 그는 늘 그렇게 행동하곤 했다.

"질문 참 잘했어!" 그가 웃으며 말했다. "항상 질문을 던져야 하고, 항상 의심해야 해. 그러나 네가 말한 그 문제는 사실 아주 간단해. 예를 들어 아까 언급했던 나방이 자신의 의지를 별이나 다른 어떤 곳으로 향하게 하려 한다면, 나방은 아마도 그렇게 할 수 없을 거야. 물론, 나방은 그런 시도 따위는 절대 하지 않아. 나방은 단지 자신에게 의미 있고 가치 있는 것, 자신이 필요로 하는 것, 자신이 어떻게 해서든 가져야 하는 것만을 추구하지. 그리고 바로 그렇기 때문에 나방에게는 좀처럼 믿기 어려운 일도 이루어지는 거야. 그리고 나방은 자신 외에는 그 어떤 다른 어떤 동물도 가지고 있지 못한 마법과도 같은 육감을 발달시키는 것이고! 우리 인간에게는 확실히 다른 동물에 비해 훨씬 더 많은 활동의 여지가 있고, 또 관심사도 많아. 그러나 그런 우리 또한 비교적 아주 좁은 영역 안에 묶여 있고, 그 영역을 넘어설 수는 없어. 아마도 북극에 꼭 가보고 싶다거나, 또는 그와 비슷한 이런저런 일들을 상상하거나 꿈꿔볼 수는 있겠지. 하지만 단지 그 같은 소망이 온전히 나 자신 안에 존재하고, 나의 본질이 정말로 그 같은 소망으로 가득 채워져 있을 때만, 나는 그 같은 소망을 성취하거나 충분하다 싶을 만큼 강하게 바랄 수 있는 거야. 바로 그럴 때, 그러니까 너의 내면에서 우러나와 네게 해볼 것을 요구하는 무언가를 네가 시도하는 순간, 너는 곧바로 마치 말들을 마차에 매듯 너의 의지를 펼칠 수 있는 거야. 예를 들어, 지금 내가 우리 신부님이 앞으로는 더 이상 안경을 쓰지 않도록 만들어야겠다고 마음먹는다면, 그런 일은 뜻대로 되지 않을 거야. 그런 것은 단지 장난에 불과할 뿐이야. 하지만 지난가을, 내가 저 앞에 있던 내 자리를 바꿔 앉아야겠다고 확고한 의지를 세웠을 때, 그 일은 아무 문제 없이 잘 진행되었지. 이름의 알파벳 순서가 나보다 먼저라서 앞자리에 앉아야 했지만, 그동안 몸이 아파서 학교에 나오지 못하던 누군가가 갑자기 나타났고, 그래서 누군가가 그에게 자리를 내주어야 했어. 그리고 그렇게 한 사람은 당연히 나였지. 기회만 오면 즉시 붙잡겠다는 의지가 이미 확고했거든.”

“맞아.” 내가 말했다. “그때 그 일도 내게는 아주 특이했어. 우리가 서로에게 관심을 갖게 된 순간부터 너는 내게 점점 가까이 다가왔어. 그런데 그건 어떻게 된 거야? 처음에는 곧바로 내 옆에 와 앉지 않고, 먼저 몇 번인가 내 앞쪽 자리에 앉았었잖아? 그건 왜 그런 거야?”

“그건 말이지, 제일 처음에 앉았던 자리에서 벗어나고 싶다고 느꼈을 때만 해도 어디로 가고 싶은지 나 자신도 알지 못했기 때문이야. 나는 그저 뒤쪽 자리로 옮기고 싶다고 생각했지. 너에게로 가는 것이 나의 의지였지만, 나는 아직 그것을 의식하지 못했던 거야. 동시에, 너 자신의 의지가 함께 끌어당겨 나를 도와주기도 했고. 그렇게 네 앞쪽에 앉게 되었을 때, 비로소 나는 내 소원이 절반밖에 이루어지지 않았다는 것을 깨달았어. 내가 진정 원했던 것은 다름 아니라 바로 네 옆에 앉는 것뿐이라는 사실을 알아차린 거지.”

“하지만 그때는 새로운 아이도 나타나지 않았는데.”

“응, 맞아. 그때는 그냥 내가 하고 싶은 대로 했어. 다짜고짜 네 옆에 앉은 거지. 나랑 자리를 바꾼 아이는 그저 놀라서 내가 하도록 내버려두었어. 그리고 신부님은 뭔가 변화가 있는 것 같다는 걸 물론 어느 순간인가에는 알아차렸어. 어쨌거나 나와 관련될 때마다 뭔가가 신부님을 알게 모르게 고민하게 했지. 내 이름이 데미안이고, 이름이 D로 시작되는 내가 S로 시작되는 아이들 틈에 섞여 아주 뒤쪽에 앉아 있다는 게 이상하다는 걸 신부님도 눈치챘거든. 그러나 그런 사실은 신부님의 의식으로까지 파고들지는 못해. 왜냐하면 내 의지가 그에 맞서고, 내가 계속해서 그렇게 하지 못하도록 방해하기 때문이지. 신부님은 계속해서 뭔가가 잘못되었다는 것을 알아차리고, 나를 바라보며 그게 뭔지 연구하기 시작해. 그 착하신 분이 말이야. 하지만 그럴 때면 내게는 아주 간단한 방법이 있지. 나는 매번 신부님의 눈을 빤히, 뚫어져라 쳐다보는 거야. 그렇게 바라보면, 거의 모든 사람들이 견디지를 못해. 모두가 불안해하지. 만약 누군가에게서 무언가를 얻고자 한다면, 갑작스럽게 상대방의 눈을 똑바로 들여다봐 봐. 그런데도 상대방이 전혀 긴장하지 않는다면, 그때는 포기해! 그런 사람에게서는 결코 아무것도 얻어낼 수 없거든. 그러나 그런 경우는 아주 드물어. 실제로, 나의 그런 방법이 먹혀들지 않은 사람은 단 한 명뿐이었거든."

"그게 누군데?" 내가 재빨리 물었다.

그가 살짝 가늘게 뜬 눈으로 나를 바라보았다. 그건 그가 깊은 생각에 잠길 때의 모습이었다. 그러더니 그는 시선을 돌리고는 대답하지 않았고, 나는 몹시 궁금했지만 같은 질문을 되풀이할 수 없었다.

하지만 나는 그가 당시 자신의 어머니에 대해 이야기하고 있었다고 생각한다. 그는 어머니와 아주 밀접하게 연결되어 있는 것 같았지만, 어머니에 대해서는 한마디도 하지 않았고, 나를 자기 집으로 데려간 적도 없었다. 나는 그의 어머니가 어떻게 생겼는지조차 알지 못했다.

그 당시, 나는 때때로 그를 흉내 내어, 무언가에 내 의지를 집중해 반드시 이루어지게 해보려고 시도하곤 했다. 내게는 그만큼 간절해 보이는 바람들이 있었던 것이다. 그러나 그런 노력은 아무 소용이 없었고, 아무 일도 일어나지 않았다. 나는 차마 그 일에 대해 데미안과 이야기할 자신이 없었다. 내가 바라던 바를 그에게 고백할 수 없었다. 그리고 그 또한 묻지 않았다.

그러는 사이, 종교 문제에 대한 나의 믿음에는 이런저런 균열이 생겨났다. 하지만 데미안에게서 절대적인 영향을 받았던 나의 생각은 완전한 불신을 드러내던 반 친구들의 생각과는 전혀 달랐다. 그런 아이들이 몇 명 있었는데, 그들은 하나의 신을 믿는다는 것은 어리석고도 인간에게 어울리지 않는 일이고, 삼위일체나 동정녀에게서 태어난 예수님과 같은 이야기는 그저 가소로운 일일 뿐이며, 오늘날까지도 그런 잡동사니를 가지고 집집마다 찾아다니며 물건을 판다는 것은 진정 수치스러운 일이라는 말을 하기도 했다. 나는 전혀 그렇게 생각하지 않았다. 의심이 들 때조차도, 나는 어린 시절의 모든 경험을 통해 나의 부모님이 사시는 것과 같은 경건한 삶이 실제로 존재하며, 그것은 비인간적이거나 위선적인 것이 아니라는 사실을 잘 알고 있었다. 오히려 나는 종교적인 것에서 여전히 가장 깊은 경외심을 느꼈다. 단지 데미안은 내가 그런 이야기와 교리들을 좀 더 자유롭게, 개인적으로, 유희적으로, 그리고 풍부한 상상력으로 바라보고 해석하는 데 익숙해지도록 도와주었다. 적어도 나는 그가 나에게 제안한 해석들을 언제나 기꺼운 마음으로 즐기며 따랐다. 물론 많은 것들이 나에게는 받아들이기 힘들 만큼 너무나 과격했다. 카인에 관한 문제도 마찬가지였다. 한번은 견진성사 수업 중에 그가 아마도 한층 더 대담한 견해로 나를 놀라게 했다. 선생님은 골고다 언덕에 대해 설명하고 있었다. 구세주의 고난과 죽음에 대한 성경의 기록은 아주 어렸을 때부터 내게 깊은 인상을 남겼었다. 예를 들어 어린 시절, 성금요일 같은 날에 아버지가 예수님의 수난 이야기를 읽어주고 나면, 나는 그 이야기에 완전히 사로잡혀 이 슬프도록 아름답고 창백하고 유령 같으면서도 엄청나게 생생한 세계, 즉 겟세마네 동산과 골고다 언덕에서 한참을 머물렀다. 그리고 바흐의 〈마태 수난곡〉을 들을 때면, 이 불가사의한 세계의 음울하리만큼 강력한 수난의 빛은 온갖 신비로운 전율로 나를 엄습했다. 그리고 나는 지금까지도 이 음악에서, 그리고 "비극적 행위Actus tragicus"에서 모든 시와 모든 예술적 표현의 정수를 발견한다.

그런데 그 수업이 끝나갈 무렵, 데미안은 생각에 잠긴 채 나에게 말했다. "싱클레어, 뭔가 내 마음에 들지 않는 것이 있어. 한번 이 이야기를 꼼꼼히 읽으며, 그 맛을 찬찬히 음미해봐. 뭔가 진부한 맛이 나는 게 느껴질 거야. 그러니까 예수님과 함께 십자가에 매달린 두 명의 도둑 이야기 말이야. 세 개의 십자가가 그곳 언덕 위에 나란히 서 있는 모습은 정말 대단하지! 하지만 이제 고루한 도둑이 나오는 감상적인 선교용 이야기는! 모두가 알고 있듯, 애당초 그는 수치스러운 짓을 저지른 범죄자였어. 그런데 이제 그는 마음이 약해져, 그처럼 눈물이 뭉클하는 감화와 회개의 잔치를 벌이고 있는 거야! 하지만 무덤에서 두 걸음 떨어진 시점에서 행하는 그런 후회가 대체 무슨 의미가 있겠어? 그것은 다시금 감동과 지극히 교화적인 배경이 담긴, 그저 아주 달콤하고 부정직한 사이비 성직자의 이야기에 불과할 뿐이야. 만일 네가 오늘 그 두 명의 도둑 중 하나를 친구로 선택해야 한다거나, 둘 중 누구를 더 신뢰할 수 있을지 고민해야 한다면, 저 울먹이는 개종자 쪽은 분명 아닐 거야. 그가 아니라, 다른 한 사람이겠지. 그야말로 사나이답고 개성도 있거든. 그는 그가 처한 상황에서는 좀 더 듣기 좋은 말일 수도 있는 교화 따위에는 조금도 신경 쓰지 않아. 그러고는 끝까지 자신의 길을 가고, 마지막 순간까지도 그때까지 자신을 도와준 게 분명했던 악마에게서 비겁하게 등을 돌리지 않지. 그는 개성 있는 인간이고, 그처럼 개성 있는 사람들은 성경에서 흔히 등한시되곤 하지. 어쩌면 그는 또한 카인의 후예일지도 몰라. 너도 그렇게 생각하지 않니?"

나는 무척이나 당황스러웠다. 십자가에 못 박히는 이 이야기에 대해서는 훤히 꿰뚫고 있다고 생각했었는데, 나는 그제야 비로소 내가 그동안 얼마나 몰개성적이고 얼마나 빈약한 상상력으로 그 이야기를 듣고 읽었었는지 깨달았다. 그럼에도 불구하고 데미안의 새로운 생각은 나에게 치명적으로 들렸고, 내가 계속해서 붙잡고 있어야 한다고 믿었던 내 안의 개념들을 당장이라도 무너뜨릴 듯 위협했다. 아니었다. 심지어는 가장 성스러운 존재까지도 포함해, 모든 것과 모든 사람을 그런 식으로 부당하게 다룰 수는 없었다.

언제나처럼, 내가 그 무언가를 말하기도 전에 그는 나의 저항을 즉시 알아차렸다.

그가 체념한 듯한 목소리로 말했다. "나도 알아. 그건 오래된 이야기이지. 그러니 너무 심각하게 받아들이지는 마! 그러나 너에게 무언가 말해주고 싶어. 이 이야기에는 이 종교가 지닌 결함을 아주 분명하게 볼 수 있는 문제점 중 하나가 들어 있는 거야. 문제는 구약과 신약 속의 이 신이 물론 아주 탁월한 신이기는 하지만, 그가 본래 표상해야 할 신은 아니라는 사실이야. 그 신은 선하고, 고귀하고, 아버지 같고, 아름답고, 또한 숭고하고, 감상적인 존재이지. 아주 당연해! 그러나 세상은 또한 그 밖의 다른 것들로도 구성되어 있어. 그런데 이제 그런 부분들은 모두가 그저 악마인 것으로 규정됐고, 그래서 세계의 이 온전한 부분, 즉 절반 전체가 억압되고 묵살되는 거야. 그건 사람들이 신을 모든 생명의 아버지라고 칭송하면서도, 정작 그 생명이 비롯되는 일체의 성생활은 그냥 묵살하고, 가능하다면 악마의 소행이거나 죄악이라고 선언하는 것과 마찬가지야. 나는 사람들이 그런 신을 여호와로 숭배하는 것에 대해서는 조금도 반대하지 않아. 그러나 나는 우리가 인위적으로 분리된 이 공식적인 반쪽뿐만 아니라 전체 세계, 즉 모든 것을 숭배하고 신성하게 여겨야 한다고 생각해! 그러므로 우리는 신에게 드리는 예배 외에도 악마에게 바치는 예배 또한 올려야 하는 거야. 나는 그래야 마땅하다고 생각해. 그렇지 않다면, 사람들은 악마 또한 그 자체에 아우르고 있는 신을 창조해야 할 거야. 그래서 세상에서 가장 자연스러운 일이 일어나고 있을 때, 그 앞에서 눈을 질끈 감을 필요가 없게 말이야."

그는 평소와는 달리 과격해지다시피 했지만, 곧바로 다시 미소 지으며 더 이상 나를 몰아붙이지 않았다.

그러나 그 말들은 내 안에서, 내가 늘 내 안에 지니고 다니면서도 그에 대해 아무에게도 말하지 않았던 내 어린 시절 전체의 수수께끼와 마주치고 있었다. 그 당시 데미안이 신과 악마에 관해, 신적이고 공식적인 세계와 묵살되는 악마의 세계에 관해 말했던 것은 정확히 바로 나 자신의 생각이었고, 나 자신의 신화이자, 두 개의 세계 내지 세계의 절반, 즉 밝은 세계와 어두운 세계에 관한 나의 생

82

각이었다. 나의 문제가 모든 사람의 문제이고, 모든 삶과 생각의 문제라는 인식이 갑자기 성스러운 그림자처럼 나를 덮쳤다. 그리고 가장 나답고 개인적인 삶과 생각이 위대한 사상의 영원한 흐름에 얼마나 깊이 관여하고 있는가를 알고 갑자기 느끼게 되자, 두려움과 경외심이 나를 엄습했다. 그 같은 통찰은 왠지 확인해주고 행복하게 해주었지만, 그럼에도 불구하고 가쁨을 주지는 않았다. 그 통찰은 가혹했고, 떫은맛이 났다. 그 안에는 일말의 책임감이, 그리고 더는 어린아이일 수 없으며, 이제는 혼자라는 울림이 들어 있었기 때문이다.

태어나서 처음으로 깊디깊은 비밀을 드러내면서, 나는 어렸을 적부터 가지고 있던 '두 개의 세계'에 대한 나의 견해를 동반자에게 말했다. 그리고 그럼으로써 그는 내 가장 깊은 느낌이 그의 것에 동의하며 그를 옳다고 여긴다는 사실을 금세 알아차렸다. 그러나 그런 무언가를 이용하는 것은 그의 방식이 아니었다. 그는 그 어느 때보다도 더 많은 관심을 갖고 내 말에 귀 기울였고, 내 눈을 똑바로 응시했다. 결국, 나는 그런 그의 눈을 피해 시선을 돌려야 했다. 그의 눈빛에서 다시금 그 기이하고 동물적인 시간의 초월성, 그 상상할 수 없는 나이를 보았기 때문이다.

"그 이야기는 우리 나중에 좀 더 해보자." 그가 자제하듯 조심스레 말했다. "네가 누군가에게 말할 수 있는 것보다 더 많은 것들을 생각하고 있다는 걸 나는 알아. 만약 그게 사실이라면, 너는 또한 네가 생각했던 대로 살아본 적이 없다는 사실도 알고 있을 거야. 그것은 좋지 않아. 우리가 살면서 실천하는 생각만이 단지 가치 있는 거야. 너는 너의 '허락된 세계'가 세계의 절반에 불과하다는 것을 알았고, 신부님이나 선생님들이 그러듯 너 자신에게 나머지 두 번째 세계를 감추려고 애썼어. 하지만 너는 그 세계를 숨기지 못할 거야! 일단 생각하기 시작한 사람이라면 어느 누구도 그럴 수 없을 거야.”

그 말은 내게 깊이 와 닿았다.

“하지만,” 나는 거의 소리치다시피 말했다. “우리 앞에는 적어도 실제로 그리고 정말로 금기시되고 혐오스러운 일들이 있어. 그건 너도 부정할 수 없을 거야. 그런 일들은 어차피 금지되었고, 우리는 그것들을 포기해야만 해. 살인이나 온갖 종류의 악덕이 존재한다는 것은 알지만, 단지 그런 일들이 존재한다는 이유만으로 나도 덩달아 범죄자가 되어야 하는 건 아니잖아?”

“오늘은 아무래도 이 이야기를 끝내지 못하겠구나.” 막스가 나를 진정시켰다. “당연히 누군가를 때려죽이거나 쾌락을 위해 소녀들을 살해해서는 안 돼. 그러나 너는 아직 ‘허용’되거나 ‘금지’된다는 것이 본래 무엇을 의미하는지 들여다볼 수 있지는 못해. 너는 겨우 진실의 일부를 느꼈을 뿐이야. 다른 부분이 또 찾아올 거야. 그걸 기대해 봐! 예를 들어, 지금 너는 1년쯤 전부터 네 안에서 하나의 충동을 느끼고 있어. 그리고 그 충동은 다른 모든 것보다 더 강력하고, ‘금지된’ 것으로 간주되지. 하지만 그리스인과 다른 많은 민족들은 그와 반대로 그 충동을 신격화하고, 거대한 축제를 벌여 숭배했어. 그러므로 ‘금지된’ 것은 영원한 것이 아니라, 변할 수 있는 거야. 오늘날에도 누구든 한 여인과 함께 신부님 앞에 서서 결혼한 사람이라면 그 여자와 동침해도 돼. 그러나 그런 상황은 민족마다 조금씩 달라. 오늘날에도 말이야. 그러므로 우리는 저마다 자신에게 허용된 것과 금지된 것을 스스로 찾아내야만 해. 금지된 것은 결코 할 수 없고, 만약 그런 짓을 한다면 진짜 악당이 될 수 있어. 그 반대의 경우도 마찬가지고. 사실, 그것은 단지 게으르냐 아니냐의 문제일 뿐이야! 지나치게 나태해서 스스로 생각하고 스스로 자신의 재판관이 되지 못하는 사람은 금지된 것들을 이미 정해진 바에 따라 있는 그대로 받아들여. 그에게는 그게 편하거든. 하지만 어떤 사람들은 자기 안에서 스스로 계명을 느끼지. 그런 사람들에게는 모든 명망 있는 사람이 날마다 행하는 일이 금지되어 있어. 그리고 다른 사람들에게는 금기시되는 다른 일들이 허용되고 말이야. 그러므로 누구든 스스로 일어서야만 해."

그가 너무 많은 말을 한 것을 후회라도 하듯, 갑자기 입을 다물었다. 하지만 나는 이미 느낌으로 그가 어떤 심정인지 어느 정도 이해할 수 있었다. 그는 아주 편안하면서도 일견 무심하게 자신의 떠오르는 생각을 드러내곤 했지만, 언젠가 그가 말했듯 "그저 말을 하기 위한" 대화는 죽기보다 싫어했다. 그러나 그는 나에게서 진정한 관심 외에도, 지적인 수다에 대한 과도한 재미와 과도한 기쁨, 또는 그와 유사한 무언가, 한마디로 말해 완전한 진지함이 결핍되어 있음을 느꼈다.

내가 쓴 "완전한 진지함"이라는 마지막 말을 다시 읽으며, 문득 또 다른 장면 하나가 다시 떠오른다. 그 장면은 아직 반쯤은 어린아이이던 그 시절에 내가 막스 데미안과 함께 경험했던 가장 강렬한 장면이다.

우리의 견진성사일이 다가왔고, 종교 수업의 마지막 시간은 최후의 만찬에 관한 것이었다. 그 주제는 신부님에게는 특히나 중요한 것이었고, 그래서 신부님은 애를 썼고, 그 시간 동안에는 확실히 뭔가 엄숙한 분위기를 느낄 수 있었다. 그러나 바로 그 마지막 성경 강독 몇 시간 동안에 나의 생각은 다른 곳, 그러니까 내 친구라는 인물에게 묶여 있었다. 교회 공동체의 일원으로 엄숙하게 받아들여 졌음을 우리에게 선언하게 되는 견진성사를 기다리던 나한테는 근 반년 가까이 계속된 이 종교 수업의 가치가 우리가 여기서 배운 것에 있는 것이 아니라, 데미안의 곁에 머물며 그의 영향을 받은 것에 있다는 생각이 어쩔 수 없이 밀려들었다. 나는 이제 교회가 아니라, 완전히 다른 무엇인가에게로 받아들여질 준비가 되어 있었다. 그 것은 이 땅 어딘가에 존재함이 분명했던 사상과 개성의 비밀단체 였고, 나는 내 친구를 그 결사의 대표자이거나 전령이라고 여겼다.

나는 그런 생각을 억누르려고 애썼고, 그 모든 것에도 불구하고 견진성사라는 축제를 어느 정도 품위 있게 경험하고자 진지하게 마음먹고 있었다. 하지만 그 같은 품위는 나의 새로운 생각과 그다 지 어울리지 않는 것 같았다. 그렇지만 나는 내가 원하는 것을 하고 싶었고, 나만의 생각이 있었으며, 그 생각은 내 안에서 가까이 다가 온 교회 잔치와 점점 연결되었다. 나는 다른 사람들과는 다르게 그 축제를 치를 준비가 되어 있었고, 내게 있어 그 축제는 데미안에게 서 알게 된 어떤 사고의 세계로의 받아들여짐을 의미했다.

바로 그 무렵, 나는 데미안과 다시 한번 활발한 논쟁을 벌였다. 어느 성경 강독 수업 직전이었다. 내 친구는 입을 꾹 다물고 있었 고, 제법 조숙하고 잘난 척하는 내 이야기에서 아무런 감흥도 느끼 지 못했다.

"아무래도 우리가 말을 너무 많이 하나 보다." 그가 평소와는 달리 진지하게 말했다. "근사한 말을 늘어놓는 건 아무런 가치도 없어. 전혀 가치가 없다고. 단지 자기 자신에게서 멀어질 뿐이지. 자신에게서 멀어지는 것은 죄악이야. 우리는 거북처럼, 자기 자신 안으로 완전히 기어들어 갈 수 있어야 해."

그런 직후, 우리는 교실로 들어섰다. 수업이 시작되었고, 나는 수업에 집중하려고 노력했다. 데미안은 그런 나를 방해하지 않았다. 얼마 후, 나는 그가 앉아 있던 옆쪽에서 뭔가 기이한 것을 느끼기 시작했다. 마치 그 자리가 돌연 비워진 것 같은 공허함이나 서늘함, 또는 그와 비슷한 느낌이었다. 그 느낌이 나를 압박해오기 시작하자, 나는 몸을 돌렸다.

나는 그곳에 내 친구가 평소와 같이 바른 자세로 꼿꼿이 앉아 있는 것을 보았다. 그렇지만 그는 평소와는 전혀 달라 보였다. 내가 알지 못하는 무언가가 그에게서 흘러나와 그를 감싸고 있었다. 나는 그가 눈을 감고 있다고 생각했지만, 그가 눈을 뜨고 있는 것을 보았다. 그러나 그의 눈은 어느 것도 주시하지 않았고, 아무것도 보고 있지 않았다. 그의 눈은 뻣뻣이 굳은 채, 내면을 향하거나 아주 먼 곳을 응시하고 있었다. 그는 꼼짝하지 않고 그곳에 앉아 있었고, 숨도 쉬지 않는 것처럼 보였으며, 그의 입은 마치 나무나 돌로 깎아놓은 것 같았다. 그의 얼굴은 핏기가 없었고, 돌처럼 한결같이 창백했다. 갈색 머리카락은 그에게서 가장 생기 있는 부분이었다. 그의 두 손은 앞자리 걸상 위에 마치 돌이나 과일 같은 물건처럼 생기 없이 고요하게, 창백하니 가만히, 하지만 축 늘어지는 대신 하나의 숨겨진 강한 생명을 에워싸고 있는 단단하고 훌륭한 겉껍질처럼 올려져 있었다.

그 모습은 나를 떨게 했다. 그가 죽었어! 나는 그렇게 생각했고, 하마터면 큰 소리로 그렇게 말할 뻔했다. 그러나 나는 그가 죽은 게 아니라는 것을 알고 있었다. 나는 넋을 잃은 눈으로 그의 얼굴, 그 창백한 돌로 만든 가면에 사로잡혀 있었다. 나는 느꼈다. 이게 바로 데미안이었어! 나와 함께 걸으며 이야기하던 때의 평소 그의 모습은 단지 반쯤만 데미안이었다. 일시적으로 하나의 역할을 연기했고, 적응했고, 호의로 함께 했던 누군가였다. 그러나 진짜 데미안은 이렇게 생겼었다. 지금 이 사람처럼, 그렇게 냉혹하고, 아주 오래되고, 동물 같고, 돌 같고, 아름답지만 차갑고, 죽었지만 전대미문의 생명으로 은밀하게 가득 차 있었다. 그리고 그의 주위를 감도는 이 고요한 공허, 이 에테르와 별들의 공간, 이 고독한 죽음!

나는 몸서리치며, 이제 그가 자기 자신 안으로 완전히 침잠해버렸다고 느꼈다. 나는 그토록 고독한 적이 없었다. 나는 그와 무관했고, 나에게 그는 도달할 수 없는 사람이었다. 그는 세상에서 가장 멀리 떨어진 섬에 있는 것보다도 더 멀리 나에게서 떨어져 있었다.

나 말고는 아무도 그 모습을 본 사람이 없다는 것이 도무지 이해되지 않았다. 모두가 보고 있어야 마땅했다. 모두가 몸서리쳐야 했다! 그러나 아무도 그에게 관심을 기울이지 않았다. 나는 그가 그림처럼, 아니 기이하리만큼 굳은 자세로 우상처럼 앉아 있다고 생각할 수밖에 없었다. 파리 한 마리가 그의 이마에 달라붙었다가, 코를 지나 입술로 천천히 내려왔다. 하지만 그는 눈썹조차 찡그리지 않았다.

그는 어디에, 지금 어디에 가 있는 걸까? 무슨 생각을 하고, 무엇을 느끼고 있을까? 그는 천국에 있을까? 아니면 지옥에?

나는 그에게 그에 관해 감히 물어볼 수 없었다. 수업이 끝나갈 무렵, 그가 다시 살아서 숨 쉬는 것을 보았을 때, 그리고 그의 시선이 내 시선과 마주쳤을 때, 그는 평소의 모습으로 돌아와 있었다. 그는 어디에서 온 걸까? 어디에 있었던 걸까? 그는 피곤해 보였다. 얼굴에는 다시 혈색이 돌았고, 두 손은 다시금 움직이고 있었지만, 그의 갈색 머리카락은 이제 윤기 없고 지쳐 보였다.

그 후 며칠 동안, 나는 침실에서 몇 번인가 새로운 운동에 몰두했다. 나는 의자에 똑바로 앉아, 눈을 뜬 채 가만히 앞을 응시하며, 미동조차 하지 않고, 내가 얼마나 오래 그런 자세를 유지할 수 있을지, 그리고 그런 상태에서 무엇을 느끼게 되는지 지켜보았다. 그러나 나는 단지 피곤해짐을 느꼈고, 눈꺼풀이 심하게 따끔거렸을 뿐이다.

그 후 얼마 지나지 않아 견진성사가 열렸다. 하지만 그에 관해서는 기억할 만한 일이 전혀 남아 있지 않다.

이제 모든 것이 달라졌다. 유년 시절은 내 주변에서 폐허가 되었다. 부모님은 다소 당혹해하며 나를 바라보았다. 누나들은 아주 낯설게만 느껴졌다. 각성은 내게 익숙했던 감정과 기쁨들을 왜곡하고 퇴색시켰으며, 정원은 향기를 잃었고, 숲은 유혹하지 못했다. 나를 둘러싼 세상은 마치 떨이로 내다 파는 케케묵은 것들처럼 무미건조하고 매력 없이 내 주위를 둘러싸고 있었다. 책은 종이였고, 음악은 소음이었다. 그렇게 가을날의 어느 나무 주위로 나뭇잎이 떨어지고, 나무는 그것을 느끼지 못한다. 비, 또는 태양이나 서리가 나무를 타고 흘러내리고, 나무 안에서는 생명이 서서히 가장 좁고 가장 깊은 곳으로 물러난다. 나무는 죽지 않는다. 나무는 기다린다.

방학이 끝나면 다른 학교에 다니기로, 그래서 생전 처음 집을 떠나기로 결정되었다. 어머니는 틈날 때마다 유난히 다정한 모습으로 내게 다가왔고, 미리 작별 인사를 하며, 내 가슴속에 사랑과 향수와 잊을 수 없는 것들을 심어주려 애썼다. 데미안은 떠나갔다. 그리고 나는 혼자였다.

베아트리체

방학이 끝나갈 무렵, 나는 내 친구를 다시 만나지 못한 채, 성XX시로 향했다. 부모님은 두 분 다 같이 따라오셨고, 최선을 다해 나를 어느 김나지움 선생님 댁에서 운영하는 남학생 하숙집에 맡겼다. 그럼으로써 이제 자신들이 나를 어떤 일들 속으로 휘말려 들어가 방황하게 했는지 알았더라면, 그들은 아마 기겁하고 말았을 것이다.

문제는 여전히, 시간이 지나면 내가 좋은 아들이 되고 훌륭한 시민이 될 수 있는지, 아니면 내 본성이 그와는 다른 방향으로 나아가려는 성향을 갖고 있는지의 여부였다. 아버지의 집과 정신의 그늘 아래서 행복해지려던 나의 마지막 시도는 오래 지속되었고, 때로는 거의 성공할 뻔하기도 했지만, 마침내 완전히 실패하고 말았다.

견진성사 후 방학 동안에 처음으로 느꼈던 묘한 공허감과 외로움(훗날에도 내가 또 맛보았던 그 공허감과 희박한 공기!)은 그렇게 빨리 사라지지 않았다. 집과 이별하는 것은 이상하리만큼 쉬웠고, 나는 사실 좀 더 슬퍼하지 않는 내가 부끄러웠다. 누나들은 공연히 울었지만, 나는 그럴 수가 없었다. 나도 나 자신에게 놀랐다. 나는 늘 감정이 풍부한 아이였고, 기본적으로 꽤 선한 아이였다. 하지만 이제 나는 완전히 변해 있었다. 나는 바깥세상에 대해 완전히 무관심한 태도를 취했고, 며칠 동안 오로지 내 안의 소리에 귀 기울이며, 내 안 깊은 곳을 살랑대며 흘러가는 금지되고 어두운 강물 소리를 듣는 데에만 전념했다. 지난 6개월 사이, 나는 아주 빠르게 성장했고, 키가 훌쩍 크고 마르고 미완인 채로 세상을 바라보고 있었다. 소년다운 사랑스러움은 나에게서 완전히 사라졌고, 나 자신도 사람들이 나를 그리 사랑할 수 없다는 것을 느꼈으며, 나부터도 나 자신을 전혀 사랑하지 않았다. 때로는 막스 데미안이 무척이나 보고 싶었다. 그러나 때로는 또한 그를 증오하기도 했고, 혐오스러운 병인 듯 감수했던 빈곤해진 내 삶의 책임을 그에게 떠넘기기도 했다.

나는 처음에는 우리 하숙집에서 사랑받지도 못했고 존중받지도 못했다. 사람들은 맨 먼저 나를 놀렸고, 그러다가는 나를 따돌렸으며, 나를 위선자나 불편한 괴짜로 간주했다. 나는 그 역할이 마음에 들었고, 그래서 그 역할을 일부러 과장하기도 했으며, 때때로 남모를 비애와 절망의 소모성 발작에 시달리면서도 겉으로 보기에는 늘 가장 남자답게 세상을 경멸하듯 보였던 고독 속에 몸을 던졌다. 학교에서는 부모님 집에 있을 때 축적했던 지식으로 먹고살아야 했다. 이번 반은 전에 다녔던 반에 비해 약간 뒤떨어졌기 때문이다. 그래서 나는 내 또래의 아이들을 다소 깔보는 것에 익숙해졌다.

그렇게 1년 이상의 시간이 흘러갔고, 방학이 되어 처음 집을 방문했을 때도 새로운 이야기는 전혀 나오지 않았다. 그리고 나는 기꺼운 마음으로 다시 집을 떠났다.

11월 초였다. 나에게는 날씨와 관계없이 짧게 산책하며 생각에 잠기는 습관이 생겼는데, 그렇게 산책하는 동안 나는 종종 우울과 세상에 대한 경멸과 자기 경멸로 가득한 일종의 희열을 즐기곤 했다. 어느 날 저녁, 그렇게 나는 축축하고 안개가 자욱한 황혼 속의 도시 외곽을 거닐고 있었다. 어느 공원의 넓은 가로수길은 인적이 완전히 끊긴 채, 나를 손짓해 부르고 있었다. 길은 낙엽으로 수북이 덮여 있었고, 나는 어두운 관능적 쾌락을 느끼며 두 발로 낙엽들을 헤집었다. 눅눅하고 쓴 냄새가 났다. 멀리 떨어진 나무들이 안개 속에서 유령처럼 크고 어렴풋이 모습을 드러냈다.

가로수길 끝에서 나는 머뭇거리며 멈춰 섰고, 시커먼 나뭇잎을 응시하며 부패와 사멸의 축축한 향기를 탐욕스럽게 들이마셨고, 내 안의 무언가가 그 향기에 반응하며 반갑게 맞이했다. 오, 삶의 맛은 얼마나 무미건조했는지!

옆길에서, 바람에 흔들리는 깃이 달린 코트를 입은 남자 하나가 다가왔다. 나는 계속해서 가던 길을 가려 했다. 그때 그 남자가 내 이름을 불렀다.

"안녕, 싱클레어!"

그가 다가왔다. 우리 하숙집에서 제일 나이가 많은 알폰스 벡이었다. 나는 그를 볼 때마다 늘 반가운 마음이었고, 그가 나를 다른 아이들과 마찬가지로 항상 빈정대는 말투에 마치 무슨 보호자나 되는 것처럼 대한다는 점을 제외하고는 그에 대해 아무런 반감도 없었다. 그는 황소처럼 힘이 세며, 우리 하숙집 주인조차 마음대로 쥐고 흔든다고 소문이 나 있었다. 한마디로 김나지움 학생들 사이에 떠도는 수많은 소문의 주인공이었다.

"여기서 뭐 해?" 키가 큰 아이들이 가끔 몸을 낮춰 우리 중 한 명에게로 다가올 때의 말투로 그가 다정하게 물었다. "우리, 내기할래? 너는 분명 시를 짓고 있었을 거야."

"그런 건 생각도 못했는데." 나는 퉁명스럽게 대답했다.

그가 웃음을 터뜨리고는, 나와 함께 걸으며, 내게는 더 이상 익숙하지 않았던 방식으로 수다를 떨기 시작했다.

"싱클레어, 내가 그런 뭔가를 이해하지 못할까 봐 걱정하지 않아도 돼. 이렇게 저녁나절, 가을 생각에 젖어 안개 속을 걷다 보면 사람들은 당연히 즐겨 시를 쓰게 되지. 나도 그 정도는 알고 있어. 물론 죽어가는 자연과, 그런 자연을 닮은 잃어버린 청춘에 대하여 말이야. 하인리히 하이네를 봐봐."

"나는 그렇게 감상적이지 않아." 나는 그의 말에 반박했다.

"그럼 어쩔 수 없는 거고! 그런데 이런 날씨에는 포도주 한 잔을 마시거나 그와 비슷한 것을 하기에 적당한 조용한 곳을 찾는 게 좋을 것 같아. 잠시 시간 내서 나랑 같이 가볼래? 마침, 나는 완전 혼자이거든. 아니면 싫은 거야? 물론 네가 모범생이 되고자 한다면, 나는 굳이 너를 유혹하는 사람이 되고 싶지는 않아."

얼마 후, 우리는 교외의 작은 술집에 앉아 두꺼운 유리잔을 부딪치며 그저 그런 포도주를 마셨다. 처음에는 별로 마음에 들지 않았지만, 어쨌거나 그건 뭔가 새로운 경험이었다. 그러나 포도주에 익숙하지 않았던 나는 얼마 지나지 않아 말수가 많아졌다. 마치 내 안에 있던 창 하나가 활짝 열린 것 같았고, 세상이 그리로 비쳐 들어왔다. 얼마나 오랫동안, 얼마나 끔찍하리만큼 오랫동안 내 가슴속에 있는 이야기를 아무에게도 털어놓지 못했던 걸까? 나는 헛소리를 늘어놓기 시작했고, 그런 와중에 카인과 아벨의 이야기를 안주 삼아 이야기하고 있었다!

벡은 기꺼이 내 말에 귀를 기울였다. 마침내 나는 누군가에게 무언가를 주었던 것이다! 그가 내 어깨를 두드리면서, 나를 멋진 녀석이라고 불렀다. 그리고 막히고 억눌렸던 말하고 싶고 전하고 싶은 욕구를 마음껏 쏟아내고, 인정받고, 그리고 나보다 더 나이 많은 누군가에게 뭔가 가치 있는 것으로 인정받는다는 기쁨에 내 가슴은 한껏 부풀어 올랐다. 그가 나를 천재적인 멋진 녀석이라고 불렀을 때, 그 말은 마치 달콤하고 독한 포도주처럼 내 영혼에 와닿았다. 세상은 새로운 색으로 이글거렸고, 생각은 내 안의 수백 가지 대담한 근원에서 솟구쳐 나왔으며, 내 안에서는 영혼과 불길이 활활 타올랐다. 우리는 선생님과 반 친구들에 대해 이야기했고, 내게는 우리가 서로를 아주 훌륭하게 이해하는 것처럼 보였다. 우리는 그리스인과 이교도에 대해 이야기했고, 벡은 내가 사랑의 모험을 속속들이 털어놓기를 원했다. 이제 나는 그 점에 대해서는 함께 말할 수가 없었다. 아무것도 경험한 게 없었고, 말할 것도 없었기 때문이다. 내가 마음속으로 느끼고 구성하고 상상했던 것들이 물론 내 안에서 타오르고 있었지만, 그것들은 포도주를 통해서도 풀어지지 않았고 전달되지 못했다. 벡은 여자에 대해 훨씬 많은 것을 알고 있었고, 나는 그가 들려주는 동화 같은 이야기에 열중했다. 그 이야기에서 나는 믿을 수 없는 일들을 알게 되었고, 결코 가능하다고 생각하지 않았던 일들이 밋밋한 현실 속으로 들어섰고, 아주 당연한 일인 것처럼 보였다. 알폰스 벡은 18세쯤의 나이에 이미 많은 경험을 쌓았다. 그중에는 무엇보다 여자아이들과의 관계는 그리 만만한 일이 아니며, 그들은 비위를 맞춰주고 정중하게 대해 주기만을 바라고, 그러는 게 정말 매력적이기는 하겠지만 진짜는 아니라는 것도 들어 있었다. 그래서 나이 든 여성에게서 더 큰 성공을 기대할 수 있고, 그들이 훨씬 더 영리하다는 것이다. 예를 들어 공책과 연필을 파는 가게를 운영하는 야겔트 부인과는 말이 통하고, 그래서 그녀의 가게 계산대 뒤에서는 이미 모든 일이 일어났으며, 그 일들은 어떤 책에도 실리지 않는다는 것이다.

나는 그의 이야기에 완전히 매료되어 멍하니 앉아 있었다. 나라면 물론 야겔트 부인을 다짜고짜 사랑할 수는 없었을 것이다. 하지만 그의 이야기는 어쨌거나 엄청난 것이었다. 샘이 흐르는 것 같았다. 적어도 내가 결코 꿈꾼 적이 없던 나이 든 사람들에게는 말이다. 뭔가 꾸며낸 구석이 있는 듯 느껴졌고, 모든 것이 내가 생각했던 사랑의 맛보다 훨씬 보잘것없고 진부한 맛이 났다. 그러나 어쨌든 그것은 현실이었고, 삶과 모험이었다. 그것을 경험한 누군가가 내 옆에 앉아 있었고, 그런 그에게는 그것이 당연한 일로 보였다.

우리의 대화는 약간 수준이 떨어지는 것이었고, 무언가가 빠져 있었다. 나 또한 더는 천재적인 멋진 녀석이 아니었고, 이제는 그저 어른의 말에 귀 기울이고 있는 어린아이에 불과했다. 하지만 그렇다 할지라도, 이는 지난 몇 달 동안의 내 삶에 비하면 멋지고 천국 같은 경험이었다. 게다가 이제 막 비로소 느끼기 시작했듯, 술집에 앉아 있는 것부터 우리가 이야기하는 것에 이르기까지, 이들은 엄격하게 금지된 것들이었다. 어쨌든 나는 정신을 맛보았고, 그 안에서 혁명을 맛보았다.

나는 그날 밤을 아주 선명하게 기억한다. 우리 둘이 선선하고 습한 밤 늦은 시간에 흐릿하게 타고 있는 가스 가로등을 지나 집으로 가는 길을 걷고 있을 때, 나는 처음으로 취해 있었다. 그 느낌은 멋지지 않았고. 극히 고통스러웠다. 하지만 여전히 어떤 매력이나 달콤함 같은 뭔가가 있었다. 그것은 반항과 무절제였고, 삶과 정신이었다. 벡은 신출내기라며 나를 호되게 나무랐지만 씩씩하게 나를 책임졌고, 반쯤은 업다시피 해서 나를 집 앞까지 데려왔고, 마침내 그는 열려 있던 복도 창문을 통해 나와 자기 자신을 몰래 집 안으로 들여보내는 데 성공했다.

그러나 아주 잠깐 죽은 듯이 잠을 자고 난 후, 고통을 느끼며 술에서 깨어나던 순간, 엄청난 고통이 나를 덮쳤다. 나는 일어나 침대에 앉았다. 나는 아직도 낮에 입었던 셔츠를 입고 있었고, 다른 옷가지와 신발은 바닥 여기저기에 널려 있었으며, 담배 냄새와 토한 냄새가 났다. 두통과 메스꺼움과 극심한 갈증 사이로 오랫동안 보지 못했던 이미지 하나가 내 눈앞에 떠올랐다. 나는 고향마을과 부모님의 집, 아버지와 어머니, 누나들과 정원을 보았다. 조용하고 아늑한 내 침실을 보았고, 학교와 시장을 보았으며, 데미안과 함께했던 견진성사 수업 시간을 보았다. 그리고 그것들 모두는 밝았다. 모든 것은 광채로 둘러싸여 있었고, 모두가 경이롭고 신성하고 순수했다. 그리고 이제야 깨달았지만 어제까지만 해도, 아니 몇 시간 전만 해도 그것들은 모두 내 것이었으며, 나를 기다리고 있었다. 하지만 이제는, 지금 이 시간에는 타락하고 저주받아 더 이상 내 것이 아니었고, 나를 밀쳐냈으며, 나를 역겹다는 듯 쳐다보고 있었다! 어린 시절의 가장 먼 황금빛 정원으로까지 되돌아가, 내가 부모님에게서 경험했던 모든 사랑과 친밀함, 어머니의 모든 입맞춤, 모든 크리스마스 축일, 집에서 맞이했던 모든 밝고 경건한 일요일 아침, 정원에 피었던 모든 꽃, 그 모두는 황폐해졌다. 그 모든 것을 나는 두 발로 짓밟았다! 이제 추적꾼이 찾아와서 나를 포박하고 인간쓰레기이자 신전 모독자라고 욕하며 교수대로 끌고가려 한다면, 나는 기꺼이 동의하고 따라갔을 것이다. 그리하는 것이 당연하고 옳은 일이라 생각했을 것이다.

그러니까 내 내면은 그런 모습이었던 것이다! 세상을 배회하며 경멸했던 나! 정신적으로 자신만만했고, 데미안과 생각을 함께했던 나! 나의 모습은 취하고 더럽고 역겹고 비열한 인간쓰레기이자 불결한 인간, 천박한 충동의 기습에 압도당한 난잡한 짐승의 모습이었다! 모든 것이 순결함과 빛남과 사랑스러운 다정함이었던 저 정원에서 온 나, 바흐의 음악과 아름다운 시를 사랑했던 나의 모습은 그러했다! 나는 여전히 역겨움과 분노에 찬 나 자신의 웃음소리를, 술에 취하고 자제력을 잃은 채 발작적으로 바보같이 터져 나오는 웃음소리를 들었다. 그게 나였다!

그러나 그 모든 것에도 불구하고 이러한 고통에 시달리는 것은 일종의 기쁨과도 같았다. 나는 너무 오랫동안 눈이 멀고 무감각한 상태로 기어다녔고, 너무 오랫동안 내 마음은 침묵하며 구석에 궁핍하게 앉아 있었다. 그래서 이러한 자기 비난, 이 전율, 영혼의 이 완전히 섬뜩한 느낌 또한 환영할 만한 것이었다. 그것은 그래도 감정이었고, 불꽃이 치솟았으며, 그 안에서 심장은 펄떡펄떡 뛰었다! 비참한 와중에도 나는 해방과 봄 같은 무언가를 혼란스럽게 느졌다.

그 사이, 내 상황은 겉보기에 급격히 내리막길을 걷고 있었다. 처음 취했던 일은 얼마 지나지 않아 더 이상 첫 번째로 끝나지 않았다. 우리 학교에는 술 마시는 아이들이 많았고, 행패를 부리는 일도 잦았다. 나는 그런 모임에 가담했던 학생들 가운데 가장 어린 아이 중 한 명이었고, 얼마 지나지 않아 나는 더 이상 마지못해 받아주는 어린애가 아니라, 리더이자 스타 그리고 대담무쌍하기로 소문난 술집 단골손님이 되었다. 나는 다시 한번 완전히 어두운 세계 즉 악마에게 속했고, 그 세계에서는 쾌남아로 통했다.

그러면서도 내 기분은 더없이 참담했다. 나는 자기 파괴적인 광란의 축제 속에서 빈둥거리며 살았다. 학교 친구들에게는 리더이자 멋진 녀석, 제법 결단력 있고 재치 있는 놈으로 인정받았던 반면, 나의 내면 깊은 곳에서는 불안 가득한 영혼이 두려움에 떨고 있었다. 어느 일요일 아침, 술집을 나서다, 말끔하게 빗은 머리에 교회에 가기 위해 정장을 차려입은 아이들이 밝고 즐거운 모습으로 거리에서 놀고 있는 것을 보았을 때, 갑자기 눈물이 났던 기억이 난다. 변변찮은 술집의 더러운 테이블에 앉아 맥주를 마시며 낄낄대는 사이, 신랄한 냉소로 친구들을 즐겁게 하고 때로는 놀라게 하는 동안에도, 나는 가슴속 깊은 곳에 내가 경멸했던 모든 것에 대한 경외심을 품고 있었다. 그리고 마음속으로 울며 내 영혼 앞에, 나의 과거 앞에, 나의 어머니 앞에, 그리고 신 앞에 무릎을 꿇었다.

내가 내 동료들과 단 한 번도 하나가 되지 못했고, 그들과 함께 있으면서도 외로움에 그토록 힘들어했던 데에는 그럴 만한 이유가 있었다. 나는 술집의 영웅이었고, 가장 거친 것들을 진심으로 흉내

냈다. 나는 선생님, 학교, 부모, 교회에 대한 내 생각과 말에서 정신과 용기를 보여줬다. 나는 음담패설도 견뎌냈고, 때로는 스스로 그런 이야기를 꺼내기도 했다. 그러나 동료들이 여자아이들에게 갈 때, 그들과 함께 한 적은 결코 없었다. 내가 늘어놓는 말 대로라면 후안무치한 향락자였음에 분명했겠지만, 나는 혼자였고, 사랑에 대한 열렬한 갈망, 절망적인 갈망으로 가득 차 있었다. 누구도 나만큼 쉽게 상처받지 않았고, 누구도 나만큼 수줍어하지 않았다. 그리고 때때로 내 앞을 예쁘고 정갈하고 환하고 우아하게 걸어가는 양갓집 소녀들을 볼 때면, 그들은 나에게 놀랍고 순수한 꿈이었고, 나에게는 천 배나 더 선하고 순수했다. 나는 한동안 야겔트 부인의 문구점에도 갈 수 없었다. 그녀를 볼 때면 알폰스 벡이 그녀에 대해 들려주었던 말이 생각나 얼굴이 붉어졌기 때문이다.

새로운 친구들 사이에서도 나는 여전히 고독하고 다른 존재라는 것을 알면 알수록, 나는 더더욱 그 무리에서 빠져나오지 못했다. 술을 퍼마시고 허풍떠는 것이 당시 나에게 정말로 즐거움을 줬는지조차 이제는 솔직히 잘 모르겠다. 술을 마시는 일에도, 매번 곤혹스러운 결과를 느끼지 않아도 될 만큼 익숙해지지는 못했다. 모든 것이 일종의 강박 같았다. 나는 내가 해야만 했던 일을 했다. 그렇지 않으면 나 자신을 어찌해야 할지 전혀 알지 못했기 때문이다. 나는 오랫동안 혼자 있는 것이 두려웠고, 늘 내게 그런 성향이 있다고 느꼈던 그 많은 섬세하고 수줍어하며 내밀한 감정이 갑자기 찾아오는 게 두려웠고, 그토록 자주 나를 엄습했던 사랑이라는 연약한 생각이 두려웠다.

내게 가장 부족했던 것 하나, 그건 바로 친구였다. 내가 정말로 만나고 싶었던 학교 친구가 두세 명 있었다. 그러나 그들은 착한 사람들에게 속해 있었고, 나의 악행은 이제 더 이상 누구에게도 비밀이 아니었다. 그들은 나를 피했다. 모두가 나를 딛고 설 기반마저 흔들리는 절망적인 불량 학생으로 간주했다. 선생님들은 나에 대해 많은 것을 알고 있었고, 나는 여러 차례 엄한 처벌을 받았으며, 결국 학교에서 퇴학당하는 것은 누구나 쉽게 예상할 수 있는 일이었다. 나 자신도 그런 사실을 잘 알고 있었다. 나는 이미 오래전부터 더 이상 착한 학생이 아니었으며, 그리 오래 걸리지는 않을 거라는 느낌으로 어렵사리 피하고 모면하며 버텼다.

신이 우리를 외롭게 만들어 우리를 우리 자신에게로 인도하는 방법에는 여러 가지가 있다. 신은 당시 나와 함께 그 길을 걸었다. 악몽과도 같았다. 더러움과 끈적거림, 그리고 깨진 맥주잔과 냉소적인 수다 속에 지새운 밤들 너머로 나는 마법에 걸린 몽상가인 나 자신을, 불안에 떨고 괴로워하며 추하고 불결한 길을 기어가는 나 자신을 보았다. 공주를 찾아가다 악취와 오물이 가득한 뒷골목에, 그리고 똥구덩이에 처박히는 그런 꿈들이 있다. 내 처지가 바로 그러했다. 그다지 아름답지 않은 그 같은 방식으로 나는 외로워지도록 강요받았고, 무자비한 눈빛을 번득이는 경비병들이 지키고 있는 에덴동산의 닫힌 문 하나를 나와 어린 시절 사이에 갖다 놓도록 운명 지워져 있었다. 그것은 하나의 시작이었고, 나 자신에 대한 향수의 각성이었다.

하숙집 주인의 편지에 놀란 아버지가 성 XX시에 처음으로 나타나 느닷없이 내 앞에 마주 섰을 때, 나는 그래도 움찔하니 깜짝 놀랐었다. 그 겨울의 끝자락에 아버지가 두 번째로 찾아왔을 때, 나는 이미 모질고 무관심했다. 아버지는 야단치고, 애원하고, 어머니를 상기시켰지만 나는 신경 쓰지 않았다. 아버지는 결국에는 몹시 화를 내며, 내가 변하지 않으면 수치스럽고 창피하다 할지라도 학교에서 내쫓아 감화원으로 보내겠다고 말했다. 그러든지 말든지! 당시 아버지가 떠나고 나자 나는 마음이 아팠다. 아버지는 아무것도 이루지 못했고, 더는 나에게로 다가오는 길을 찾지 못했으며, 한동안은 그게 다 자업자득이라고 느꼈다.

내가 어떻게 되든 나는 신경 쓰지 않았다. 특이하고 그다지 매력적이지 않은 방식으로, 술집에 앉아 거침없는 태도를 과시하면서 나는 세상과 싸움을 벌이고 있었고, 그것이 내가 저항하는 방식이었다. 그러면서 나는 나 자신을 망가뜨렸고, 때로는 세상이 나 같은 사람을 필요로 하지 않는다면, 세상에 나 같은 사람들을 위한 더 나은 자리가 없고 더 높은 과제가 없다면, 나 같은 사람들은 이제 그냥 이렇게 망가지는 거라는 생각이 들기도 했다. 그렇다면 그 손실은 결국 세상의 몫이었다.

그해의 크리스마스 휴가는 전혀 즐겁지 않았다. 나를 다시 마주한 어머니는 소스라치게 놀랐다. 나는 좀 더 키가 커 있었고, 핼쑥한 얼굴은 윤곽이 날카롭고 눈가에는 염증이 생겨 칙칙하니 피폐해 보였다. 막 나기 시작한 콧수염과 얼마 전부터 쓰고 있던 안경이 나를 어머니에게 더욱 낯설게 만들었다. 누나들은 뒤로 물러나서 키득거렸다. 모든 게 불편했다. 서재에서 아버지와 나눈 대화는 불편하니 씁쓸했고, 몇몇 친척들의 인사도 유쾌하지 않았으며, 무엇보다도 크리스마스이브는 즐겁지 않았다. 그날은 축제 분위기와 사랑과 감사가 가득한 저녁, 그리고 부모님과 나 사이의 유대를 새롭게 하는 저녁으로 내가 살았던 때부터 우리 집에서 가장 중요한 날이었다. 하지만 이번에는 모든 것이 그저 답답하니 당혹스럽기만 했다. 아버지는 여느 때와 같이 들판의 목자들에 관한 복음을 읽어주셨다. "그들은 바로 그곳에서 양떼를 지켰다." 누나들은 평소처럼 환하게 웃으면서 자신들의 선물이 놓인 테이블 앞에 서 있었다. 하지만 아버지의 목소리는 즐겁게 들리지 않았고, 얼굴은 나이 들고 갑갑해 보였다. 어머니는 슬퍼했고, 그리고 나에게는 선물과 축복, 복음과 크리스마스트리, 그 모두가 똑같이 고통스럽고 달갑지 않았다. 크리스마스에 만들어 먹던 생과자에서는 달콤한 냄새가 났고, 그보다 더 달콤한 추억의 짙은 구름이 흘러나왔다. 전나무는 향기를 발산하며, 더 이상 존재하지 않던 것들을 이야기해주었다. 나는 그 저녁과 휴일이 끝나기만을 간절히 원했다.

그해 겨우내 상황은 계속 그러했다. 바로 얼마 전에야 나는 교무위원회로부터 긴급 경고를 받았고 퇴학 위협을 받았다. 이제 그리 오래 걸리지는 않을 것이다. 글쎄, 그래도 나는 상관없었다.

나는 막스 데미안을 특히 원망했다. 그사이, 나는 그를 더 이상 만나지 못했다. 성 XX시에서 학창 시절을 시작하며 나는 그에게 두 번이나 편지를 썼다. 하지만 답장은 받지 못했다. 그래서 그 방학 동안에도 그를 찾아가지 않았다.

지난가을 알폰스 벡을 만났던 공원에 봄이 시작되며 가시나무 울타리가 초록으로 물들기 시작할 무렵, 한 소녀가 내 눈길을 끌었다. 역겨운 생각과 걱정으로 가득 찬 채, 나는 혼자 산책을 나갔다. 건강이 안 좋아졌고, 그 밖에도 돈 문제로 계속해서 어려움을 겪고 있었기 때문이다. 나는 친구들한테 빚을 지고 있었고, 집에서 또 돈을 받아내려면 뭔가 꼭 필요한 지출 항목을 꾸며내야만 했다. 그리고 여러 가게에서 외상으로 산 담배나 그와 비슷한 물건들의 청구서도 점점 늘어가고 있었다. 그런 근심 걱정이 아주 심각해지지는 않을 것이다. 이제 곧 이곳에서의 내 생활도 끝이 나고, 내가 물속으로 뛰어들거나 감화원에 보내지게 된다면, 이 몇몇 사소한 일들 또한 결코 아무 문제가 되지 않을 테니 말이다. 하지만 나는 줄곧 그런 아름답지 못한 일들과 얼굴을 맞댄 채 살아갔고, 그것들로 인해 시달렸다.

그 봄날의 공원에서 나는 내 마음을 사로잡은 한 소녀를 만났다. 그녀는 키가 크고 날씬했으며, 우아한 옷차림에 지적인 소년 같은 얼굴을 하고 있었다. 그녀는 내가 좋아하는 유형이었고, 나는 그녀를 보자마자 마음에 들었으며, 그녀는 나의 상상력을 가동시키기 시작했다. 그녀는 나보다 나이가 그리 많아 보이지는 않았지만, 훨씬 더 성숙하고 우아하고 몸매도 좋아 이미 완전한 숙녀에 가까웠다. 하지만 그녀의 얼굴에는 내가 그토록 좋아했던 약간의 거만함과 소년미가 가미되어 있었다.

나는 이제껏 마음을 빼앗겼던 여자와 사귀는 데 단 한 번도 성공하지 못했었고, 이 여자와도 마찬가지였다. 그러나 그녀가 남긴 인상은 이전의 그 누구보다도 깊었고, 이번 사랑의 감정이 내 삶에 미친 영향은 엄청났다.

갑자기 하나의 이미지가, 고상하고 존경할 만한 이미지가 내 앞에 다시금 서 있었다. 아, 하지만 내 안의 그 어떤 욕망과 충동도 외경과 숭배에 대한 열망만큼 깊고 격렬하지는 못했다! 나는 그녀에게 베아트리체라는 이름을 붙여주었다. 단테의 작품을 읽지는 않았지만, 내가 복사본으로 간직하고 있던 어느 영국인의 그림을 통해 베아트리체에 대해 잘 알고 있었기 때문이다. 그 그림에는 팔다리가 길쭉하니 날씬하고, 갸름한 얼굴에 영적으로 승화된 두 손과 표정을 지닌, 라파엘 전파Pre-Raphaelite Brotherhood 화풍의 소녀상이 그려져 있었다. 나의 아름다운 소녀는 그 소녀상과 완전히 똑같지는 않았지만, 그녀 역시 내가 사랑했던 저 날씬함과 소년다운 모습, 그리고 영혼과 생기가 불어넣어진 듯한 얼굴을 가지고 있었다.

나는 베아트리체와 단 한 마디도 나누지 않았다. 그럼에도 그녀는 당시의 나에게 가장 깊은 영향을 끼쳤다. 그녀는 자신의 이미지를 내 앞에 내세웠고, 나에게 신성한 장소를 열어주었으며, 나를 성전에서 기도하는 이로 만들었다. 별안간 나는 술집 출입과 야행성 활동을 멀리했다. 나는 다시금 혼자일 수 있었고, 다시금 책을 즐겨 읽었으며, 다시금 산책을 즐겼다.

나는 그 같은 갑작스러운 변화로 인해 숱한 조롱을 받았다. 하지만 이제 내게는 사랑하고 숭배할 무언가가 있었고, 하나의 이상을 다시 갖게 되었으며, 삶은 다시금 예감과 다채롭고 신비한 여명으로 가득 차, 나를 그런 조롱에 대해 둔감하게 만들었다. 나는 비록 숭배받는 어느 형상의 노예이자 하인이었지만, 다시금 나 자신의 집으로 편안히 돌아왔다.

그 시절을 회상할 때면 늘 그 어떤 감동이 느껴진다. 무너진 인생의 어느 시기의 잔해로부터 하나의 '밝은 세계'를 건설하기 위해 나는 진심어린 노력을 기울였으며, 다시 내 안의 어둠과 악을 떨쳐버리고 신들 앞에 무릎 꿇은 채 완전히 빛 속에 머물고자 하는 단 하나의 욕망 속에서 나는 살아갔다. 어쨌거나 현재의 이 '밝은 세계'는 어느 정도 내 자신의 창조물이었다. 그것은 더 이상 어머니와 무책임한 보호 아래로 도피하거나 기어드는 것이 아니었다. 그것은 나 자신이 책임감과 자제력을 가지고 스스로 창안하고 요구한 새로운 봉사였다. 내가 고통받았고 끝없이 도망쳤던 성적인 충동은 이제 이 성스러운 불 속에서 정신과 기도로 승화되어야 했다. 이제는 그 어떤 어두운 것도, 추한 것도, 신음하며 지새운 밤들도, 음란한 이미지 앞에서 두근거리던 심장의 고동도, 금지된 문 앞에서의 엿듣기도, 음탕한 육욕도 더 이상 있어서는 안 되었다. 그 모든 것 대신에, 나는 베아트리체의 형상으로 나의 제단을 세웠고, 그녀에게 나 자신을 바침으로써 정신과 신들에게 나 자신을 봉헌했다. 나는 어두운 힘들에게서 빼앗아온 삶의 일부를 밝은 힘들에게 제물로 바쳤다. 나의 목표는 쾌락이 아니라 순수함이었고, 행복이 아니라 아름다움과 영성이었다.

이 같은 베아트리체 숭배는 내 삶을 완전히 바꾸어놓았다. 어제만 해도 조숙한 냉소주의자였던 나는 이제 성자가 되겠다는 목표를 가진 신전의 봉사자였다. 나는 익숙해져 있던 사악한 삶을 버린 것만이 아니었다. 나는 모든 것을 바꾸려 했고, 모든 것에 순수함과 고귀함과 품위를 부여하려 했다. 먹고 마시고, 말하고 옷을 입으면서도 나는 그에 대해 생각했다. 나는 아침을 냉수욕으로 시작했다. 그러기 위해 처음에는 극기심을 발휘하며 무척이나 노력해야 했다. 나는 진지하고 품위 있게 행동했으며, 자세를 똑바로 하고, 걸음걸이도 좀 더 느리고 위엄 있게 했다. 보는 이들에게는 우스꽝스럽게 보였을지도 모르지만, 내 내면에서는 그 모두가 예배였다.

나의 새로운 신념을 표현하고자 했던 모든 새로운 시도 가운데 하나가 나에게는 중요해졌다. 나는 그림을 그리기 시작했다. 그리고 그 일은 내가 가지고 있던 영국의 베아트리체 그림이 내 마음속의 소녀와 충분히 닮지 않았다는 사실에서 시작되었다. 나는 그녀의 초상화를 직접 그려보고 싶었다. 나는 완전히 새로운 기쁨과 희망을 품고, 양질의 도화지, 물감, 붓을 바로 얼마 전부터 갖게 된 내 방에 모았다. 팔레트, 유리잔, 자기 접시, 연필도 준비했다. 내가 샀던 작은 튜브에 들어 있는 고운 색의 템페라 물감이 나를 황홀하게 했다. 그중에는 정열적인 크롬 그린도 있었는데, 그 초록 물감이 작고 하얀 접시에서 처음으로 빛을 발하던 모습은 지금도 눈에 선하다.

나는 조심스럽게 시작했다. 얼굴을 그리는 것은 어려웠고, 그래서 먼저 다른 것부터 시도해보고 싶었다. 장식품, 꽃, 상상 속의 작은 풍경, 예배당 옆의 나무 한 그루, 사이프러스 나무가 있는 로마 다리를 그렸다. 때로는 이 유희적인 행위에 완전히 빠져들어, 마치 물감 상자를 손에 든 아이처럼 행복해했다. 그리고 마침내 베아트리체를 그리기 시작했다.

도화지 몇 장은 완전히 실패해 버려졌다. 거리에서 마주쳤던 소녀의 얼굴을 떠올리려 하면 할수록 그만큼 더 뜻대로 되지 않았다. 결국 나는 그런 시도를 포기했고, 그저 생각나는 대로, 그리고 일단 그리기를 시작하면 저절로 생겨났던 물감과 붓의 안내에 따라 얼굴 하나를 그리기 시작했다. 거기에서 나온 것은 꿈에서 보았던 얼굴이었고, 결코 불만족스러울 정도는 아니었다. 나는 곧바로 그 같은 시도를 계속해 나갔고, 새로운 그림 하나 하나는 뭔가 조금씩 더 선명해졌으며, 결코 실제의 모습은 아닐지라도 점점 더 그 유형에 가까워졌다.

꿈꾸는 듯한 붓놀림으로 선을 긋고, 화면을 채우는 데 나는 점점 더 익숙해졌다. 그 그림들은 모델도 없이, 유희적인 터치와 무의식에서 생겨난 것들이었다. 그러던 어느 날, 나는 마침내 거의 의식하지 못한 채, 이전의 그 어떤 얼굴들보다 더 강력하게 나에게 말을 걸었던 얼굴 하나를 완성했다. 그 얼굴은 내가 마주쳤던 소녀의 얼굴이 아니었고, 결코 그래서도 안 되었다. 그 얼굴은 뭔가 다르고 뭔가 비현실적이었지만, 그렇다고 가치가 덜한 것은 아니었다. 그 얼굴은 소녀의 얼굴이라기보다는 소년의 얼굴에 더 가까워 보였다. 머리카락은 나의 아름다운 소녀처럼 연한 금발이 아니라 붉은 기가 도는 갈색이었고, 턱은 강하고 단호했으며, 입은 붉게 피어 있었다. 전반적으로는 다소 경직되고 가면처럼 보였지만, 인상적이고 신비로운 생명력으로 가득 차 있었다.

완성된 그림 앞에 앉자 묘한 인상이 느껴졌다. 나에게 그 그림은 일종의 신들의 초상이거나 신성한 가면처럼 여겨졌다. 반은 남성적이고 반은 여성적이며, 나이가 느껴지지 않고, 의지가 강하면서도 몽환적이고, 경직되어 보이면서도 묘하게 생기가 있었다. 그 얼굴은 나에게 무언가 할 말이 있었고, 내 것이었으며, 나에게 무엇인가를 요구했다. 그리고 누군가와 닮아 보였지만, 그게 누구인지 나는 알지 못했다.

그 초상화는 이제 한동안 내 모든 생각을 따라다녔고, 내 삶을 공유했다. 누구도 우연히 그 초상을 보게 되거나, 그걸로 나를 조롱하지 못하도록 나는 그 그림을 서랍 속에 숨겨 두었다. 그러나 내 작은 방에 혼자 있게 될 때면, 나는 곧바로 그 그림을 꺼내 함께하곤 했다. 저녁이면 침대 맞은편 벽지 위에 핀으로 붙여놓고 잠들 때까지 바라보았고, 아침이면 내 시선은 제일 먼저 그 그림에게로 향했다.

바로 그 무렵, 어렸을 때 늘 그랬듯이 나는 다시금 많은 것들을 꿈꾸기 시작했다. 지난 몇 년 동안은 더 이상 꿈을 꾸지 않았던 것 같았다. 이제 꿈들은 완전히 새로운 종류의 이미지로 돌아왔고, 그 꿈속에서는 자꾸만 그려진 초상화가 살아서 말을 걸며, 내 친구이 거나 적으로, 때로는 잔뜩 찡그린 얼굴로, 때로는 무한히 아름답고 조화롭고 고귀한 모습으로 떠올랐다.

그리고 어느 날 아침, 그런 꿈에서 깨어나던 나는 갑자기 깨달았다. 그 그림은 믿기 어려울 만큼 낯익은 얼굴로 나를 바라보고 있었고, 내 이름을 부르는 것 같았다. 어머니처럼 나를 잘 알고 있는 것 같았고, 그 모든 시간 내내 나를 향해 있었던 것처럼 보였다. 두근 거리는 가슴으로 나는 그 그림을, 숱이 많은 갈색 머리를, 반쯤은 여성스러운 입을, 기이한 밝음(저절로 그렇게 말라 있었다)이 느껴 지는 강인한 이마를 가만히 바라보았다. 그리고 나는 내 안에서 그 깨달음을, 재발견을, 앎을 점점 더 가깝게 느꼈다.

나는 침대에서 벌떡 일어났고, 그 얼굴 앞에 서서는 아주 가까이 에서 바라보았다. 활짝 떠지고, 초록빛이 감돌며, 경직된 두 눈을 똑바로 들여다보았다. 오른쪽 눈이 다른 쪽 눈보다 아주 조금 더 위 쪽에 자리하고 있었다. 그리고 갑자기 그 오른쪽 눈이 아주 살짝 미 세하게, 하지만 분명하게 실룩거렸고, 그 실룩거림을 통해 나는 그 그림을 알아보았다.

그 사실을 어떻게 이제야 비로소 알아차릴 수 있었던 걸까! 그건 데미안의 얼굴이었다.

그 후로도 나는 종종 그 그림을 내 기억 속에서 찾아낸 데미안의 실제 모습과 비교해보곤 했다. 둘이 비슷하기는 해도, 결코 똑같지는 않았다. 하지만 그건 분명 데미안이었다.

어느 초여름날 저녁, 태양이 서쪽을 향해 난 내 방 창문을 통해 비스듬히 붉게 비쳐들고 있었다. 방 안은 어두워지고 있었다. 그 순간 문득, 베아트리체, 아니 데미안의 초상화를 십자형 창살에 핀으로 고정해놓고, 저녁 햇살에 비치는 모습을 바라보자는 생각이 떠올랐다. 얼굴은 윤곽선 없이 희미해졌지만, 붉게 테두리가 물든 눈, 이마의 광채 그리고 강렬한 붉은색 입은 표면에서 깊고 거칠게 빛났다. 나는 그 빛이 사라지고 난 후에도 오랫동안 그림 맞은편에 앉아 있었다. 그리고 점차 그 그림이 베아트리체가 아니고 데미안도 아니며, 나 자신이라는 느낌이 들었다. 그 그림은 나를 닮지 않았고, 그럴리도 없다고 나는 생각했다. 그러나 그 얼굴은 내 삶을 구성하는 것, 나의 내면, 내 운명 또는 내 안에 존재하는 악마였다. 언제고 내게 다시 친구가 생긴다면, 그는 아마도 바로 저런 모습일 것이었다. 언젠가 내게 애인이 생긴다면 바로 저런 모습일 것이었다. 내 삶이 저러할 것이고, 내 죽음도 저러할 것이며, 이는 내 운명의 소리이자 리듬이었다.

그 몇 주 동안 나는 일찍이 읽었던 그 모든 책보다 나에게 더 깊은 인상을 남긴 책 한 권을 읽기 시작했다. 아마도 니체 정도가 예외였을 뿐, 그후로도 나는 책을 읽으며 그 같은 경험을 했던 적이 거의 없었다. 그 책은 노발리스의 것으로, 그가 쓴 편지와 잠언 등이 들어 있었다. 나는 많은 부분을 이해하지 못했지만, 그 책의 내용 모두는 하나같이 형언할 수 없을 정도로 나를 끌어당기고 사로잡았다. 그리고 그 잠언 가운데 하나가 문득 떠올랐고, 나는 그 말을 초상 아래에 펜으로 적어 넣었다. "운명과 심성은 하나의 개념의 다른 이름이다." 나는 이제 그 말을 이해했다.

내가 베아트리체라고 불렀던 소녀를 나는 그 뒤로도 종종 마주쳤다. 하지만 그 만남에서도 더는 아무런 감정의 동요가 느껴지지 않았다. 그래도 나는 늘 그 어떤 은은한 일치감과 감상적인 예감을 느끼곤 했다. 너는 나와 연결되어 있어. 네가 아니라, 단지 네 이미지가 말이야. 너는 내 운명의 일부야.

막스 데미안을 향한 나의 그리움은 다시금 강렬해졌다. 나는 지난 몇 년 동안은 그에 대해 아는 게 아무것도 없었다. 나는 그를 방학 때 딱 한 번 만났었다. 그 짧은 만남을 나는 내 기록에서 삭제했으며, 그것은 수치심과 허영심에서 비롯된 일임을 이제 나는 안다. 나는 그 일을 지금이라도 언급해야만 한다.

그러니까 한번은 방학 동안에, 술집을 드나들던 시절의 거만하고 늘 어딘가 피곤해 보이는 얼굴로 고향 마을을 어슬렁거리다, 내 산책용 지팡이를 빙빙 돌리며 속물들의 늙고 변함없고 경멸스러운 얼굴을 바라보고 있었다. 바로 그때, 나의 옛 친구가 나에게로 다가왔다. 그를 보자마자 나는 움찔했다. 그리고 순간적으로 나는 프란츠 크로머를 떠올려야 했다. 데미안이 정말로 그때 그 이야기를 잊고 있기를 바랐다! 그에게 그런 신세를 지고 있다는 게 너무 불편했다. 사실 어리석은 어린 시절의 이야기이긴 하지만, 그럼에도 그건 분명 일종의 빚이었다.

그는 내가 인사하기를 기다리는 것 같았고, 내가 가능한 한 태연하게 인사하자, 내게 손을 내밀었다. 그것은 다시금 그의 악수였다! 아주 단단하고 따뜻하면서도 차갑고 남자다웠다!

그가 내 얼굴을 유심히 바라보며 말했다. "싱클레어, 너 많이 컸구나." 그렇게 말하는 그 자신은 전혀 변하지 않은 것 같았다. 내게는 그가 언제나처럼 똑같은 나이에 똑같이 젊어 보였다.

그는 나와 함께 산책을 했고, 우리는 그저 사소한 것들에 대해서만 이야기했을 뿐, 그 당시 일에 관해서는 한마디도 꺼내지 않았다. 언젠가 그에게 여러 차례 편지를 썼는데, 전혀 답장을 받지 못했던 일이 떠올랐다. 아, 그가 그 일도 잊어버렸으면 좋을 텐데. 그 멍청하고 바보 같은 편지들을 말이야! 그리고 그는 그 편지에 대해서는 아무 말도 하지 않았다.

당시만 해도 베아트리체나 초상화는 없었으며, 나는 아직 방종의 시간 한가운데에 있었다. 도시 외곽에 이르러 나는 함께 술을 마시러 가자고 제안했고, 그는 함께 갔다. 나는 보란 듯이 포도주 한 병을 주문했고, 술을 따랐고, 잔을 부딪쳤으며, 내가 대학생들의 음주 문화에 아주 익숙하다는 점을 과시했고, 첫 잔 또한 단숨에 비웠다.

"술집에는 자주 오나 보네?" 그가 물었다.

"응, 맞아." 나는 느긋하게 대답했다. "달리 할 게 없잖아? 결국은 술 마시는 게 그나마 가장 신나는 일이지."

"그래? 하긴 그럴 수도 있지. 술 마시는 데에는 무언가 아주 멋진 구석이 있거든. 황홀경, 디오니소스적인 것! 그러나 내 생각에는 허구한 날 술집에 앉아 있는 사람들의 경우에는 대부분 그런 요소를 완전히 잃어버린 것 같아. 술집에 출입하는 것 자체가 뭔가 진짜 속물적인 것 같다는 느낌이 들거든. 그래, 하룻밤 정도는 활활 타오르는 횃불 아래에서 진정한 아름다운 도취와 황홀감에 빠져드는 거야! 하지만 그렇게 계속해서 한 잔 또 한 잔 마셔대는 것, 그것은 분명 참된 모습은 아닐 거야. 파우스트가 매일 밤 단골집 테이블에 앉아 술을 마시는 모습 같은 걸 상상할 수 있겠어?”

나는 술잔을 비웠고, 적의에 찬 눈으로 그를 바라보았다.

“아니. 하지만 모두가 다 파우스트 같은 사람인 건 아니잖아.” 나는 짧게 대꾸했다.

그는 다소 당황한 듯 나를 바라보았다. 그런 다음, 예전의 신선함과 우월감이 느껴지는 미소를 지었다.

“하기야, 그런 것을 놓고 다툴 이유는 없겠지? 어쨌거나, 술주정뱅이나 탕자의 삶이 흠잡을 데 없는 시민의 삶보다는 아마도 더 활기차 보일 거야. 그리고 어디선가 읽은 적이 있는데, 탕자의 삶은 신비주의자가 되기 위한 최고의 준비 중 하나래. 또, 선지자가 된 성 아우구스티누스 같은 사람들도 늘 있었고 말이야. 그도 한때는 쾌락주의자이자 탕자였어.”

나는 그의 말이 미심쩍었고, 결코 그에게 휘둘리고 싶지 않았다. 그래서 심드렁하게 말했다. “그래, 저마다 자기 취향대로 사는 거야! 솔직히 말하면, 나는 선지자나 그런 무언가가 되는 거에는 관심이 없어.”

데미안이 살짝 가느다랗게 뜬 눈으로 알겠다는 듯 나를 쏘아보았다.

그가 천천히 말했다. “이봐 싱클레어, 너를 언짢게 하려고 말을 꺼냈던 건 아니야. 그래도 한마디 덧붙이자면, 우리 모두는 네가 지금 어떤 목적으로 술을 마시고 있는지 알지 못해. 하지만 너의 삶을 만드는 네 안의 그것은 이미 알고 있지. 우리 안에 그 모든 것을 알고, 모든 것을 원하며, 우리 자신보다 모든 것을 더 잘하는 누군가가 존재한다는 사실을 아는 것은 정말 좋은 일이야. 그나저나 미안하지만, 나는 그만 집에 가봐야겠다."

우리는 짧게 작별 인사를 나눴다. 나는 몹시 울적한 기분으로 혼자 남아, 병에 남아 있던 술을 모두 마셔버렸다. 자리에서 일어나려던 나는 데미안이 이미 술값을 지불했다는 것을 알았다. 그리고 그게 나를 더 짜증나게 했다.

나의 생각은 이제 다시 그때의 사소했던 사건에 머물렀다. 나의 생각은 데미안으로 가득 차 있었다. 그리고 그가 도시 외곽의 그 술집에서 했던 말이 기이하리만큼 생생하게, 그리고 고스란히 나의 기억 속에 떠올랐다. "우리 안에 그 모든 것을 알고 있는 누군가가 존재한다는 사실을 아는 것은 정말 좋은 일이야!"

나는 창가에 걸려 있던 그 그림을 쳐다보았다. 그 그림에서는 빛이 완전히 사라지고 없었다. 그러나 나는 그림 속의 두 눈이 여전히 눈부시게 빛나는 것을 보았다. 그것은 데미안의 눈빛이었다. 아니면, 내 안에 있던 누군가, 모든 것을 알고 있는 존재의 눈빛이었다.

나는 얼마나 데미안을 그리워했던가! 나는 그에 대해 아무것도 알지 못했고, 그에게 연락을 취할 수도 없었다. 내가 아는 것은 단지 그가 어딘가에서 대학에 다니고 있을 것이고, 그가 김나지움을 졸업한 후 그의 어머니가 우리 도시를 떠났다는 사실뿐이었다.

크로머와의 이야기로 거슬러 올라가기까지, 나는 내 안에 있던 막스 데미안과 관련된 모든 기억을 끄집어냈다. 일찍이 그가 나에

게 했던 말들이 얼마나 많이 떠올랐던가! 그리고 그 모두는 현재에
도 여전히 의미가 있었고, 당면한 문제들이었으며, 나와 관계된 것
들이었다. 그다지 유쾌하지 못했던 우리의 마지막 만남에서 그가
탕자와 성인에 대해 말했던 것 또한 갑자기 내 마음속에 환하게 떠
올랐다. 그건 바로 나한테 일어났던 일이 아니던가? 삶의 새로운
자극과 더불어 순수에 대한 열망과 신성한 것에 대한 동경이 내 안
에서 살아나기까지, 나는 그와 정반대인 취기와 더러움, 혼미와 고
독 속에서 살았던 것이 아닐까?

　나는 그렇게 계속해서 그 기억들을 따라갔다. 밤은 이미 이슥했
고, 밖에는 비가 내리고 있었다. 내 기억 속에서도 비 내리는 소리
가 들려오고 있었다. 그 순간은 마로니에 나무들 아래서 그가 프란
츠 크로머에 대해 내게 캐묻고는 나의 첫 번째 비밀들을 알아맞혔
을 때였다. 기억은 꼬리를 물고 이어졌다. 학교 가는 길에 나눈 대화
들, 견진성사 수업시간들. 그리고 마지막으로 막스 데미안과 처음
만나던 순간이 떠올랐다. 그때는 무슨 이야기를 했더라? 곧바로 기
억이 나지 않았지만, 시간을 갖고 그 생각에 완전히 빠져들었다. 그
리고 이제는 그 또한 기억이 났다. 그는 카인에 대한 자신의 견해를
말해주었고, 그런 다음 우리는 우리 집 앞에 서 있었다. 거기서 그
는 우리 집 대문 위, 아래에서 위쪽으로 갈수록 점점 넓어지는 종석
안에 있던 오래되어 희미해진 문장에 대해 이야기했었다. 그는 그
런 문장에 관심이 있다며, 누구든 그런 것들에 주의를 기울여야 한
다고 말했었다.

　그날 밤, 나는 데미안과 그 문장 꿈을 꾸었다. 문장은 계속해서
모습이 변하고 있었고, 데미안은 그것을 두 손에 들고 있었다. 때로

는 작고 회색이었고, 때로는 거대하고 다채로운 빛깔이었지만, 그는 그것이 언제나 같은 것이라고 내게 설명했다. 마침내 그가 그 문장을 삼키라고 나에게 강요했다. 나는 문장을 삼켰고, 삼킨 문장 속의 새가 내 안에서 살아나, 나를 채우고, 안에서부터 나를 먹어치우기 시작했다는 것을 느끼며 소스라치게 놀랐다. 죽음에 대한 두려움에 휩싸인 채, 나는 벌떡 몸을 일으키며 잠에서 깨어났다.

잠이 확 깼다. 한밤중이었고, 비가 방 안으로 들이치는 소리가 들렸다. 나는 일어나 창문을 닫으려고 했다. 그러다 방바닥에 놓여 있던 뭔가 밝은 것을 밟았다. 아침이 되고, 나는 그것이 내가 그린 그림이었음을 알았다. 그 그림은 축축한 바닥에 놓인 채, 불룩하니 부풀어 있었다. 나는 그 그림을 말리기 위해 펴서 압지로 싼 다음, 묵직한 책 속에 끼워 놓았다. 다음날 다시 열어보니 말라 있었다. 하지만 그림은 변해 있었다. 붉은 입술은 창백해지고, 약간 얇아져 있었다. 이제 그것은 영락없는 데미안의 입이었다.

나는 이제 새 도화지에 문장 속의 새를 그리기 시작했다. 나는 그 새가 실제로 어떤 모습이었는지 더 이상 분명히 기억하지 못했고, 그중 일부는 내가 알고 있던 것처럼 가까이서 보더라도 더 이상 제대로 알아보기가 쉽지 않았다. 오래된 데다, 종종 페인트로 덧칠을 했기 때문이다. 문장의 새는 아마도 한 송이 꽃 위, 아니면 바구니나 둥지 위, 그도 아니면 나무 꼭대기처럼 보이는 무언가 위에 서 있거나 앉아 있었다. 나는 그런 것들에는 괘념하지 않았고, 내게 또렷이 떠오르는 것부터 그리기 시작했다. 막연한 욕구에 이끌려 나는 즉시 강한 색으로 그리기 시작했고, 내 도화지 위에는 황금색 새의 머리가 나타났다. 나는 기분 내키는 대로 계속해서 그렸고, 며칠 만에 그 그림을 완성했다.

이제 그 새는 날카롭고 용맹한 새매의 머리를 가진 맹금이었다. 몸의 절반 가량이 어두운 지구본 속에 박힌 채, 그 새는 푸른 하늘을 배경으로 마치 거대한 알에서 나오려는 듯 기를 쓰고 있었다. 그 그림을 한참 동안 들여다보았다. 보면 볼수록, 마치 내 꿈속에 나타났던 화려한 색의 문장인 것만 같았다.

데미안에게 편지를 쓴다는 것은 설사 어디로 보내야 할지 알고 있었다 할지라도, 내게는 가능하지 않은 일인 것처럼 여겨졌다. 그러나 나는, 그 당시 내가 무슨 일을 하든 늘 그랬던 것처럼, 꿈결 같은 예감에 이끌려, 그에게 전해지든 말든 관계없이, 새매가 그려진 그림을 그에게 보내기로 결심했다. 나는 그림 위에 아무것도 쓰지 않았다. 내 이름조차 쓰지 않았다. 가장자리를 조심스럽게 잘라냈고, 커다란 종이 봉투를 사다가 그 위에 내 친구의 예전 주소를 적었다. 그런 다음, 나는 그 그림을 부쳤다.

시험이 다가오고 있었고, 나는 학업을 위해 평소보다 더 열심히 공부해야 했다. 내가 갑자기 나의 무례했던 처신을 바꾼 이후로 선생님들은 나를 다시 돌봐주었다. 지금도 아마 나는 모범생은 아니었다. 하지만 나든, 아니면 다른 누구든, 내가 반년 전만 해도 퇴학이라는 징계를 받아도 전혀 놀라울 게 없는 학생이었다고는 미처 생각하지 못했다.

아버지는 이제 책망이나 위협 없이, 다시 예전과 같은 어조로 편지를 써 보냈다. 그러나 나는 아버지나 다른 누구에게도 그 같은 나의 변화가 어떻게 일어나게 되었는지 설명하고 싶지 않았다. 그런 변화가 부모님이나 선생님의 바람과 일치한 것은 우연이었다. 그 변화는 나를 다른 사람들에게 데려다주지 않았고, 나를 누군가와 더 가깝게 해주지도 않았다. 단지, 나를 더 외롭게 만들었다. 그 변화는 어딘가를, 데미안을, 머나먼 운명을 향하고 있었다. 나 자신은 미처 알지 못했지만, 나는 바로 변화 한가운데에 있었다. 그 같은 상황은 베아트리체로부터 시작되었지만, 얼마 전부터 나는 내가 그린 그림들과 데미안에 대한 생각과 더불어 너무나 비현실적인 세계에서 살고 있었고, 그래서 그녀 또한 내 생각과 시야에서 완전히 사라지고 없었다. 나의 꿈, 나의 기대, 나의 내적인 변화에 대해 나는 누구에게도 단 한마디 말조차 할 수 없었을 것이다. 설사 내가 말하고 싶었다 할지라도 그러지 못했을 것이다.

하지만 내가 어찌 그러기를 원할 수 있었겠는가?

새는 알에서 나오기 위해 투쟁한다

내가 그린 꿈속의 새는 친구를 찾아 날아갔다. 그리고 기이한 방식으로 답장이 왔다.

하루는 쉬는 시간이 끝난 뒤, 우리 반 내 자리에서 나는 내 책갈피에 쪽지 하나가 끼워져 있는 걸 발견했다. 그 쪽지는 수업 시간에 가끔은 같은 반 친구들끼리 몰래 쪽지 편지를 보내곤 할 때처럼 접혀 있었다. 나는 개인적으로 반 아이들과 그런 쪽지를 주고받은 적이 없었고, 그래서 누가 나에게 그런 쪽지를 보냈는지 의아하기만 했다. 나는 그 쪽지가 학교에서 벌어지는 그 어떤 놀이에 함께하자는 초대장일 거라 생각했다. 하지만 나는 그러고 싶은 생각이 전혀 없었고, 그래서 쪽지를 읽어보지도 않은 채 내 책 앞에 놓아두었다. 그러다 수업 중에 우연히 그 쪽지를 다시 손에 쥐게 되었다.

나는 그 쪽지를 만지작거리다 아무 생각 없이 펼쳤고, 그 안에 몇 마디 글이 적혀 있는 것을 보았다. 나의 시선은 얼핏 그 위에 머물렀고, 나는 그중의 단어 하나에 사로잡혔으며, 깜짝 놀라 읽어 내려갔다. 그러는 사이, 내 가슴은 마치 엄청난 추위를 만난 듯 운명 앞에서 움츠러들었다.

"새는 알에서 나오기 위해 투쟁한다. 그 알은 세계이다. 태어나려는 자는 하나의 세계를 파괴해야 한다. 새는 신에게로 날아간다. 그 신의 이름은 아브락사스다."

나는 그 구절을 여러 번 되풀이해 읽고 깊은 생각에 빠졌다. 그것은 의심할 여지 없이 데미안이 보내온 대답이었다. 나와 그 외에는 아무도 그 새에 대해 알 수 없었다. 그는 내가 보낸 그림을 받았다. 그는 이해했고, 내가 해석하는 것을 도왔다. 그러나 이 모든 것은 어떤 관계가 있던 것일까? 그리고 무엇보다 나를 괴롭힌 것은 아브락사스의 정체였다. 나는 그런 말을 듣거나 읽은 적이 없었다. "그 신의 이름은 아브락사스다!"

수업에는 전혀 집중하지 못한 채, 그 시간이 지나갔다. 이어서, 그날 오전의 마지막 수업 시간이 시작되었다. 그 시간은 젊은 보조교사가 담당했는데, 대학을 갓 졸업했던 그는 그저 젊고 우리에게 어떤 거짓된 권위도 내세우지 않았다는 이유만으로도 우리를 만족시켰다.

우리는 폴렌 선생님의 지도 아래 헤로도토스를 읽었다. 그 강독시간은 내가 관심을 가졌던 몇 안 되는 과목 중 하나였다. 하지만 그날만큼은 나는 다른 데 정신이 팔려 있었다. 나는 기계적으로 책을 펼쳤다. 하지만 번역을 쫓아가는 대신, 계속 나만의 생각에 빠져 있었다. 덧붙이자면, 나는 데미안이 예전의 종교시간에 나에게 말해주었던 것이 얼마나 옳은 것인지 이미 여러 차례 경험했었다. 충분하다 싶을 만큼 간절히 원했던 것은 이루어졌다. 수업 중에 내가 나 자신의 생각에 아주 강렬히 집중할 때면, 선생님도 나를 가만 내버려둘 만큼 편안히 있을 수 있었다. 하지만 누군가가 주의가 산만하거나 졸릴 때면, 선생님은 갑자기 그런 사람 앞에 나타나 있었다. 그런 일은 나도 이미 경험했었다. 정말로 생각하고 정말로 몰두해 있을 때라면 보호받곤 했다. 그리고 뚫어지게 바라보는 시선의 경우 또한 나는 이미 시험해봤고, 그것이 정말로 효과가 있다는 사실을 확인했다. 데미안과 만나던 그 시절에는 성공하지 못했었지만, 이제는 시선과 생각으로 아주 많은 걸 얻어낼 수 있다는 걸 종종 느끼곤 했다.

지금도 나는 그렇게 헤로도토스와 학교로부터 멀리 떨어져 앉아 있었다. 그런데 돌연 선생님의 목소리가 마치 벼락 치듯 내 의식 속으로 파고들었고, 나는 화들짝 놀라며 생각에서 깨어났다. 나는 그의 목소리를 들었고, 그는 내 가까이에 서 있었다. 나는 그가 내 이름을 불렀다고 생각했다. 하지만 그는 나를 바라보지 않았다. 나는 안도의 한숨을 내쉬었다.

그 순간, 나는 다시 그의 목소리를 들었다. 그 목소리는 큰 소리로 "아브락사스"라고 말하고 있었다.

내가 시작 부분을 미처 듣지 못했던 설명을 폴렌 선생님은 계속해서 이어나갔다. "우리는 저들 종파와 고대의 신비주의적 단체들의 견해가 합리주의적 고찰의 관점에서 바라보듯 그렇게 단순하고 어리석다고 생각해서는 안 됩니다. 고대에는 오늘날 우리들이 말하는 의미에서의 과학이란 전혀 존재하지 않았습니다. 그 대신, 당시 사람들은 고도로 발전된 철학적이고 신비주의적인 진리 탐구에 몰두했습니다. 부분적으로는 그런 연구로부터 마법과 속임수 따위가 생겨났고, 이들은 종종 사기와 범죄로 이어지기도 했습니다. 그러나 그 같은 마법에도 고귀한 기원과 심오한 사상이 있었습니다. 내가 조금 전 예로 들었던 아브락사스의 가르침도 마찬가지입니다. 아브락사스라는 이 이름은 고대 그리스의 주문과 관련되어 언급되며, 야성의 부족들이 오늘날에도 여전히 가지고 있는 것과 같은 그 어떤 악마의 마법을 지칭하는 이름으로 간주되곤 합니다. 그러나 아브락사스는 훨씬 더 많은 것을 의미하는 것 같습니다. 우리는 아브락사스라는 이름을 신적인 것과 악마적인 것을 하나로 결합하는 상징적 임무를 맡은 일종의 신성을 의미하는 이름이라고 생각할 수 있습니다."

그 키 작은 학식 있는 남자는 순수하고도 열정적으로 말을 이어 갔지만, 아무도 그의 말에 그다지 주목하지 않았다. 그리고 아브락사스라는 이름은 더 이상 거론되지 않았고, 나의 관심 또한 이내 나 자신에게로 돌아갔다.

"신적인 것과 악마적인 것을 하나로 결합한다." 그 말이 내 머릿속에서 여전히 맴돌았다. 그리고 여기서부터 나는 실마리를 풀어 나갈 수 있었다. 그 말은 우리가 만나던 맨 마지막 날들에 데미안과 나누던 대화를 통해 내게 익숙해져 있었다. 데미안은 그 당시, 우리에게는 아마도 우리가 숭배하는 신이 있겠지만, 그 신은 단지 자의적으로 갈라놓은 세계의 절반(공식적이고 허용된 '밝은' 세계)만을 대표할 뿐이라고 말했다. 그러나 우리는 세상 전체를 경배할 수 있어야만 하고, 그렇기 때문에 우리는 또한 악마이기도 한 신을 모시거나, 신에게 드리는 예배 외에 악마를 위한 경배 또한 마련해야 한다고 말했다. 그리고 이제 아브락사스는 바로 신이자 악마인 신이 었다.

한동안 나는 열의를 다해 그 단서를 계속해서 찾았다. 하지만 진전은 없었다. 나는 또한 아브락사스를 찾아 도서관 전체를 뒤지기도 했다. 헛수고였다. 그러나 나라는 존재는 대부분의 경우, 손에 쥔 돌처럼 고정 불변하는 진리 따위만을 찾아내는 그런 종류의 직접적이고 의식적인 탐색에는 결코 충분히 빠져든 적이 없었다.

한동안 나를 그토록 진지하게 사로잡고 있던 베아트리체의 형상은 이제 점점 수면 아래로 가라앉았다. 아니면 오히려 나에게서 서서히 멀어졌고, 점점 더 가까이 지평선에 다가가서 더더욱 그림자 같아지고, 멀어지고, 희미해졌다. 그리고 더는 나의 영혼을 충족시키지 못했다.

내 자신 속에 독특하게 고치를 튼 현존재 속에서, 내가 몽유병자처럼 이끌었던 현존재 속에서 이제 하나의 새로운 형상이 형태를 갖추기 시작했다. 삶에 대한 동경, 아니 그보다는 사랑에 대한 동경이 내 안에서 꽃을 피웠고, 한동안은 베아트리체 숭배를 통해 해소할 수 있었던 성욕이 새로운 이미지와 목표들을 요구했다. 내게는 여전히 그 어떤 것도 성취된 것이 없었다. 그리고 내게는 그 같은 동경을 기만한 채, 동료들이 그들의 행복을 추구하는 소녀들에게서 뭔가를 기대한다는 것은 그 어느 때보다도 불가능했다. 나는 다시 심하게 꿈을 꿨다. 그것도 밤보다 낮에 더 심하게 꿈을 꿨다. 상상 그리고 이미지 또는 소망들이 내 안에서 솟아났고, 나를 잡아당겨 외부세계로부터 멀어지게 했으며, 그래서 나는 나를 둘러싼 현실보다도 내 안의 그런 이미지와 꿈 또는 그림자들과 더 실질적이고 생생하게 교류하며 살았다.

어떤 특정한 꿈 하나, 또는 자꾸만 되풀이되는 환상 하나가 나에게는 의미심장해졌다. 내 삶에서 가장 중요하고 가장 오래 지속된 그 꿈은 다음과 같았다. 나는 아버지의 집으로 돌아왔다 — 대문 위에서는 문장 속의 새가 푸른 바탕에 노란색으로 빛나고 있었다 — 집 안에서는 어머니가 나를 향해 다가오셨다 — 그러나 내가 들어가 그녀를 안으려 했을 때, 그녀는 어머니가 아니라, 한 번도 본 적이 없는 인물이었다. 키가 크고 힘이 센 그 인물은 막스 데미안이나 내가 그린 그림과 비슷하지만 분명 다른, 그리고 강인함에도 불구하고 완전히 여성적인 모습이었다. 그 인물은 나를 자기에게로 잡아당겼고, 깊고 떨리는 사랑의 포옹으로 나를 끌어안았다. 환희와 전율이 뒤섞였고, 그 포옹은 예배이자 동시에 범죄였다. 나를 안고 있던 그 모습에서는 어머니에 대한 너무 많은 기억과 친구 데미안에 대한 너무 많은 기억이 유령처럼 감돌았다. 그 인물의 포옹은 그 어떤 경건함과도 어긋나는 것이었지만, 그럼에도 더없는 기쁨이었다. 나는 종종 깊은 행복감을 느끼며, 때로는 종종 죽음에 대한 두려움이나 마치 끔찍한 죄를 저질렀을 때처럼 고통스러운 양심의 가책을 느끼며 그 꿈에서 깨어났다.

단지 서서히 그리고 무의식적으로, 완전히 내면적인 그 이미지와 내가 찾고 있던 신과 관련해 외부로부터 들어온 신호 사이에 하나의 연결이 이루어졌다. 그러나 그 연결은 점차 더 친밀하고 내밀해졌으며, 나는 내가 바로 어렴풋이 예감하는 그 꿈에서 아브락사스를 불러내고 있음을 느끼기 시작했다. 환희와 공포, 남자와 여자가 뒤섞여 있고, 가장 거룩한 것과 가장 소름끼치는 것이 서로 얽혀 있으며, 가장 부드러운 순수함을 통해 꿈틀거리는 깊은 죄책감, 이 것들이 바로 내 사랑의 꿈의 이미지였다. 그리고 아브락사스도 마찬가지였다. 사랑은 더 이상 내가 처음에 불안해하며 느꼈던 것처럼 동물적인 어두운 충동이 아니었다. 그렇다고 내가 베아트리체의 형상에게 바쳤던 것처럼 경건하고 정신적으로 승화된 숭배의 감정도 더 이상 아니었다. 사랑은 둘 다였고, 둘 다이자 그보다 더 많은 것이었다. 사랑은 천사의 이미지이자 사탄, 남자인 동시에 여자, 인간과 동물, 최고의 선과 최고의 악이었다. 나는 그런 삶을 살도록 정해져 있는 것 같았고, 그런 삶을 맛보는 것이 내 운명인 것 같았다. 나는 그런 운명을 갈망했고, 그런 운명을 두려워했다. 나는 그런 운명을 꿈꾸었고, 그런 운명에게서 도망쳤다. 그러나 그런 운명은 늘 거기에 있었고, 항상 내 위에 있었다.

다음해 봄이면 나는 김나지움을 졸업해 대학에 진학해야 했다. 하지만 어느 대학에서 무엇을 전공할지는 아직 결정하지 못했었다. 코밑에는 듬성듬성 수염이 자랐고, 다 자란 어른이었지만, 나는 어찌할 바를 모른 채 완전히 무기력했다. 단지 하나, 내 안의 목소리와 그 꿈의 이미지만큼은 확실했다. 그리고 나는 그것의 안내를 맹목적으로 따라야 한다는 사명감을 느꼈다. 하지만 내게는 그게 쉽지 않았고, 나는 날마다 매일 반항했다. 혹시 내가 정신이 나갔던 건가, 어쩌면 내가 다른 사람들과 똑같지 않았던 걸까 하는 생각이 자주 들곤 했다. 그러나 나는 다른 사람들이 했던 것은 모두 똑같이 할 수 있었다. 조금만 노력하고 열심히 하면 플라톤을 읽을 수 있었고, 삼각함수 문제를 풀거나 화학적인 분석을 수행할 수 있었다. 단지 한 가지만은 할 수 없었다. 그것은 바로 교수나 판사 또는 의사나 예술가가 되고 싶으며, 그렇게 되기 위해서는 얼마나 오래 걸리고, 그렇게 하는 것이 어떤 이득이 있는지를 정확히 알고 있던 다른 사람들이 하듯, 내 안에 어렴풋이 감춰져 있던 목표를 끄집어내, 내 앞 어딘가에다 그려내는 일이었다. 나는 그렇게 할 수 없었다. 어쩌면 나 또한 언젠가는 그런 무언가가 되어 있을지도 모르지만, 그걸 내가 어찌 안단 말인가. 어쩌면 나는 몇 년 동안 계속해서 찾고 또 찾아야 할 것이고, 아무것도 되지 못하고, 어떤 목표에도 이르지 못할 것이다. 어쩌면 나도 목표에 도달하겠지만, 그 목표는 사악하고 위험하고 끔찍한 것일지도 모른다.

나는 단지 내 안에서 솟아나려던 것, 그것을 살아보려 했다. 그것이 왜 그리 힘들었을까?

나는 때때로 내 꿈속의 위대한 사랑의 모습을 그려보려고 시도했다. 그러나 그 시도는 결코 성공하지 못했다. 만일 성공했다면, 나는 데미안에게 그 그림을 보냈을 것이다. 그는 어디 있었을까? 나는 알지 못했다. 내가 아는 것은 단지 그가 나와 연결되어 있다는 것뿐이었다. 언제 그를 다시 볼 수 있게 될까?

베아트리체 시절의 몇 주와 몇 달 동안의 친근한 평온함은 이미 오래전에 사라졌다. 그 당시, 나는 어느 섬에 도착해서 어떤 평화를 찾았다고 생각했다. 하지만 늘 그랬다. 어떤 상태가 내 마음에 들자마자, 어떤 꿈이 내게 기분 좋게 느껴지자마자, 그것 또한 어느새 시들고 점점 희미해졌다. 그런 상황을 안타까워하며 애도해도 소용없었다! 나는 이제 채워지지 않는 욕망과 긴장 가득한 기대의 불길 속에서 살았고, 그런 상황은 종종 나를 완전히 거칠고 미치게 만들었다. 나는 종종 꿈속의 연인의 이미지가 아주 생생하게 눈앞에 나타나는 것을 보았다. 그 모습은 나 자신의 손보다도 훨씬 더 선명했다. 나는 그 모습에게 말을 걸었고, 그 앞에서 울었으며, 그를 저주했다. 나는 그 모습을 어머니라 불렀고, 눈물 흘리며 그 앞에 무릎 꿇었다. 나는 그 모습을 연인이라 불렀고, 그의 성숙하고 모든 것을 이루어주는 입맞춤을 어렴풋이 느꼈다. 나는 그 모습을 악마와 창녀, 흡혈귀와 살인자라고 불렀다. 그 모습은 나를 가장 부드러운 사랑의 꿈과 난잡한 파렴치함으로 유혹했다. 그 모습에게는 그어느 것도 너무 좋거나 소중하지 않았고, 너무 나쁘거나 천박하지않았다.

나는 그해 겨울 내내 형언하기 어려운 내면의 폭풍 속에서 지냈다. 나는 오랫동안 외로움에 익숙해져 있었고, 외로움은 나를 억누르지 못했다. 나는 데미안과 함께, 새매와 함께, 그리고 나의 운명이자 나의 연인이었던 위대한 꿈속의 모습의 이미지와 함께 살았다. 그것들은 그 안에서 살기에 충분했다. 모든 것이 거대한 것과 먼것을 바라보았고, 모든 것이 아브락사스를 가리키고 있었기 때문이다. 그러나 그 꿈들 중 어느 것도, 나의 생각들 중 어느 것도 나에게 복종하지 않았다. 나는 그 어느 것도 불러낼 수 없었고, 그 어느것에도 내 마음대로 색을 부여할 수 없었다. 그들이 와서 나를 취했고, 나는 그들에게 지배받았으며, 그들에 의해 살았다.

나는 아마도 외부세계로부터는 안정되어 있었다. 나는 사람들을 두려워하지 않았다. 우리 반 친구들도 그런 사실을 알게 되었고, 종종 내게 은밀한 존경심을 보여주어 나를 미소 짓게 했다. 원한다면 나는 그들 대부분을 훤히 꿰뚫어 볼 수 있었고, 그로 인해 때때로 그들을 놀라게 할 수 있었다. 다만 내게는 그러고 싶은 생각이 거의 없었다. 나는 늘 나에게 매달려 있었고, 언제나 나 자신에게 몰두해 있었다. 그리고 이제 마침내 한 번은 한 편의 삶을 살아보기를, 나에게서 나오는 무언가를 세상에 바치기를, 세상과 관계를 맺고 투쟁하기를 애타게 갈망했다. 가끔은 저녁나절에 거리를 쏘다니다가 불안함에 휘둘려 한밤중이 되도록 집에 돌아가지 못할 때면, 그럴 때면 분명 나의 연인이 바로 지금 나와 마주칠 거라고, 이다음 길모퉁이를 지나고 있을 거라고, 다음번 창문에서 나를 부를 거라고 생각하곤 했다. 때로는 그 모든 것이 또한 견딜 수 없을 만큼 고통스럽게 느껴졌고, 그래서 한번은 스스로 목숨을 끊을 생각도 했었다.

그 당시, 나는 독특한 도피처를 찾았다. 사람들이 말하듯, '우연'을 통해서였다. 그러나 그 같은 우연은 존재하지 않는다. 무언가를 간절히 필요로 하는 사람이 그에게 필요한 바로 그것을 찾게 된다면, 그것을 그에게 주는 것은 우연이 아니다. 그 자신이, 그 자신의 요구와 절박함이 그를 그곳으로 인도하는 것이다.

시내를 거닐다가 교외의 어느 작은 교회에서 흘러나오는 오르간 연주를 들으며 지나친 적이 몇 차례 있었다. 그러나 그 후 그 앞을 지나다가 또다시 그 오르간 소리를 듣게 되었고, 나는 바흐의 곡이 연주되고 있음을 이내 알아차렸다. 나는 교회 문 쪽으로 다가갔다. 문은 닫혀 있었다. 길에는 인적이 거의 없었고, 나는 교회 옆 갓돌에 앉아 외투 깃을 세우고는 연주에 귀를 기울였다. 크지는 않았지만 좋은 오르간이었고, 연주는 기묘했다. 좀 더 자세히 말하자면, 훌륭하고 대가다운 연주였지만, 그러면서도 독특하고 고도로 개인적인 의지와 집요함의 표현을 담고 있어 마치 기도처럼 들렸다. 내게는 저 안에서 연주하고 있는 사람은 이 음악 안에 어떤 보물이 숨겨져 있음을 알고 있고, 그래서 마치 자신의 생명을 구하듯 그 보물을 얻어내려고 구애하고 두드리고 애쓰고 있다는 느낌이 들었다. 기교적인 면에서는, 나는 음악에 관해 그리 많은 것을 이해하지 못한다. 하지만 바로 이 같은 영혼의 표현은 어려서부터 본능적으로 이해했고, 내 안에서는 음악적인 것을 무언가 자명한 것으로 느끼고 있었다.

그 연주자는 연이어 뭔가 현대적인 음악 또한 연주했는데, 아마도 막스 레거의 곡인 것 같았다. 교회는 칠흑같이 어두웠고, 가까이 보이는 창으로 한 줄기 희미한 불빛만이 새어 나왔다. 나는 연주가 끝날 때까지 기다렸다. 그러고는 이리저리 왔다 갔다 하다, 마침내 오르간 연주자가 나오는 걸 보았다. 그는 아직 젊은 사람이었지만 나보다는 나이가 많았고, 몸집은 땅딸막하면서도 다부졌다. 그는 힘차면서도 동시에 내키지 않는 발걸음으로 서둘러 그곳을 떠났다.

그날 이후로 나는 저녁나절이면 가끔 그 교회 앞에 앉아 있거나 주변을 서성이곤 했다. 한번은 문이 열려 있는 것을 발견했고, 오르간 연주자가 위층의 희미한 가스등 아래에서 연주하는 동안, 나는 추위에 떨면서도 행복한 마음으로 30분 가까이 신도석에 앉아 있었다. 그가 연주하는 음악에서 내가 들었던 것은 그 자신만이 아니었다. 그가 연주했던 모든 것은 서로 관련이 있고, 은밀히 연결되어 있는 것처럼 보였다. 그가 연주했던 모든 것은 신앙심이 깊고 헌신적이며 경건했다. 그러나 빠지지 않고 교회에 나가는 교인이나 신부님처럼이 아니라, 중세 때의 순례자나 탁발수도사처럼 경건했고, 모든 교리보다 우월한 세상에 대한 감정에의 가차 없는 몰입이 느껴질 만큼 경건했다. 바흐 이전의 대가들과 옛 이탈리아인들의 음악이 부지런히 연주되었다. 그리고 그 곡들 모두는 같은 것을 말하고 있었다. 모두는 음악가 또한 자신의 영혼 속에 가지고 있던 것, 즉 동경, 세상에 대한 가장 친밀한 이해와 그 세상과의 가장 격렬한 재이별, 자기 자신의 어두운 영혼에 대한 절박한 귀기울임, 헌신에의 도취와 경이로움에 대한 깊은 호기심을 말하고 있었다.

한번은 교회에서 나온 오르간 연주자를 몰래 따라갔고, 그가 멀리 도시 외곽에 있는 어느 작은 선술집으로 들어가는 것을 보았다. 나는 유혹을 견디지 못했고, 그를 따라 들어갔다. 거기서 나는 처음으로 그의 모습을 분명하게 보았다. 그는 작은 술집의 구석에 있는 테이블에 앉아 있었다. 머리에는 검은 펠트 모자를 쓰고, 포도주 한 잔을 앞에 두고 앉아 있던 그의 얼굴은 내가 예상했던 그대로였다. 못생기고 왠지 거칠었으며, 탐구적이고 집요하며, 고집스럽고 의지가 가득했으며, 그러면서도 입가에서는 부드럽고 어린아이 같은 느낌이 묻어났다. 눈과 이마에서는 온통 남성적이고 강한 느낌이 드러났고, 얼굴의 아랫부분은 섬세하고 미완성이며 자제되지 않았고 부분적으로는 연약해 보였다. 우유부단함으로 가득한 턱은 이마나 눈빛과는 대조적으로 아이 같은 모습을 하고 있었다. 나는 자부심과 적대감이 가득한 짙은 갈색 눈이 마음에 들었다.

나는 아무 말 없이 그의 맞은편에 앉았다. 술집 안에는 나와 그 말고는 아무도 없었다. 그는 마치 쫓아내려는 듯 나를 노려보았다. 그러나 나는 꿈쩍도 하지 않았고, 계속해서 그를 바라보았다. 그가 기분이 언짢은 듯 투덜거렸다. "무엇 때문에 나를 그리 지긋지긋할 정도로 쏘아보는 거요? 내게서 뭐 원하는 것이라도 있소?”

내가 대답했다. “선생님께 바라는 건 없습니다. 그리고 저는 선생님에게서 이미 많은 것을 얻었습니다.”

그는 인상을 찌푸렸다.

“그렇군요. 그럼 당신은 음악 애호가인 게요? 음악에 열광하는 게 난 역겹기만 한데.”

나는 움츠러들지 않았다.

“저는 선생님이 교외에 있는 교회에서 연주하는 것을 여러 번 들었습니다.” 내가 말했다. “어쨌거나 선생님을 성가시게 할 생각은 없습니다. 저는 그저 선생님에게서 어쩌면 뭔가를 찾을 수 있을지도 모른다고 생각했습니다. 무언가 특별한 것을 말입니다. 그게 무엇인지는 잘 모르겠습니다. 하지만 제 말 따위는 귀담아듣지 마세요! 저는 교회에서 선생님의 연주에 귀 기울일 수 있으니까요.”

“나는 늘 문을 잠가 두는데.”

“얼마 전에는 선생님이 문 닫는 걸 잊었고, 그래서 저는 안에 앉아 있었습니다. 평소 같으면 밖에 서 있거나 연석 위에 앉아 있곤 하지요.”

“그래요? 다음번에는 편하게 안으로 들어오세요. 훨씬 따뜻하니까. 원한다면 그저 문만 두드리면 됩니다. 세게 말이요. 단, 내가 연주하는 동안만큼은 빼고요. 자, 이제 무슨 말을 하고 싶은지 말해보시겠소? 아주 젊은 분이구려. 아마도 고등학생이거나 대학생이겠군요. 음악가인가요?”

“아닙니다. 저는 그저 음악을 즐겨 듣는 편입니다. 물론 선생님이 연주하는 것과 같은, 아주 절대적인 음악을 말입니다. 그런 음악에서는 한 사람이 천국과 지옥을 뒤흔들고 있다는 느낌이 들거든요. 저는 음악을 무척이나 사랑하는데, 그 이유는 음악은 그리 도덕적이지 않다고 생각하기 때문입니다. 다른 모든 것들은 도덕적이고, 저는 도덕적이지 않은 무언가를 찾고 있습니다. 저는 언제나 도덕적으로 고통받았습니다. 저 자신을 잘 표현하지 못하지요. 신이기도 하고 동시에 악마이기도 한 신이 분명 존재한다는 사실을 알고 계신지요? 그런 신이 있었다는 이야기를 저는 들은 적이 있습니다."

그 음악가는 넓은 모자를 약간 뒤로 젖혔고, 커다란 이마에서 짙은 색 머리카락을 흔들어 털어냈다. 그러면서 그는 나를 뚫어져라 바라보며, 테이블 너머 내 쪽으로 얼굴을 기울였다.

나직하면서도 긴장된 목소리로 그가 물었다. "당신이 말하는 신의 이름이 무엇인가요?"

"아쉽게도 저는 그 신에 대해 아는 것이 거의 없습니다. 그저 아브락사스라는 이름만 알고 있을 뿐이지요."

음악가는 마치 누군가가 우리 이야기를 엿듣고 있기라도 하다는 듯 경계심 가득한 눈으로 주위를 둘러보았다. 그러더니 내게 바짝 다가앉으며 속삭이듯 말했다. "그럴 줄 알았소. 당신은 대체 누구요?"

"저는 김나지움 학생입니다."

"그런데 아브락사스에 대해서는 어떻게 알고 있는 거요?"

"우연히 알게 되었습니다."

그가 주먹으로 테이블을 내리쳤고, 그 바람에 그의 포도주 잔이 넘쳐흘렀다.

"우연이라고? 젊은이! 쓸데없는 소리는 하지 말게나. 아브락사스는 결코 우연히 알게 될 수 있는 대상이 아니야. 알겠어? 그에 관해 좀 더 자세히 말해주겠네. 그에 관해서라면 내가 조금 아는 게 있거든."

그는 아무 말도 하지 않고, 앉아 있던 의자를 뒤로 밀쳤다. 내가 기대에 가득 찬 눈으로 바라보자, 그는 얼굴을 찌푸렸다.

"여기서는 아니고, 다음번에. 그때 이야기해 주겠네."

그러면서 그는 입고 있던 외투 주머니에 손을 넣어, 군밤 몇 개를 꺼내 내게 던졌다.

나는 아무 말도 하지 않고 그걸 받아먹었고, 아주 만족해했다.

"그런데 말이오," 잠시 후 그가 속삭였다. "그에 관해서는 어떻게 해서 알게 되었소?"

나는 주저하지 않고 말했다.

"저는 혼자였고, 어찌할 바를 모른 채 방황했어요. 그때, 전에 알고 지내던 친구 하나가 떠올랐습니다. 저는 그가 아주 많은 것을 알고 있다고 믿고 있었지요. 저는 뭔가를 그렸습니다. 그러니까 지구본에서 빠져나오려는 새 한 마리를요. 저는 그 그림을 그 친구에게 보냈습니다. 얼마 후, 더는 답장을 기대하지 않게 되었을 무렵, 저는 종이 한 장을 손에 쥐게 되었습니다. 그 종이에는 다음과 같이 적혀 있었지요. 새는 알에서 나오기 위해 투쟁한다. 그 알은 세계이다. 태어나려는 자는 하나의 세계를 파괴해야 한다. 새는 신에게로 날아간다. 그 신의 이름은 아브락사스다."

그는 아무 말도 하지 않았다. 우리는 밤껍질을 까고, 포도주와 함께 먹었다.

"한 잔 더 할까?" 그가 물었다.

"고맙지만 사양하겠습니다. 술을 별로 좋아하지 않아서요."

그는 약간 실망한 듯 웃었다.

"좋을 대로 하게나. 나와는 다르구먼. 나는 여기 좀 더 있겠네. 자네는 이제 그만 가보게나!"

다음번 만남에서는 오르간 연주가 끝나고 그와 함께 걷게 되었다. 하지만 그는 좀처럼 입을 열려 하지 않았다. 그는 나를 어느 오래된 골목 안, 낡았지만 인상적인 집 위층의 조금은 어둡고 황량하기 짝이 없으면서도 큼직한 방으로 데리고 올라갔다. 그 방에는 피아노 말고는 음악과 관계있어 보이는 것은 아무것도 없었다. 그러면서도 커다란 책장과 책상 덕분인지, 그곳에서는 뭔가 학자의 방 같은 느낌이 났다.

"정말 책이 많네요!" 나는 감탄하며 말했다.

"그중 일부는 내가 살고 있는 아버지의 서재에서 가져온 것이라네. 나는 부모님 집에서 살고 있거든. 그러나 부모님께 자네를 소개할 수는 없네. 내가 사귀는 친구들은 우리 집에서는 그리 존중받지 못하거든. 자네도 알다시피 나는 탕아라네. 내 아버지는 대단히 존경받는 분이고 말이야. 이 도시에서 명성을 떨치는 목사이자 설교자이거든. 그리고 단도직입적으로 말하자면 나는 그분의 재능 있고 전도유망한 아드님이고 말이네. 하지만 그런 나는 이제 탈선해서 살짝 미쳐버리고 말았지. 본래는 신학생이었는데, 국가고시 직전에 그놈의 고루하기 짝이 없는 대학을 때려치웠어. 물론, 개인적인 연구 분야로 말하자면 나는 여전히 신학생임이 분명하네. 사람들이 때에 따라 어떤 신들을 생각해냈는지는 내게 있어 여전히 지

극히 중요하고 흥미로운 주제이지. 그 밖에도 나는 이제 음악가이
고, 얼마 안 있으면 보잘것없는 오르간 연주자 자리도 하나 구하게
될 것 같군. 그렇게 되면 나도 다시 교회로 돌아가게 되는 셈이지.”

나는 꽂혀 있는 책들을 쭉 살펴보았다. 작은 탁상용 스탠드의 희
미한 불빛 아래로 그리스어, 라틴어, 히브리어 제목들이 눈에 들어
왔다. 그러는 사이, 그는 벽 쪽 바닥에 누워, 어둠 속에서 무언가에
몰두하고 있었다.

“이리 와보게나.” 잠시 후, 그가 말했다. “우리 이제, 약간의 철학
을 시도해보자고. 그러니까 입 닥치고, 엎드려 생각해보자는 것이
지.”

그는 성냥을 그어 자기 앞에 놓인 벽난로의 종이와 통나무에 불
을 붙였다. 불꽃이 높이 솟구쳤고, 그는 아주 조심스레 불을 지피고
쑤석였다. 나는 닳아 해어진 카펫 위 그의 곁에 배를 깔고 함께 누웠
다. 그는 불을 응시했고, 그 불은 나 또한 매료시켰다. 우리는 가물
거리는 장작불 앞에 엎드려, 거의 한 시간가량을 묵묵히 그 불꽃이
활활 타오르고, 바스락거리고, 가라앉고, 꿈틀거리고, 가물거리
고, 움칠거리다, 마침내 고요히 가라앉은 바닥의 불씨 속에서 사그
라드는 모습을 지켜보았다.

“불의 숭배는 이제껏 사람들이 창안해낸 것 중 가장 어리석은 짓
은 결코 아니었어.” 그가 한순간 중얼거리듯 말했다. 그것 말고는
우리 둘 모두는 한마디도 하지 않았다. 나는 꼼짝도 하지 않고 불을
응시했고, 꿈과 고요 속으로 빠져들었으며, 연기 속의 형상과 잿더
미 속의 이미지들을 보았다. 한순간, 나는 깜짝 놀랐다. 나의 동료
가 불씨에다가 작은 송진 조각 하나를 던져 넣었던 것이다. 작고 가

느다란 불꽃이 솟구쳤고, 나는 그 안에서 노란 새매 머리를 가진 그 새를 보았다. 서서히 꺼져가던 벽난로의 불씨 속에서 황금빛으로 타오르던 실들이 한데 모이며 그물을 형성했고, 글자와 형상들이 나타났다. 얼굴들, 동물들, 식물들, 그리고 벌레와 뱀의 기억들이 떠올랐다. 문득 정신을 차린 나는 곁에 있던 그를 바라보았다. 그는 두 주먹으로 턱을 괸 채, 넋이 나간 듯 완전히 몰입해 잿더미를 들여다보고 있었다.

"이제 그만 가봐야겠습니다." 나는 나직이 말했다.

"그래, 그럼 잘 가게나. 다음에 또 보세!"

그는 일어나지 않았다. 등불은 꺼져 있었고, 그래서 나는 더듬더듬 어두운 방과 깜깜한 복도와 계단을 지나 마법에 걸린 오래된 집에서 빠져나와야 했다. 거리로 나온 나는 멈춰서서 오래된 집을 올려다보았다. 어떤 창문에도 불은 밝혀져 있지 않았다. 문 앞의 가스등 불빛을 받아 작은 놋쇠 문패가 반짝거렸다.

그 위에는 "피스토리우스, 주임 목사"라고 쓰여 있었다.

집에 돌아와 저녁을 먹고 작은 내 방에 혼자 앉아서야 나는 아브락사스나 그 밖의 다른 것에 관해 피스토리우스에게서 아무것도 듣지 못했으며, 우리가 채 열 마디도 주고받지 못했다는 생각이 들었다. 그러나 나는 그의 집을 방문했다는 사실이 무척이나 만족스러웠다. 그리고 그는 다음번에 만나면 아주 특별하고도 오래된 오르간곡인 북스테후데의 〈파사칼리아〉를 들려주기로 약속했다.

우울한 은둔자의 집 벽난로 앞 방바닥에 함께 누워 있던 동안, 오르간 연주자 피스토리우스는 나도 모르는 사이 나에게 첫 수업을 해주었다. 불을 들여다보는 것은 기분 좋았고, 그것은 내 안에 늘 내재해 있었지만 실제로는 전혀 돌본 적이 없던 나의 성향들을 강화하고 확인시켜 주었다. 나에게는 그것들이 부분적으로 점점 더 분명해졌다.

어려서부터도 나는 늘 기이한 형태의 자연을 관찰하는 것이 아니라, 그것들만의 고유한 마력과 혼란스럽고 오묘한 언어에 빠져든 채 바라보곤 하는 경향이 있었다. 뻣뻣하고 단단해진 긴 나무뿌리, 바위에 그려진 색색의 광맥, 물 위에 떠 있는 기름얼룩, 유리에 난 균열 ─ 이와 유사한 모든 것들이 내게는 때때로 커다란 마력을 불러일으켰다. 무엇보다도 물과 불, 연기, 구름, 먼지, 그리고 특히나 눈을 감으면 보였던 빙빙 도는 색의 얼룩이 그랬다. 피스토리우스를 처음 방문하고 며칠이 지나서야 비로소 그런 것들이 다시 생각나기 시작했다. 그 일이 있은 후로 내가 느꼈던 활기와 기쁨, 그리고 나 자신에 대한 감정의 고조는 단지 활활 타오르는 불을 오랫동안 응시한 덕분이었음을 느꼈기 때문이다. 불을 응시하는 것은 이상하리만큼 기분 좋고 만족스러웠다!

이제껏 내 본연의 삶의 목표를 추구하는 과정에서 내가 찾아냈던 얼마 되지 않는 경험들에 이 새로운 경험이 추가되었다. 즉 그런 형상들을 관찰하고, 비이성적이고 혼란스러우며 기이한 자연의 형태에 빠져들다 보면, 그 같은 형상들을 있게 한 의지와 우리의 내면이 일치한다는 느낌이 우리 안에서 생겨난다. 그리고 우리는 이내 그것들을 우리 자신의 기분이나 우리 자신의 창조물로 간주하고 싶은 유혹을 느낀다. 우리는 우리와 자연 사이의 경계가 요동치며 무너지는 것을 보게 되고, 우리의 망막에 비친 이미지들이 외부의 인상에서 비롯된 것인지 아니면 내적인 것에서 생겨난 것인지 알지 못하는 기분을 알게 된다. 우리가 얼마나 대단한 창조자인지, 그리고 우리의 영혼이 세상의 끊임없는 창조에 얼마나 지속적으로 관여하고 있는지 이 연습만큼 간단하고 쉽게 발견할 수 있는 곳은 어디에도 없다. 오히려 우리의 내면과 자연 속에서 활동하는 것은 동일한 불가분의 신성이며, 만일 외부 세계가 몰락한다면 우리 중 누군가는 그 세계를 다시 세울 수 있을 것이다. 왜냐하면 산과 강, 나무와 잎사귀, 뿌리와 꽃, 자연 속에서 형성된 모든 것은 우리 안에 이미 형성되어 존재하며, 영원이 본질인 우리의 영혼에서 비롯되기 때문이다. 하지만 대부분의 경우, 사랑의 힘과 창조의 힘으로 느끼게끔 우리에게 주어지는 영혼의 본질을 우리는 알지 못한다.

몇 년이 지나고, 한번은 책을 읽다가 나는 비로소 이 같은 관찰을 뒷받침할 만한 근거를 발견했다. 수많은 사람들이 침을 뱉은 벽을 바라보는 것이 얼마나 훌륭하고 깊은 자극이 되는지에 관해 언급했던 레오나르도 다빈치의 책이었다. 축축해진 그 벽의 얼룩 앞에서 그는 피스토리우스와 내가 불 앞에서 느꼈던 것과 똑같은 감정을 느꼈던 것이다.

다음번 만남에서 오르간 연주자는 내게 설명했다.

"우리는 늘 우리의 개성의 경계를 너무 좁게 그린다네! 우리는 언제나 우리가 개별적인 것으로 구분하고 상이하다고 인식하는 것만을 우리의 개성으로 간주하지. 그러나 우리는 세상의 모든 존재들로 구성되어 있어. 우리들 저마다는 말이야. 그리고 우리의 몸은 그 안에 물고기나 그보다 훨씬 더 멀리까지 거슬러 올라가는 진화의 계보를 지니고 있지. 그와 마찬가지로, 우리의 영혼에는 여태

껏 인간의 영혼들 속에 살았던 모든 것이 들어 있다네. 그리스인이든 중국인이든 아프리카인이든, 일찍이 그들 사이에 존재했던 모든 신과 악마가 다 우리 안에 함께하는 거야. 가능성으로, 소망으로, 탈출구로서 존재하는 것이지. 만일 인류가 아무런 교육도 받지 못했지만 평범한 정도의 재능이 있는 어린아이 하나만 남겨두고 모두 죽고 만다면, 그 아이는 만물의 모든 과정을 다시 발견하게 될 것일세. 그 아이는 신들과 악마, 낙원, 계명과 금기, 신약과 구약, 그 모든 것을 다시 만들어낼 수 있게 될 거야."

"네, 그럴 수도 있겠네요." 나는 이의를 제기했다. "하지만 그렇다면 개별적인 것의 가치는 무엇인가요? 우리 안에 이미 모든 것이 완성되어 있는데, 우리는 왜 여전히 무언가를 추구하려 애쓰고 있는 건가요?"

"잠깐!" 피스토리우스가 다급하게 소리쳤다. "단지 자신 안에 세상을 담고 있기만 한 것인지, 아니면 그것을 또한 알고도 있는 것인지 사이에는 커다란 차이가 있다네! 어떤 정신 나간 사람이 플라톤을 연상시키는 사상을 제시할 수도 있고, 헤른후트파의 독실한 어느 어린 학생이 영지주의자나 조로아스터에게서 발견되는 심오한 신화적 연관성을 독창적으로 숙고하기도 하지. 하지만 그는 그런 사실에 대해 아무것도 알지 못해! 그리고 그런 사실을 알지 못하는 한, 그는 그저 나무나 돌, 기껏해야 동물에 불과할 뿐이지. 그러나 이 같은 인식의 첫 번째 불꽃을 어렴풋이나마 깨닫게 된다면, 그때 그는 인간이 되는 것이야. 자네도 분명 저기 길거리를 활보하는 두 발 달린 짐승 모두를 인간이라고 간주하지는 않을 걸세. 단지 그들이 두 발로 똑바로 서서 걷고, 자기 새끼를 아홉 달 동안 뱃속에 품고 다닌다는 이유만으로는 말일세. 그들 중 얼마나 많은 이들이 물고기이거나 양, 벌레 또는 거머리인지, 얼마나 많은 이들이 개미인지, 얼마나 많은 이들이 꿀벌인지 자네는 알고 있지! 그렇네, 그들 저마다에게는 인간이 될 가능성이 존재하지. 그러나 저마다가 그런 가능성을 예감할 때만, 부분적으로는 그런 가능성을 의식하는 법을 배울 때만, 비로소 그런 가능성은 그의 것이 되는 것이야.”

우리의 대화는 대충 그런 식이었다. 그런 대화가 무언가 완전히 새롭거나 아주 놀랄 만한 것을 내게 가져다주는 경우는 거의 없었다. 그러나 그것들 모두는, 가장 평범한 대화조차, 나직하고 지속적인 충격으로 내 안의 동일한 지점을 연신 두드렸다. 모든 대화는 나를 형성하도록 도움을 주었고, 내가 내 허물을 벗고 알껍질을 깨는 것을 도왔다. 대화할 때마다 나는 매번 좀 더 높이, 좀 더 자유롭게 머리를 들었다. 그리고 마침내 나의 노란 새는 그의 아름다운 맹금류 머리를 부서진 세계의 껍질 밖으로 불쑥 내밀었다.

우리는 종종 서로에게 꿈 이야기를 들려주기도 했다. 피스토리우스는 꿈을 해석할 줄 알았다. 기묘했던 예 하나가 지금도 기억난다. 나는 내가 제어할 수 없는 거대한 힘에 의해 공중으로 내던져지는 식으로 하늘을 날아다니는 꿈을 꾸었다. 그 비행의 느낌은 신이 날 만큼 짜릿했다. 하지만 내 의지와는 상관없이 위험천만한 높이로 내던져진 나 자신을 발견하는 순간, 그 느낌은 이내 두려움으로 바뀌었다. 그러다가 나는 숨을 참거나 내뱉음으로써 상승과 하강을 조절할 수 있다는 구원과도 같은 발견을 했다.

피스토리우스는 그 꿈에 대해 다음과 같이 말해주었다. “자네를 날아다니게 만드는 그 힘은 우리들 저마다가 가지고 있는 우리 인류의 위대한 소유물이라네. 모든 힘의 근원과 연결되어 있는 느낌이지만, 그 느낌은 이내 누군가에게는 두려움으로 변하지! 끔찍하리만큼 두려워! 그렇기 때문에 대부분의 사람들은 그 같은 비행을 포기하고, 법적인 규정에 따라 인도를 걷는 쪽을 선호한다네. 하지만 자네는 아니지. 유능한 젊은이라면 마땅히 그래야 하듯, 자네는 계속해서 날아다녀. 그리고 보게나, 자네는 그런 가운데 놀라운 일을 발견하지. 다시 말해 자네가 점점 그 비행의 주인이 되고 있다는 사실, 그리고 자네를 잡아채는 거대한 보편적 힘에 하나의 미묘하고 작은 자기 자신의 힘, 즉 하나의 기관, 하나의 방향타가 더해지는 것을 말이네! 정말 대단한 일이지. 그것이 없다면 아마도 자신의 의지와는 관계없이 공중을 날아다니고 말 것이야. 예를 들어, 미친 사람들이 그러하듯이 말일세. 그들에게는 인도에 있는 사람들보다 더 깊은 예감이 주어져 있어. 하지만 그들에게는 그에 걸맞은 열쇠나 방향타가 없고, 그래서 바닥 모를 깊은 곳으로 질주하지. 하지만 싱클레어, 자네는 그 일을 해내고 있어! 어떻게 그런 거냐고? 그건 아마 자네도 아직은 전혀 모를 거야? 자네는 호흡 조절기라는 새로운 기관의 힘을 빌려 그 일을 해내는 거야. 그리고 이제 자네는 자네의 영혼이 본질적으로는 얼마나 '개인적'이지 못한지 알 수 있을 거야. 그 호흡 조절기를 발명한 것은 자네의 영혼이 아니거든! 그것은 새로운 것이 아니야! 그건 수천 년 전부터 존재해온 일종의 차용품이지. 그것은 부레라고 하는 물고기의 평형 기관이야. 사실, 오늘날에도 그리 많지는 않지만 진기하고 원시적인 형태의 몇몇 물고기 종들이 여전히 존재한다네. 그들에게는 일종의 폐 역할을 하는 부레가 있어서, 상황에 따라서는 정말로 호흡을 하는 데 이용할 수 있

지. 그러니까 자네가 꿈속에서 비행용 부레로 이용하는 폐와 아주
똑같은 거야!"

그는 심지어 동물학 서적 한 권을 가져와, 그런 원시적인 형태의
물고기의 이름과 그림을 보여주기까지 했다. 그리고 나는 묘한 전
율과 함께, 진화의 초기 단계의 기능이 내 안에 살아 있음을 느꼈다.

야곱의 씨름

별난 음악가 피스토리우스로부터 아브락사스에 대해 들어 알게 된 것을 간단히 요약해 설명할 수는 없다. 하지만 내가 그에게서 배운 가장 중요한 것은 나 자신에게로 가는 길에서 한 걸음 더 나아갔다는 사실이었다. 당시 약 18세였던 나는 수백 가지 면에서 조숙하고 다른 수백 가지 면에서는 몹시 뒤처지고 무기력한, 특이한 젊은이였다. 때때로 나와 남을 비교할 때면 나는 종종 오만하고 우쭐대기도 했고, 또 그만큼 의기소침하고 움츠러들기도 했다. 때로는 스스로를 천재라고 생각했고, 때로는 반쯤 미쳤다고 간주했다. 내게는 또래 아이들의 기쁨과 삶을 함께하는 게 허락되지 않았다. 마치 내가 그들과는 완전히 분리되기라도 한 듯, 마치 그런 삶이 내게는 닫혀 있기라도 한 듯, 나는 종종 비난과 근심 걱정으로 나 자신을 갉아먹었다.

그 자신이 어른이 된 괴짜였던 피스토리우스는 내게 용기와 자궁심을 잃지 않는 법을 가르쳐주었다. 그는 나의 말과 꿈과 환상과 생각에서 항상 가치 있는 것들을 찾아냈고, 늘 중요하게 받아들이고 진지하게 논평하는 가운데, 나에게 적절한 예를 제시했다.

그가 말했다. "자네는 음악이 도덕적이지 않기 때문에 음악을 좋아한다고 말했지. 나도 마찬가지네. 하지만 자네 자신도 도덕주의자가 될 필요는 없다네! 자신을 남과 비교해서는 안 되고, 자연이 자네를 박쥐로 만들어놓았다면 스스로를 타조로 만들려고 해서도 안 되는 거야. 때때로 자네는 스스로를 특별하다 생각하고, 대부분의 사람들과는 다른 길을 선택한 자기 자신을 책망하지. 그런 생각을 잊어야 하네. 불을 들여다보고, 구름을 쳐다보게나. 예감이 떠오르고, 자네의 영혼의 목소리가 말하기 시작하면, 이제 그것들에게 스스로를 내맡기게. 그것들이 선생님이나 아버님 혹은 그 어떤 사랑하는 신의 마음에도 들 만한 것인지부터 물으려 하지 말게나. 그런 질문이 스스로를 망치게 만들지. 그리고 그 같은 질문 때문에 사람들은 인도에 머물게 되고, 화석이 되는 거야. 여보게 싱클레어, 우리 신의 이름은 아브락사스야. 그는 신이자 사탄이고, 자신 안에 빛과 어둠의 세계를 다 갖고 있지. 아브락사스는 자네의 어떤 생각에도 반대하지 않고, 자네의 어떤 꿈에도 이의를 제기하지 않는다네. 그 사실을 절대 잊지 말게. 그러나 자네가 언제고 흠잡을 데 없고 평범해진다면, 그는 자네를 떠나지. 그는 이제 자네를 떠나, 자신의 사상을 요리할 새로운 냄비를 찾아 나서는 거야."

내 모든 꿈 중에서도 가장 변함없는 것은 저 어두운 사랑의 꿈이었다. 끄떡하면 나는 그 꿈을 꾸었다. 문장 속의 새 아래서 나는 우리의 오래된 집으로 물러났고, 어머니를 안으려 했지만, 나는 어머니 대신 키가 크고 반은 남자 같고 반은 어머니 같은 여인을 안고 있었다. 나는 그녀 앞에서 두려움을 느꼈지만, 활활 타오르는 욕망이 나를 그녀에게로 잡아끌었다. 그리고 나는 그 꿈에 대해서는 결코 내 친구에게 말할 수 없었다. 다른 모든 것을 털어놓으면서도, 그 꿈 이야기만큼은 남겨두었다. 그 꿈은 나의 구석방, 나의 비밀, 나의 도피처였다.

마음이 울적할 때면, 나는 피스토리우스에게 북스테후데의 〈파사칼리아〉를 연주해달라고 부탁하곤 했다. 그럴 때면 나는 저녁 무렵의 어두운 교회에 앉아, 그 기이하고 친밀하며 자기 자신 속으로 침잠해 있고 자기 자신에게 귀 기울이는 음악에 빠져들곤 했다. 그 음악은 매번 내 마음을 즐겁게 했고, 내 영혼의 목소리에 좀 더 기꺼이 동조하게 해주었다.

오르간 연주가 끝난 뒤에도, 우리는 때때로 한참을 더 교회에 앉아, 끝이 뾰족한 아치형의 높다란 창문을 통해 희미한 빛이 비쳐 들다가는 이내 사라져버리는 모습을 바라보았다.

피스토리우스가 말했다. "내가 한때 신학도였고, 목사가 될 뻔했다는 게 이상하게 들리겠지. 하지만 그 과정에서 내가 저지른 잘못은 단지 형식상의 오류일 뿐이었다네. 성직자가 되는 것은 나의 소명이자 목표이지. 다만 나는 너무 때 이르게 만족했고, 아브락사스를 알기도 전에 여호와의 처분에 나 자신을 맡겼던 거야. 아, 모든 종교는 다 훌륭하다네. 영성체를 하든 메카를 순례하든, 종교는 하나같이 다 영혼이야."

"그렇다면 선생님께서는 실제로 목사가 될 수도 있었겠네요." 내가 말했다.

"아니야, 싱클레어, 그렇지는 않아. 그러려면 나는 거짓말을 해야만 했을 거네. 우리의 종교는 마치 종교가 아닌 것처럼 행해지지. 마치 인간 오성의 산물인 것처럼 행동하는 거야. 부득이한 경우라면 나는 아마도 가톨릭 신자일 수는 있을 거야. 하지만 개신교 목사는 아니라네! 내가 알고 있는 몇몇 독실한 신자들은 기꺼이 자구 하나 하나에 매달리지. 그리고 그런 사람들에게 나는 차마 내게는 그리스도가 그저 한 개인이 아니라 영웅이고 신화라고, 인류가 영원의 벽에 그려진 자신의 모습을 보게 되는 하나의 거대한 환영이라고 말할 수는 없었네. 그리고 훌륭한 말씀을 듣기 위해, 의무를 다하기 위해, 아무것도 놓치지 않기 위해 교회에 오는 다른 사람들에게는 대체 무슨 말을 해야 했을까? 그들을 개종시켜야 할까? 그러나 그건 내가 원하는 것이 전혀 아니라네. 목사는 개종시키려 하지 않아. 단지 신자들 사이에서, 자신과 비슷한 사람들 사이에서 살기를 원할 뿐이지. 그리고 우리가 우리의 신을 만들어내는 바로 그 감정의 전달자이자 표현이기를 원한다네."

그는 잠시 말을 중단했다. 그러고는 계속해서 말했다. "여보게, 지금 우리가 아브락사스라는 이름으로 선택하는 우리의 새로운 믿음은 훌륭하다네. 그 믿음은 우리가 가진 최고의 것이야. 그러나 아직은 젖먹이이지! 아직 날개가 돋아나지 않았어. 아, 혼자만의 종교, 그것은 아직 진정한 종교가 아니라네. 진정한 종교는 공동의 것이 되어야 하고, 숭배와 도취, 축제와 비의가 있어야만 하지."

그는 자기만의 생각 속으로 빠져들었다.

"비의라면 혼자서나 작은 모임에서도 행할 수 있는 것 아닌가요?" 내가 주뼛대며 물었다.

"그럴 수 있지." 그가 고개를 끄덕였다. "나는 이미 오래전부터 그렇게 하고 있다네. 비밀스러운 의식을 올리고 있는 거야. 만일 누군가가 그 사실을 알게 된다면, 나는 몇 년 동안 감옥에 있어야 할 거야. 하지만 그게 아직은 제대로 된 의식이 아니란 걸 나는 알고 있지."

그가 갑자기 내 어깨를 툭 쳤고, 나는 움찔했다. "여보게." 그가 진지한 목소리로 말했다. "자네에게도 비의가 있구먼. 나는 자네가 나에게 말해주지 않는 꿈들을 꾸고 있음을 알고 있다네. 그게 어떤 꿈인지는 알고 싶지 않네. 그러나 이것만은 말해주고 싶네. 그 꿈들대로 살게나. 그 꿈들대로 즐기고, 그 꿈들을 위한 제단을 쌓게나! 아직 완벽하지는 않지만, 그 꿈들은 하나의 길이지. 우리가, 자네와 나 그리고 몇몇 다른 사람들이 언젠가 세상을 새롭게 바꾸게 될 것인지는 두고 봐야겠지. 그러나 우리 내면에서만큼은 날마다 새로워져야 하네. 그렇지 않으면 우리에게는 아무 희망도 없는 것이야. 명심하게나! 싱클레어, 자네는 열여덟 살이야. 길거리의 창녀에게로 달려가는 것이 아니라, 사랑의 꿈과 사랑의 동경을 품어야만 하네. 어쩌면 그것들은 자네가 두려워하는 것일지도 몰라. 하지만 두려워하지 말게! 그것들은 자네가 가진 최고의 것이야! 나를 믿어도 좋네! 자네 나이 때에 나는 내 사랑의 꿈들을 억압했고, 그로 인해 많은 것을 잃어버렸지. 그럴 필요는 없는데 말이네. 아브락사스에 대해 알게 되면, 더 이상 그렇게 하지 않아도 된다네. 우리 안의 영혼이 바라는 것은 그 어느 것도 두려워하거나 금지된 것으로 여길 필요가 없는 것이야."

나는 깜짝 놀라 이의를 제기했다. "하지만 생각나는 대로 다 할

수는 없어요! 누군가가 마음에 들지 않는다고 해서 그 사람을 죽여
서는 안 되잖아요."

그가 나에게로 바짝 다가왔다.

"상황에 따라서는 그렇게 할 수도 있는 법이지. 단지 사람을 죽
이는 것은 대부분 실수일 뿐이긴 하지만 말이네. 그렇다고 불현듯
생각나는 대로 모든 걸 다 하라는 말은 아니네. 그래서는 안 되지.
하지만 나름 충분히 의미 있는 생각들을 억압하거나, 그에 대해 가
타부타 도덕을 논함으로써 못쓰게 만들어서는 안 된다는 것이야.
자기 자신이나 다른 누군가를 십자가에 매다는 대신, 장엄한 사상
이 담긴 술잔의 포도주를 마시면서 희생의 신비를 생각할 수 있지.
또한 그러한 행위 없이도, 자신의 충동과 이른바 유혹을 존경과 사
랑으로 대할 수 있다네. 그렇게 할 때, 이제 그것들은 자신의 의미
를 보여주지. 그것들에게는 모두 다 의미가 있거든. 싱클레어, 자네
에게 다시 한번 아주 정신 나가거나 사악해 보이는 어떤 생각이 떠
오른다면, 누군가를 죽이거나 그 어떤 불결한 짓거리를 저지르고
싶은 충동이 들 때면, 자네 안에서 그런 환상을 만들어내고 있는 것
이 아브락사스라는 점을 잠시 생각해보게나! 자네가 죽이고 싶어
하는 사람은 절대 그 아무개 씨가 아니라네. 그는 분명 위장에 불과
할 뿐이지. 우리가 누군가를 미워한다면, 우리는 그의 모습 속에서
우리 안에 들어 있는 무언가를 보고 미워하는 것이야. 우리 자신 속
에 존재하지 않는 것은 우리를 화나게 하지 못하거든."

피스토리우스는 이제껏 그토록 내 가슴속 깊은 곳까지 와닿는
말을 한 적이 없었다. 나는 대꾸할 수 없었다. 그러나 가장 강력하
고 기이할 정도로 나를 감동시켰던 것은 그의 이 격려가 내가 지난

수년 동안 품고 있었던 데미안의 말과 일치한다는 점이었다. 그 두 사람은 서로에 대해 전혀 알지 못했지만, 둘 다 나에게 똑같은 말을 했다.

피스토리우스가 나직이 말했다. "우리가 보는 사물들은 우리 안에 존재하는 것과 똑같은 것들이지. 우리가 우리 안에 갖고 있는 것 외에 다른 실체는 존재하지 않아. 그것이 대부분의 사람들이 비현실적인 삶을 사는 이유이지. 왜냐하면 그들은 외부의 이미지들을 현실적인 것으로 간주하고, 그들 자신 속의 세계에게는 전혀 말할 기회를 주지 않거든. 그러면서 행복할 수 있겠지. 그러나 일단 다른 것을 알게 된 사람은 더 이상 대부분의 사람들이 가는 길을 선택할 수가 없다네. 싱클레어, 대부분의 사람들이 걷는 길은 쉽고, 우리의 길은 어렵다네. 우리 함께 가보세나."

며칠 후, 두 번이나 헛되이 그를 기다렸던 뒤에야 나는 어느 늦은 저녁 거리에서 차가운 밤바람을 맞으며 술에 취한 채 비틀거리며 홀로 모퉁이를 돌아 나오던 그를 만났다. 나는 그를 부르고 싶지 않았다. 그는 나를 알아보지 못한 채, 내 곁을 스쳐 지나갔다. 그러고는 마치 미지의 존재의 어두운 부름에 응하듯, 타오르는 쓸쓸한 눈으로 멍하니 앞을 바라보고 있었다. 나는 길을 따라 그를 뒤쫓아갔다. 그는 마치 보이지 않는 철삿줄에 매인 듯, 유령처럼 광적이지만 정신 나간 듯한 걸음걸이로 끌려가고 있었다. 나는 슬픔에 젖은 채 집으로, 구원받지 못한 나의 꿈들에게로 돌아왔다.

"그는 이제 저렇게 해서 자기 안의 세계를 새롭게 하고 있군!" 나는 생각했다. 하지만 그와 동시에 그 같은 생각이 천박하고 도덕적이라고 느껴졌다. 그의 꿈들에 대해 내가 무엇을 알고 있단 말인가? 어쩌면 그는 그렇게 만취한 상태에서 걱정에 사로잡힌 나보다 훨씬 더 확실한 길을 걸어갔을지도 몰랐다.

　수업 사이의 쉬는 시간이면 평소 주의를 기울인 적이 없는 반 친구 하나가 내 가까이로 다가오려고 하는 모습이 가끔 눈에 띄었다. 작고 연약해 보이는 호리호리한 몸집에, 숱이 적은 머리카락은 붉은 기가 도는 금발이었고, 눈빛이나 행동거지가 뭔가 남달라 보이는 아이였다. 어느 날 저녁 집에 들어가려는데, 그가 집 앞 골목길에서 나를 기다리고 있었다. 내가 그를 지나쳐 갈 때는 가만히 있더니, 이내 나를 따라와 우리 집 문 앞에 멈춰 섰다.
　“나한테 뭐 할 말 있어?” 내가 물었다.
　“그냥 너랑 얘기하고 싶어서.” 그가 수줍게 말했다. “괜찮으면, 조금만 나랑 같이 걸을래?”
　나는 그를 따라갔고, 그가 흥분과 기대로 가득 차 있음을 느꼈다. 그의 두 손은 가볍게 떨리고 있었다.
　“너 혹시 심령술사니?” 그가 다짜고짜 물었다.
　“아니야, 크나우어.” 나는 웃으며 대답했다. “전혀 아니야. 그런데 왜 그런 생각을 한 거야?”
　“그럼 신지론자야?”
　“그것도 아닌데.”
　“아이참, 그렇게 자꾸 감추려고만 하지 말고! 너한테는 뭔가 특별한 것이 있는 게 분명해. 네 눈을 보면 알 수 있거든. 나는 네가 영들의 세계와 소통하고 있다고 확신해. 이건 그냥 호기심에서 묻는 게 아니야, 싱클레어, 절대 아니야! 나 자신도 구도자이고, 그래서 너도 알겠지만 너무 외로워.”

“그럼 그냥 얘기해!” 나는 그를 격려했다. “나는 영에 대해서는 정말로 아무것도 몰라, 나는 내 꿈속에서 살고 있고, 너는 바로 그것을 느낀 거야. 다른 사람들도 물론 꿈속에서 살고 있지. 하지만 그들 자신의 꿈속이 아니란 게 나와는 달라.”

“그래, 그럴 수도 있겠구나.” 그가 속삭이듯 말했다. “어떤 종류의 꿈속에서 살고 있느냐가 단지 중요한 것이지. 백마법이라고 들어본 적 있어?”

나는 아니라고 말할 수밖에 없었다.

“그건 자기 자신을 통제하는 법을 배우는 거야. 불사신이 될 수 있고, 또한 마법을 부릴 수도 있지. 그런 연습은 한 번도 해본 적이 없는 거야?”

나는 호기심에 그런 연습이란 게 무엇인지 물었고, 그는 무슨 대단한 비밀이라도 있는 것처럼 행동했다. 그러다 내가 몸을 돌려 가려고 하자, 그제야 마음속에 담고 있던 것들을 털어놓기 시작했다.

“예를 들어 잠이 들거나 집중하고 싶을 때 그런 연습을 해. 단어나 이름 또는 기하학적 도형과 같은 무언가를 생각하는 거지. 그런 다음 최선을 다해 그것들에 대해 곰곰이 생각하고, 그것들이 거기에 있다고 느껴질 때까지 내 머릿속에서 그려보려고 노력하지. 그런 다음에는 그것들을 목구멍에서 생각하고, 그렇게 해서 그것들로 내가 완전히 채워질 때까지 계속 생각해. 그러다 보면 나는 정말 견고해지고, 그 어느 것도 더 이상 나를 불안하게 할 수 없게 되는 거야.”

나는 그가 의도하는 바를 어느 정도는 이해했다. 그러나 나는 그가 내심으로는 여전히 뭔가 다른 생각을 하고 있다는 것을 느꼈다. 그는 이상할 정도로 격앙되어 서두르고 있었다. 나는 그가 요령 있게 질문을 던지도록 도왔고, 그는 이내 그의 진정한 관심사를 털어놓았다.

"너도 금욕하지?" 그가 초조하게 물었다.

"그게 무슨 뜻이야? 성적인 것을 말하는 거야?"

"그래, 맞아. 그 가르침에 대해 알게 된 후로 나는 2년 동안 금욕 생활을 하고 있어. 너도 이미 알겠지만, 나는 그전까지는 악덕을 행했어. 그러니까 너는 여자랑 잔 적이 아직 한 번도 없는 거지?"

"응, 아직은." 내가 대답했다. "아직은 그럴 만한 상대를 못 찾았거든."

"그럼 만약에 그럴 만하다고 생각되는 여자를 만나면 그녀와 자겠다는 거야?"

"당연하지. 그 여자만 괜찮다고 하면." 나는 약간은 빈정대듯 대답했다.

"아, 그렇다면 너는 잘못된 길로 들어선 거야! 완전히 금욕할 때만 내면의 힘을 키울 수 있거든. 나는 2년 동안 그렇게 해왔어. 정확히 말하면 2년하고도 1개월 이상을 더! 너무 힘들어! 가끔은 더는 참을 수 없을 것만 같아."

"있잖아 크나우어, 나는 금욕이 그 정도로 대단히 중요하다고는 생각하지 않아."

"나도 알아." 그가 반박했다. "다들 그렇게 말을 하지. 그러나 너라면 그렇게 말하지 않을 거라고 기대했어. 좀 더 높은 차원의 정신적인 길을 가려는 사람은 순수해야 해. 반드시 말이야!"

"그래? 그럼 그렇게 해! 하지만 자신의 성을 억압하는 사람이 왜 다른 누군가보다 더 '순수'하다는 것인지 나는 이해할 수 없어. 아니면, 너는 모든 생각과 꿈에서 성적인 것을 완전히 배제시킬 수 있기라도 한 거야?"

그는 절망적인 얼굴로 나를 바라보았다.

"아니, 전혀 그렇지 않아! 그렇지만 빌어먹게도, 반드시 그래야만 하거든. 밤이면 나는 꿈을 꿔. 나 자신에게조차 차마 말할 수 없는 끔찍한 꿈들을 말이야!"

피스토리우스가 내게 했던 말이 떠올랐다. 그러나 나는 그의 말이 진정 옳다고 느끼면서도 그의 말을 전달할 수 없었다. 내 자신의 경험에서 나온 것이 아니고, 나 자신이 그것을 따를 만큼 아직은 성숙하지 못하다고 느끼는 충고를 다른 누군가한테 해줄 수는 없었다. 나는 침묵했고, 나에게 조언을 구하는 누군가에게 아무 도움도 줄 수 없다는 사실에 굴욕감을 느꼈다.

"별짓을 다 해봤어!" 크나우어는 내 곁에서 푸념을 늘어놓았다. "찬물로도 해보고, 눈으로도 해보고, 체조나 달리기 등 할 수 있는 건 다 해봤어. 하지만 소용이 없었어. 매일 밤, 나는 생각조차 해서는 안 되는 꿈을 꾸다 깨어나. 그리고 끔찍한 것은, 그로 인해 내가 그동안 정신적으로 배웠던 모든 것을 다시금 점점 잃어가고 있다는 사실이야. 더는 집중하거나 잠들지 못하고, 때로는 밤새도록 깨어 있기도 해. 그런 상황을 이제 더는 견딜 수가 없어. 결국 내가 그 싸움을 수행할 수가 없고, 굴복당해 나를 다시 더럽히게 된다면, 그럼 나는 한 번도 싸워본 적이 없는 다른 모든 사람보다도 더 열등한 거야. 내 말 이해하겠어?"

나는 고개를 끄덕였다. 하지만 가타부타 아무 말도 할 수 없었다. 그의 말들이 지루해지기 시작했고, 그의 명백한 곤경과 절망감에도 아무런 깊은 인상도 느끼지 못하는 나 자신에게 깜짝 놀랐다. 나는 단지 느꼈을 뿐이다. 나는 너를 도울 수 없어.

"그러니까 내게 도움이 될 만한 걸 아는 게 없는 거야?" 그가 마침내 지친 기색으로 슬퍼하며 말했다. "아무것도? 그래도 분명 뭔가 방법이 있을 거야! 너는 대체 어떻게 하고 있어?"

"크나우어, 네게 해줄 말이 아무것도 없구나. 그 문제만큼은 서로 도와줄 수 있는 게 아니거든. 나 또한 어느 누구에게도 도움을 받지 못했어. 너는 너 자신을 자각해야 하고, 그런 다음에는 진정으로 너의 본질에서 우러나오는 것을 해야 해. 다른 건 아무것도 없어. 네가 네 자신을 찾지 못한다면, 너는 아마 다른 어떤 영적인 존재도 찾지 못하게 될 거야."

실망해 갑자기 말이 없어진 그 작은 친구가 나를 가만히 쳐다보았다. 갑자기 그의 눈빛이 증오로 이글거렸다. 그가 얼굴을 잔뜩 찡그리더니, 버럭 화를 내며 내게 소리쳤다. "아, 아주 대단한 성인이 나셨구먼! 하지만 나는 알고 있지. 너 또한 악덕을 저지른다는 것을 말이야! 너는 마치 현자처럼 행동하지만, 보이지 않는 곳에서는 나나 다른 모든 사람과 마찬가지로 더러운 것에 매달리고 집착하지. 넌 돼지야. 나와 똑같은 돼지라고. 우리는 모두 다 돼지야!"

나는 그를 세워둔 채 그 자리를 떠났다. 그는 두세 걸음 나를 따라오다가, 걸음을 멈추더니 뒤돌아 사라졌다. 연민과 혐오감에 속이 메슥거렸다. 집에 돌아와 나의 작은 방에서 내 주위에 내가 그린 그림 몇 장을 늘어놓고 애타는 간절함으로 나 자신의 꿈들에 집중하기까지 나는 그 느낌을 떨쳐버릴 수 없었다. 나의 꿈은 곧바로 돌아왔다. 집 대문과 문장, 어머니와 낯선 여인에 관한 꿈이었다. 그 여자의 얼굴 모습은 아주 또렷하게 보였고, 그래서 나는 그날 저녁 그녀의 그림을 그리기 시작했다.

그 그림은 며칠 뒤, 의식 없이 흘러간 꿈결 같은 15분 동안의 붓놀림을 거쳐 완성되었다. 그날 저녁, 나는 그 그림을 내 방 벽에 걸었고, 그 앞에 독서용 램프를 바짝 들이대고는, 마치 결판이 날 때까지 싸워야 했던 영적인 존재 앞에 나서듯 그 앞에 서 있었다. 그것은 예전의 초상과 닮았고, 내 친구 데미안과 닮았으며, 몇몇 표정에서는 나 자신과도 비슷한 얼굴이었다. 한쪽 눈이 다른 쪽 눈보다 두드러질 정도로 위쪽에 붙어 있었고, 시선은 운명으로 가득 찬 채, 몰입한 경직 속에서 나 너머 어딘가를 향하고 있었다.

나는 그 그림 앞에 서 있었고, 내적인 긴장에 가슴속까지 차가워지는 것을 느꼈다. 나는 그 그림에게 물었고, 그 그림을 비난했고, 그 그림을 애무했고, 그 그림에게 기도했다. 나는 그 그림을 어머니라 불렀고, 연인이라 불렀고, 창녀이자 매춘부라 불렀고, 아브락사스라 불렀다. 그러는 사이, 피스토리우스가 했던 말이 떠올랐다. 아니면, 데미안이었던가? 언제 했는지는 기억나지 않았지만, 나는 그 말을 다시 듣고 있는 것만 같았다. 그것은 야곱이 하나님의 천사와 씨름하며, "나를 축복하지 아니하면 너를 보내지 아니하리라."라고 했던 말이었다.

그려진 얼굴은 등불 아래에서 간청할 때마다 매번 모습이 바뀌었다. 그 얼굴은 밝고 환해졌고, 어둡고 깜깜해졌으며, 생기 잃은 눈 위로 창백한 눈꺼풀을 감았고, 다시 눈을 떠 이글거리는 시선을 번뜩였다. 그 얼굴은 여자였고, 남자였고, 소녀였고, 어린아이였고, 짐승이었고, 반점으로 흐려졌다가 다시 크고 뚜렷해졌다. 나는 결국 강한 내면의 외침에 따라 두 눈을 감았고, 이제 그 그림이 내 안에서 더욱 힘세고 더욱 강력해지는 것을 보았다. 나는 그 앞에 무릎을 꿇으려 했다. 하지만 그 그림은 마치 온통 나 자신이 되어버린 것처럼 너무도 확고히 내 안에 내재하고 있어, 나는 더 이상 그 그림을 나로부터 떼어놓을 수 없었다.

그 순간, 나는 봄의 폭풍과도 같은 어둡고 묵직한 울음소리를 들었고, 불안과 체험의 형언할 수 없는 새로운 감정에 사로잡혀 부르르 몸을 떨었다. 별들이 내 앞으로 다가와 번쩍거리다 빛을 잃었고, 최초의 까맣게 잊어버린 어린 시절과 심지어 존재 이전과 생성의 초기 단계로까지 되돌아간 기억들이 나를 지나쳐 물밀듯이 흘러갔다. 그러나 가장 은밀한 것에 이르기까지 나의 삶 전체를 되풀이하는 듯 여겨졌던 기억들은 어제와 오늘에서 멈추지 않았고, 계속해서 나아가며 미래를 비추었고, 나를 오늘에서 잡아채 새로운 삶의 형태 속으로 밀어넣었다. 그 삶의 이미지들은 엄청나게 밝고 눈부셨지만, 시간이 지나자 나는 그중 어느 것도 제대로 기억해낼 수 없었다.

그날 밤, 나는 깊은 잠에서 깨어났다. 나는 옷을 입은 채, 침대에 비스듬히 누워 있었다. 나는 촛불을 켰고, 중요한 것을 기억해내야 한다고 느꼈지만, 이전의 몇 시간에 대해서는 더 이상 아무것도 생각나지 않았다. 나는 촛불을 켰고, 기억이 서서히 돌아왔다. 나는 그 그림을 찾았다. 하지만 그림은 더 이상 벽에 걸려 있지 않았고, 테이블 위에도 놓여 있지 않았다. 그제야 그 그림을 태워버린 것 같다는 사실이 어렴풋이 기억났다. 아니면, 내 손바닥에 그 그림을 올려놓고 불에 태워 재를 먹어버린 것은 단지 꿈속에서의 일이었을까?

거대하고 실룩거리는 불안이 나를 몰아붙였다. 나는 모자를 집어 쓰고, 집과 골목길을 강박적으로 걸어갔으며, 폭풍우에 떠밀리듯 거리와 광장들을 달리고 달렸고, 내 친구의 깜깜한 교회 앞에서 귀를 기울였으며, 어두운 충동에 사로잡혀 무엇인지도 모른 채 찾고 또 찾았다. 사창가가 있는 교외를 지나갔는데, 그곳에는 아직도 곳곳에 불이 밝혀져 있었다. 더 멀리 외곽에는 신축 중인 집들과 벽돌 더미가 널려 있었고, 일부는 잿빛 눈으로 덮여 있었다. 낯선 강압에 이끌려 황량한 그곳을 몽유병자처럼 헤매던 나에게 고향 마을에 있던 신축 건물이 생각났다. 그곳은 한때 나를 괴롭혔던 크로머가 정산을 하자며 처음으로 나를 끌고 갔던 곳이었다. 그와 비슷해 보이는 건물 하나가 잿빛 밤의 어둠 속에서 내 앞에 서 있었고, 시커먼 문 구멍은 나를 향해 입을 쩍 벌리고 있었다. 그것이 나를 끌어당겼고, 나는 물러서려다 모래와 공사장 쓰레기에 걸려 비틀거렸다. 그러나 충동이 더 강력했고, 나는 안으로 들어설 수밖에 없었다.

판자와 부서진 벽돌을 넘어, 나는 비틀거리며 황량한 공간 속으로 들어섰다. 축축한 냉기와 돌 냄새가 우중충하게 났다. 모래더미가 밝은 회색 반점으로 쌓여 있었고, 그 밖의 곳은 온통 어두컴컴했다.

그때, 깜짝 놀란 누군가의 목소리가 나를 불렀다. "세상에! 싱클레어, 너 어디서 오는 거야?"

그리고 내 옆 어둠 속에서 사람 하나가, 작고 마른 사내가 유령처럼 몸을 일으켰고, 머리카락이 여전히 쭈뼛 서 있던 나는 그게 학교 친구인 크나우어임을 알아보았다.

"여긴 어떻게 온 거야?" 흥분한 그가 정신없이 물었다. "나를 어떻게 찾은 거야?"

나는 무슨 말인지 이해하지 못했다.

"나는 너를 찾아온 게 아니야." 나는 멍하니 대꾸했다. 말 한마디 한마디 하기가 힘들었고, 그 말은 얼어붙은 듯 무감각하고 무거운 내 입술 사이로 힘겹게 새어 나왔다.

그가 나를 뚫어져라 바라보았다.

"나를 찾아온 게 아니라고?"

"응. 어쩌다 보니 여기로 이끌려온 거야. 네가 나를 부른 거야? 네가 나를 부른 게 틀림없구나. 그런데 여기서 뭐 해? 한밤중인데."

그가 가느다란 팔로 나를 힘껏 껴안았다.

"그래, 밤이야. 이제 곧 아침이 밝아올 거고. 오, 싱클레어, 너는 나를 잊지 않았구나! 그럼, 나를 용서해줄 수 있어?"

"그런데 뭘 용서해?"

"아, 내가 정말이지 너무 못나게 굴었잖아!"

그제야 우리의 대화가 생각났다. 나흘이나 닷새 전의 일이었던가? 내게는 그 대화 이후로 한평생이 지나간 것만 같았다. 그리고 이제 갑자기, 나는 모든 것을 알게 되었다. 우리 사이에 무슨 일이 있었는지뿐만 아니라, 내가 왜 여기에 오게 되었고, 크나우어가 여기 외딴곳에서 무엇을 하려 했는지까지도 알게 되었다.

"크나우어, 그러니까 너 스스로 목숨을 끊으려 했던 거니?"

그는 추위와 두려움에 몸을 떨고 있었다.

"그래, 그러려고 했어. 내가 그럴 수 있었을지는 잘 모르겠어. 하지만 아침이 될 때까지 기다리려던 참이었어."

나는 그를 밖으로 데리고 나왔다. 하루의 첫 번째 빛줄기가 잿빛 공중에서 수평으로 희미하게, 형언할 수 없을 정도로 차갑고 나른하게 빛나고 있었다.

나는 그 아이의 팔을 잡고 조금 더 멀리로 이끌었다. 내가 말했다. "이제 집으로 가. 그리고 누구에게도 아무 말 하지 마! 너는 잘못된 길로 들어섰던 거야, 잘못된 길로! 우리는 또 네가 생각하듯 돼지가 아니야. 우리는 인간이야. 우리는 신들을 만들고, 그들과 싸우고, 그리고 그들은 우리를 축복하지."

우리는 말없이 한참을 더 걸어가다, 서로 헤어졌다. 내가 집에 도착했을 무렵에는 날이 훤히 밝아 있었다.

그 시절, 성 XX시에서 내게 주어졌던 최고의 것은 피스토리우스와 함께 오르간이나 난롯불 앞에 앉아 있던 시간들이었다. 우리는 아브락사스에 관한 그리스어 텍스트를 함께 읽었고, 그는 나에게 베다 경전의 번역본 일부를 읽어주었으며, 신성한 '옴Om'을 발음하는 법을 가르쳐주었다. 그러나 나를 내적으로 키워준 것은 그처럼 배운 지식들이 아니라, 오히려 그 반대였다. 나를 기분 좋게 했던 것은 나 자신의 발전이었고, 나 자신의 꿈과 생각과 예감에 대한 신뢰의 증가였으며, 내 안에 지니고 있는 힘에 대한 인식의 증대였다.

나는 피스토리우스와 어떤 방식으로든 소통했다. 단지 그에 대해 곰곰이 생각하기만 하면, 그가 오거나 그가 보내는 안부 인사가 전해올 것을 나는 확신할 수 있었다. 데미안 때와 마찬가지로, 나는 그가 앞에 있지 않아도 그에게 무언가를 물어볼 수 있었다. 나는 그저 흔들림 없이 그를 상상하고, 내 질문을 강렬한 생각으로 그에게 전달하기만 하면 됐다. 그러면 그 질문에 쏟아부었던 모든 영혼의 힘이 대답이 되어 내게로 되돌아왔다. 단지, 내가 머릿속으로 떠올렸던 것은 피스토리우스라는 인물이 아니었고, 막스 데미안이라는 인물도 아니었다. 내가 불러내야 했던 것은 내가 꿈꾸고 그렸던 그림, 내 악마의 남성적이고 여성적인 꿈속 이미지였다. 이제 그 이미지는 더 이상 내 꿈속에서만 살지 않았고, 더 이상 종이 위에만 그려진 것이 아니라, 내 안에서 최고의 이상이자 향상된 나 자신의 모습으로서 살고 있었다.

자살에 실패한 크나우어와 나의 관계는 독특하면서도 때로는 우스꽝스러웠다. 내가 그에게 보내졌던 밤 이후로 그는 충직한 하인이나 개처럼 나에게 매달렸고, 자신의 삶을 내 삶과 연결시키려 애쓰며 맹목적으로 나를 따랐다. 그는 아주아주 이상한 질문과 소원을 가지고 나를 찾아왔고, 영적인 존재를 보고 싶어 했으며, 카발라를 배우고 싶어 했다. 나는 그런 모든 것들에 관해 전혀 아는 게 없다고 분명하게 밝혔지만, 그는 내 말을 믿지 않았다. 나에게는 모든 능력이 있다고 그는 확신했다. 그러나 진정 기이했던 점은, 무언가 내 안의 매듭을 풀어야 할 때면 그가 때맞춰 기이하고 어리석은 질문을 가지고 나를 찾아오곤 했으며, 그의 변덕스러운 발상과 관심사가 때로는 문제 해결을 위한 실마리나 핵심 키워드를 제공했다는 사실이었다. 그는 종종 성가신 존재였고, 그래서 우악스러운 방식으로 내게서 쫓겨나기도 했다. 그러나 그 또한 나에게 보내진 사람이었고, 내가 그에게 주었던 것은 또한 곱절이 되어 그로부터 내게로 다시 돌아왔으며, 그 또한 나에게는 한 명의 안내자이거나 하나의 길이었음을 나는 분명 느끼고 있었다. 그가 내게 가져왔고, 그 안에서 자신의 구원을 모색했던 멋진 책과 글들은 내가 그 당시 이해할 수 있었던 것보다 훨씬 더 많은 것을 내게 가르쳐주었다.

그랬던 크나우어가 나중에는 나도 모르게 나의 길에서 사라졌다. 그와는 논쟁을 벌일 필요가 없었다. 하지만 피스토리우스와는 그렇지가 않았다. 성 XX시에서의 학창 시절이 끝나갈 무렵, 나는 그와 함께 또 하나의 특이한 경험을 했다.

제아무리 악의 없는 사람이라 할지라도 살다 보면 적어도 한두 번은 경건함과 감사함이라는 미덕과 어쩔 수 없이 갈등을 빚을 수밖에 없다. 누구든 한 번은 자신을 아버지와 선생님으로부터 분리시키는 단계를 수행해야 한다. 대부분의 사람들은 그걸 거의 견디지 못하고 금세 다시 그 아래로 기어들어 간다 할지라도, 누구든 외로움의 냉혹함을 조금은 느껴봐야 한다. 나는 치열하게 투쟁하는 가운데 부모님과 그들의 세계, 나의 아름다운 어린 시절의 '밝은' 세계와 헤어진 것이 아니다. 서서히, 그리고 거의 눈에 띄지 않을 정도로 그들에게서 멀어졌고, 점점 더 낯설어졌다. 그게 마음에 걸렸고, 그래서 고향 집을 방문할 때면 종종 쓸쓸한 시간을 보내곤 했다. 그러나 그 미안함은 내 마음속까지 와 닿지는 않았고, 견딜 만했다.

그러나 습관이 아니라 진정한 자신만의 충동에서 우리가 사랑과 경외심을 바쳤던 곳, 우리가 진정 절절한 마음으로 제자이고 친구였던 곳, 바로 그곳에서는 우리 내면의 주도적인 성향이 사랑하는 것으로부터 멀어지기를 원한다는 사실을 우리가 갑자기 인식한다고 생각하게 되는 때야말로 쓸쓸하고 끔찍한 순간이다. 그러면 친구와 스승을 거부하는 생각들은 저마다 독침이 되어 우리 자신의 가슴을 찌르고, 그러면 방어의 타격 하나하나가 우리 자신의 얼굴을 가격한다. 그러면 자기 자신 안에 하나의 유효한 도덕을 지니고 있다고 생각하는 사람에게는 ‘배신’과 ‘배은망덕’이라는 이름이 수치스러운 외침과 낙인처럼 떠오르고, 그러면 놀란 가슴은 겁에 질린 채 어린 시절의 미덕이라는 사랑스러운 골짜기로 달아나고, 이 같은 단절 또한 행해져야 하며 이 같은 유대 또한 끊어져야 한다는 사실을 믿지 못하게 된다.

시간이 지나면서, 내 안의 감정은 내 친구 피스토리우스를 무조건 지도자로 받아들이는 것에 반대하는 쪽으로 서서히 바뀌었다. 내가 젊은 날의 가장 중요한 몇 달 동안에 경험했던 것은 그와의 우정이었고, 그의 조언이었으며, 그의 위로와 그에게서 느낀 친밀감이었다. 그를 통해 신은 나에게 말을 건넸다. 그의 입을 통해 나의 꿈은 내게로 돌아왔고, 분명해졌고, 해석되었다. 그는 나에게 나 자신이 될 수 있는 용기를 선사했다. 아, 그리고 이제 나는 그에 대한 저항이 점점 커져가는 것을 느꼈다. 나는 그의 말속에서 너무 많은 가르침을 들었고, 그가 단지 나의 일부만을 완전히 이해하고 있다고 느꼈다.

우리 사이에는 아무런 말다툼이나 인상적인 사건도 없었고, 단절이나 청산조차 없었다. 나는 단지 그에게 본래 아무런 악의도 담기지 않은 말 한마디를 했을 뿐이다. 하지만 바로 그 순간, 우리 사이에 존재했던 환상은 색색의 파편으로 산산이 부서졌다.

　　그런 예감은 이미 오래전부터 나를 억누르고 있었다. 그리고 어느 일요일, 그 예감은 그의 낡은 학자의 방에서 분명한 느낌으로 바뀌었다. 우리는 불 앞의 방바닥에 누워 있었고, 그는 그가 연구하고 궁리했으며 그 가능한 미래에 사로잡혀 있었던 비의와 종교 형태에 대해 말했다. 그러나 나에게는 그런 것들이 모두 삶에 꼭 필요한 것이라기보다는 그저 신기하고 흥미롭게만 여겨졌다. 내게는 박식함처럼 들렸고, 이전 세계의 폐허 속을 뒤지는 고단한 탐색작업처럼 들렸다. 그리고 갑자기 그 모든 방식, 그 같은 신화 숭배, 전통적인 믿음의 형태를 가지고 벌이는 그 같은 모자이크 게임에 대한 반감이 느껴졌다.

　　"피스토리우스!" 나는 나 자신도 깜짝 놀라고 두려워할 만큼 분출되는 악의에 차서 갑자기 말했다. "다시 한번 꿈 이야기를 들려주셔야겠어요. 밤에 꾸었던 진짜 꿈을 말이에요. 지금 말씀하시는 것은 너무나, 빌어먹을 정도로 너무나 진부하게만 들리네요!"

　　그는 내가 그렇게 말하는 것을 이제껏 한 번도 들어본 적이 없었고, 나 자신도 그 순간 문득, 내가 그를 향해 쏘아 그의 가슴을 맞춘 화살이 그 자신의 무기고에서 가져온 것이라는 수치심과 충격을 느꼈다. 그가 종종 비꼬는 투로 표현하는 것을 듣곤 했던 자기 비하를 지금 나는 고약하게도 한껏 날을 세워 그를 향해 던졌던 것이다.

　　그는 순간적으로 그것을 느꼈고, 그 즉시 입을 다물었다. 나는 마음속으로 불안감을 느끼며 그를 바라보았고, 그의 얼굴이 무서울 정도로 창백해지는 것을 보았다.

　　길고 무거운 정적이 흐른 후, 그가 새 장작을 불에 넣고는 조용히 말했다. "자네 말이 맞아, 싱클레어. 자네는 영리한 친구야. 그러니 앞으로는 자네를 진부한 것들로 괴롭히지 않겠네.”

그는 아주 평온하게 말했다. 하지만 나는 그가 받은 상처의 고통을 분명히 들을 수 있었다. 내가 대체 무슨 짓을 한 거지?

눈물이 날 것만 같았다. 나는 그에게 진심으로 다가가 용서를 구하고, 내 사랑과 애정 어린 감사를 그에게 확인시켜 주고 싶었다. 감동적인 말들이 떠올랐지만, 나는 그 말을 할 수가 없었다. 나는 누운 채로 불을 바라보며 아무 말도 하지 않았고, 그 또한 침묵했다. 그렇게 우리는 누워 있었고, 불은 타다 사그라들었다. 희미해지는 불꽃마다에서 나는 아름답고 친밀한 무언가가 점점 잦아들다 날아가 버리는 것을 느꼈다. 그것들은 다시는 돌아올 수 없는 것이었다.

“제 말을 오해하실까 봐 걱정됩니다.” 나는 마침내 잔뜩 풀이 죽어, 건조하고 쉰 목소리로 말했다. 마치 신문 연재소설을 읽기라도 하듯, 멍청하고 무의미한 말들이 기계적으로 내 입술 너머로 흘러나왔다.

“나는 자네가 한 말을 아주 정확히 이해했다네.” 피스토리우스가 나직이 말했다. “자네 생각이 맞아.” 그는 말을 멈추었다. 그러고는 천천히 계속해서 말했다. “한 사람이 다른 사람에 대해 옳을 수 있는 만큼 말일세.”

아니에요, 그렇지 않아요, 내가 틀렸어요! 내 안의 목소리가 소리쳤다. 하지만 나는 아무 말도 할 수 없었다. 나는 내가 사소한 말 한마디로 그의 근본적인 약점, 그리고 그의 고통과 상처를 지적했다는 것을 알았다. 나는 그 자신도 미심쩍어해야만 했던 지점을 건드렸던 것이다. 그의 이상은 ‘진부’했고, 그는 거슬러 올라가는 구도자였으며, 그는 낭만주의자였다. 그리고 갑자기 나는 아주 깊이 깨달았다. 피스토리우스가 나에게 어떤 존재였고 그가 내게 준 것이 무엇이었든, 그는 자기 스스로는 그런 존재가 될 수 없었고, 자기 자신에게는 그것을 줄 수 없었다. 그는 안내자인 그 자신도 건너야 했고 포기해야만 했던 길로 나를 인도했던 것이다.

어떻게 그런 말이 나오게 되었을까? 나는 결코 나쁜 의도로 그 말을 한 게 아니었고, 그 말이 가져올 파국적인 결말에 대해서도 전혀 알지 못했다. 그 말을 내뱉는 순간에는 스스로도 전혀 이해하지 못했던 말을 나는 해버렸다. 나는 사소하고 조금은 재치 있고 조금은 악의적인 발상에 굴복했고, 그것은 운명이 되었다. 나는 사소하고 부주의한 무례를 저질렀고, 그것이 그에게는 심판이 되었다.

그가 화를 내고, 자신을 변호하고, 나에게 소리를 질러대기를 당시 나는 간절히 바랐었다. 하지만 그는 그 어떤 것도 하지 않았고, 나는 그 모든 것을 내 안에서 스스로 해야만 했다. 할 수만 있었다면, 그는 미소 지었을 것이다. 그리고 그가 그럴 수 없었다는 사실에서 나는 내가 그에게 얼마나 큰 상처를 줬는지 분명하게 확인할 수 있었다.

무례하고 배은망덕한 제자인 나의 공격을 묵묵히 받아들임으로써, 침묵을 지키며 내가 옳음을 인정함으로써, 내 말을 운명으로 받아들임으로써, 피스토리우스는 내가 나 자신을 증오하게 만들었다. 그는 나의 경솔함을 천 배나 더 크게 만들었다. 나는 공격을 가하면서, 강하고 자신을 방어할 수 있는 사람을 공격하는 것이라 생각했다. 하지만 막상 공격받은 사람은 고요하고 인내하는 인간, 말 없이 순응하는 무방비 상태의 인간이었다.

한참을 우리는 서서히 꺼져가는 불 앞에 누워 있었다. 그 안에서 눈부시게 빛나는 모습들과 재가 되어 구부러지는 장작 하나하나는 나의 행복하고 아름답고 풍요로운 시간들을 떠올리게 했으며, 피스토리우스에게 신세를 졌다는 채무감은 점점 더 커져만 갔다. 마침내, 나는 더 이상 참을 수 없었다. 나는 벌떡 일어나, 그 자리를 떠났다. 나는 오랫동안 그의 문 앞에 서서, 오랫동안 어두운 계단 위에 서서, 그보다 더 오랫동안 집 밖에 서서, 그가 혹시라도 나를 따라 나오지 않을까 기다렸다. 그러다가는 다시금 걷기 시작했고, 저녁이 될 때까지 몇 시간 동안 도시와 교외, 공원과 숲을 돌아다녔다. 그때 처음으로 나는 내 이마에 찍힌 카인의 표지를 느꼈다.

단지 아주 서서히, 나는 숙고하게 되었다. 나의 생각은 모두 나를 비난하고 피스토리우스를 변호하려는 의도였다. 그러나 모든 시도는 정반대로 끝이 났다. 나의 성급했던 말을 후회하고 되돌릴 생각을 수도 없이 했지만, 물은 이미 엎질러진 뒤였다. 이제야 비로소 나는 피스토리우스를 이해하고, 그의 온전한 꿈을 내 앞에다 다시 쌓아 올릴 수 있었다. 그 꿈은 목사가 되고, 새로운 종교를 선포하고, 새로운 형식의 찬양과 사랑과 숭배를 제공하고, 새로운 상징들을 세우는 것이었다. 그러나 그것은 그의 능력 밖의 일이었고, 그의 본분도 아니었다. 그는 이미 존재했던 것 속에 너무나 편안하게 머물렀고, 이전의 일들을 너무나 정확하게 알고 있었다. 그는 이집트, 인도, 미트라, 아브락사스에 대해 너무나 많이 알고 있었다. 그의 사랑은 이 세상이 이미 보았던 이미지들에 얽매여 있었다. 그러면서도 그는 새로운 것은 새롭고 달라야 하며, 수집품과 도서관에서 길어 올리는 것이 아니라 신선한 땅에서 솟아나야 한다는 것을 내면 깊은 곳으로부터 잘 알고 있었다. 그의 본분은 그가 나에게 베풀었듯, 아마도 사람들이 자기 자신을 찾도록 돕는 일이었을 것이다. 그들에게 일찍이 들어본 적 없는 것, 새로운 신들을 제시하는 것은 그의 본분이 아니었다.

그리고 이 시점에서 하나의 깨달음이 갑자기 나를 맹렬한 불꽃처럼 타오르게 했다. 저마다에게는 하나의 '본분'이 있었지만, 그렇다고 그 본분을 스스로 선택하고, 고쳐 쓰고, 자기 마음대로 관리할 수 있는 것은 아니라는 인식이었다. 새로운 신을 원하는 것은 잘못이었고, 세상에 그 무언가를 주려는 것은 완전한 잘못이었다! 각성한 인간에게는 자기 자신을 찾는 것, 자기 자신 안에서 확고해지는 것, 자기 자신의 길을 더듬으면서 앞으로 나아가는 것 말고는 다른 아무런, 아무런, 아무런 의무도 없었다. 그 길이 어디로 향하는지는 중요치 않았다. 그 같은 생각이 나를 깊이 사로잡았고, 그 생각은 이번 체험을 통해 내가 얻은 결실이었다. 나는 종종 미래의 이미지를 가지고 유희했고, 시인이나 예언자나 화가나 그 밖의 다른 무엇이든 어쩌면 나에게 배정되었을지도 모르는 역할들에 대해 꿈을 꾸었다. 그러나 그 모든 것은 아무것도 아니었다. 나는 시를 쓰기 위해, 설교하기 위해, 그림을 그리기 위해 존재하는 것이 아니었다. 나뿐만 아니라 그 밖의 다른 인간도 그런 목적으로 존재하는 것이 아니었다. 그런 것들은 다 단지 부수적으로 생겨나는 것이었다. 인간 저마다를 위한 진정한 사명은 단 하나, 자기 자신에게 이르는 것이었다. 인간 저마다는 시인이나 미치광이나 예언자나 범죄자로 삶을 마감하게 될지도 모른다. 하지만 그것은 우리 저마다의 소관이 아니었고, 궁극적으로는 중요한 일도 아니었다. 우리 저마다의 본분은 임의적인 운명이 아니라 자기 자신의 운명을 찾아, 그 삶을 자기 자신 안에서 온전하고 결연하게 살아내는 것이었다. 그 밖의 것들은 모두 반쪽에 불과했고, 도피하려는 시도였으며, 대중의 이상 속으로의 후퇴였고, 적응이자 자신의 내면에 대한 두려움이었다. 무섭고 성스럽게, 새로운 이미지가 내 앞에서 떠올랐다. 수백 번 예감했고, 아마도 이미 여러 번 입에 담았었지만, 이제야 비로소 체험한 것이었다. 나는 자연이 던지는 하나의 시도였다. 불확실한 것으로 던져진 존재, 어쩌면 새로운 것, 어쩌면 아무것도 아닌 무에게로 던져진 존재였다. 그리고 이러한 던져진 존재가 근원적인 깊은 곳으로부터 완전히 작용하게 하고, 그런 존재의 의미를 내 안에서 느끼고 완전히 내 것으로 만드는 것, 그것만이 나의 본분이었다. 오직 그것만이!

숱한 고독을 나는 이미 맛보았다. 그리고 이제 나는 그보다 더 깊은 고독이 존재하며, 그것은 결코 피할 수 없는 것임을 예감했다.

나는 피스토리우스와 화해하려 시도하지 않았다. 우리는 여전히 친구로 남았지만, 관계는 달라졌다. 단 한 번, 우리는 그 일에 대해 이야기했다. 아니, 그 일에 관해 이야기한 사람은 단지 그였다. 그는 말했다. "자네도 알다시피, 내게는 성직자가 되겠다는 바람이 있네. 마음 같아서는 나와 자네가 그토록 많은 것을 알고 있는 새로운 종교의 성직자가 되고 싶었지. 하지만 나는 결코 그럴 수가 없을 것이네. 나는 이제 그걸 알고 있고, 비록 나 자신이 완전히 인정하지는 않았지만 이미 오래전부터 알고 있었지. 나는 이제 다른 형태의 성직자 봉사를 할 생각이네. 어쩌면 오르간 앞에 앉거나, 아니면 그 밖의 다른 방법으로 말일세. 어쨌거나 나는 오르간 음악과 비의, 상징과 신화 등 내가 아름답고 신성하다고 느끼는 무언가에 늘 둘러싸여 있어야 하네. 내게는 그것들이 필요하고, 그래서 그것들을 포기하고 싶지 않네. 그게 바로 나의 약점이지, 싱클레어. 왜냐하면 나도 때로는 그런 바람이 사치이자 약점이고, 그런 바람을 가져서는 안 된다는 것을 알고 있기 때문이네. 내가 만일 아무런 요구도 하지 않고 속 편하게 나 자신을 운명에 내맡긴다면, 어쩌면 그 편이 더 위대하고 더 옳은 일일지도 모르네. 그러나 나는 그렇게 할 수가 없네. 그게 바로 내가 할 수 없는 유일한 일이지. 자네라면 언젠가 그리할 수 있을 거네. 그렇게 하는 건 힘들고, 이 세상에서 정말로 힘든 일은 오직 그거 하나뿐이지. 나는 종종 나를 운명에 내맡기는 꿈을 꾸곤 하네. 하지만 그럴 수는 없어. 그런 생각만 해도 소름이 끼치지. 나는 그처럼 완전히 벌거벗은 채 외롭게 서 있을 수는 없네. 나 또한 한 마리 가련하고 나약한 개이고, 그래서 얼마간의 따뜻함과 먹을 것을 필요로 하고, 때로는 자신과 비슷한 사람들을 가까이에서 느끼고 싶어 하지. 하지만 자신의 운명 말고는 정말로 원하는 게 아무것도 없는 사람에게는 더 이상 그와 비슷한 사람이 존재하지 않아. 그는 완전히 홀로 서 있고, 그런 그의 주위에는 차가운 우주 공간만이 있지. 그리고 그게 바로 겟세마네 동산의 예수님이야. 기꺼이 십자가에 못 박힌 순교자들은 있었지만, 그들은 영웅도 아니었고 해방되지도 않았어. 그들 또한 아주 익숙하고 고향에 온 것처럼 느낄 수 있는 무언가를 원했지. 그들에게는 본보기가 있었고, 그들에게는 이상이 있었어. 그러나 그저 운명만을 원하는 사람에게는 더 이상 본보기도 없고 이상도 없어. 사랑할 것도 없고, 위안이 될 만한 것도 없어! 그리고 사람들은 원래 바로 그 길을 걸어가야만 하는 건가 봐. 나와 자네 같은 사람들은 정말로 외롭지. 그래도 우리에게는 아직 서로가 존재하고, 우리에게는 아직 달라지고 싶고, 반항하고 싶으며, 특이한 것을 원한다는 은밀한 만족감이 있어. 하지만 그 길을 제대로 걷고자 한다면, 그 또한 포기해야 해. 또한 혁명가, 본보기 또는 순교자가 되기를 원해서도 안 되는 거야. 상상할 수조차 없는 일이지."

그랬다, 상상할 수 없었다. 그러나 꿈꿀 수는 있었고, 어렴풋이 느끼고 예감할 수는 있었다. 아주 고요하다 느껴지는 시간 속에서 나는 몇 번인가 그런 무언가를 느꼈다. 그럴 때면 나는 내 안을 들여다보았고, 활짝 떠진 눈 속에서 내 운명의 이미지를 보았다. 그것들은 지혜로 가득 차 있을 수도 있었고, 광기로 가득 차 있을 수도 있었으며, 사랑을 발산하거나 깊은 악의를 발산할 수도 있었다. 하지만 아무렇거나 상관없었다. 우리는 그 가운데 어느 것도 선택해서는 안 되었고, 어느 것도 원해서는 안 되었다. 우리는 오직 자기 자신만을 원할 수 있었고, 단지 자기 자신의 운명만을 원할 수 있었다. 그리고 그리로 가는 길을 피스토리우스는 나를 위해 어느 정도까지 안내해주었다.

그 당시, 나는 무턱대고 여기저기를 돌아다녔다. 내 안에서는 폭풍우가 몰아쳤고, 내딛는 발걸음마다에는 위험이 도사리고 있었다. 내 앞에서는 끝 모를 어둠 외에는 아무것도 보이지 않았고, 이제까지의 모든 길들은 그리로 달려가 사라졌다. 그리고 나는 나의 내면에서 안내자의 모습을 보았다. 그 모습은 데미안과 닮아 보였고, 그의 눈에는 내 운명이 담겨 있었다.

나는 종이 위에다 썼다. "안내자가 나를 떠났어. 나는 완전한 어둠 속에 있어. 혼자서는 한 발짝도 내딛을 수가 없어. 도와줘!"

나는 그 편지를 데미안에게 보내려 했다. 하지만 그러지 않았다. 그러려고 할 때마다, 어리석고 무의미하다는 생각이 들었다. 그러나 나는 그 작은 기도를 외우고 있었고, 종종 마음속으로 되뇌곤 했다. 그 기도는 언제나 나와 함께했다. 그리고 나는 기도가 무엇인지 예감하기 시작했다.

나의 학창 시절은 끝이 났다. 나는 휴가 여행을 떠나야 했다. 그일은 아버지가 생각해낸 것이었고, 여행을 한 뒤에는 대학에 진학하기로 되어 있었다. 어느 학과인지는 알지 못했다. 한 학기 동안 철학을 듣기로 했다. 그게 철학이 아니라 다른 과목이었다 할지라도 나는 마찬가지로 만족해했을 것이다.

에바 부인

방학 중에, 나는 몇 년 전 막스 데미안이 그의 어머니와 함께 살았던 집을 찾았다. 할머니 한 분이 정원을 거닐고 있었다. 그녀에게 말을 걸었고, 그 집이 그녀의 것이라는 것을 알게 되었다. 나는 데미안 가족에 관해 물었다. 그녀는 그들을 기억하고 있었다. 그러나 그들이 지금 어디에 살고 있는지는 알지 못했다. 내가 관심이 있다는 사실을 눈치챈 그녀는 나를 집 안으로 데려갔고, 가죽 앨범 하나를 꺼내서는 데미안의 어머니 사진 한 장을 내게 보여주었다. 나는 그녀를 거의 기억할 수 없었다. 하지만 그 작은 사진을 보는 순간, 나는 심장이 멈추는 듯한 기분이 들었다. 그건 내 꿈속의 이미지였다! 그것은 바로 그녀였다. 키가 크고 거의 남성적인 여성의 모습, 아들을 닮았지만 어머니다운 모습, 엄한 특성, 깊은 열정의 특성, 아름답고 매혹적이며, 아름답고 다가갈 수 없는 특성, 악마와 어머니, 운명과 연인의 특성을 지닌 바로 그녀였다!

내 꿈속의 이미지가 지구상에 살고 있음을 그렇게 알게 된 순간, 그 사실은 엄청난 기적처럼 나를 꿰뚫고 지나갔다! 내 운명의 특징을 지닌, 그렇게 생긴 여자가 있었구나! 그녀는 어디에 있었을까? 어디에? 그리고 그녀는 데미안의 어머니였다!

그 일이 있고 얼마 지나지 않아 나는 여행을 시작했다. 기이한 여행이었다! 나는 그녀를 찾아, 떠오르는 모든 생각을 따라, 여기저기를 쉬지 않고 돌아다녔다. 내가 만났던 모습들마다 그녀를 연상시켰고, 떠올리게 했고, 그녀와 닮아 보였고, 마치 얽히고설킨 꿈속에서처럼 낯선 도시들의 골목길들과 기차역들과 기차 안으로 나를 유혹했던 날들이 있었다. 또, 그녀를 찾고 있는 나의 행동이 얼마나 쓸모없는 짓인지 깨닫게 되는 날들도 있었다. 그럴 때면 나는 공원이나 호텔 정원이나 대합실 어딘가에 그저 멍하니 앉아 있었다. 그러고는 나 자신을 들여다보며, 내 안의 이미지를 생생하게 만들려 애썼다. 하지만 그 이미지는 이제 소심하고 희미해져 있었다. 나는 잠을 이룰 수가 없었고, 미지의 풍경을 가로질러 달려가는 기차 안에서 15분 정도씩 선잠을 자곤 했다. 한번은 취리히에서, 예쁘고 약간은 대담해 보이는 한 여성이 나를 따라왔다. 나는 마치 그녀를 못 본 척, 눈길 한 번 주지 않고 계속해서 걸어갔다. 다른 여자에게 잠시 잠깐이라도 관심을 주느니 차라리 죽는 게 나을 것 같았다.

나는 내 운명이 나를 끌어당기는 것을 느꼈고, 성취의 순간이 다가왔음을 느꼈으며, 그에 대해 내가 할 수 있는 것이 아무것도 없다는 조바심에 화가 치밀었다. 한번은 인스브루크 역에서였던가, 막 출발하던 기차의 창가에서 그녀를 떠올리게 하는 한 사람을 보았고, 그 후 며칠 동안 슬픔에 빠져 있었다. 그러다 갑자기 밤에 그 모습이 다시 나의 꿈속에 나타났다. 나는 내 부질없는 수색 작업에 대해 부끄럽고 허탈한 마음을 느끼며 깨어났고, 곧바로 집으로 돌아왔다.

몇 주 후, 나는 H. 대학교에 등록했다. 모든 것이 나를 실망시켰다. 내가 수강했던 철학사 강의는 풋내기 대학생들의 행동만큼이나 텅 비고 특색 없었다. 모든 것이 틀에 박힌 듯했고, 누구나 똑같이 행동했으며, 상기된 얼굴들에 떠오른 달아오른 즐거움은 슬프리만큼 공허하고 기성품 같아 보였다! 하지만 나는 자유로웠고, 하루 종일 혼자만의 시간을 보냈으며, 교외의 낡은 집에서 조용하고 아름답게 살았고, 내 책상 위에는 니체의 책 몇 권이 놓여 있었다. 나는 니체와 함께 살았고, 그의 고독한 영혼을 느꼈으며, 시시각각 그를 몰아붙였던 운명을 간파했고, 그와 함께 괴로워했으며, 그처럼 가차 없이 자신의 길을 걸었던 사람이 있었다는 사실에 행복해했다.

한 번은 저녁 늦게 불어오는 가을바람을 맞으며 시내를 거닐다가, 여기저기 술집들에서 학생들이 모여 노래 부르는 소리를 들었다. 열린 창문에서는 담배 연기가 자욱하게 밀려 나왔고, 시끄럽고 팽팽하지만 축 늘어지고 생기 없이 획일적인 노래가 거친 파도처럼 흘러나왔다.

나는 한쪽 길모퉁이에 서서, 정확히 행해지는 청춘의 활기가 두 군데 술집에서 울려 나와 밤하늘로 퍼져나가는 것을 들었다. 어디를 가나 모임이 있었고, 함께 쪼그리고 앉은 이들이 있었으며, 어디를 가나 운명의 짐을 벗어버리고 편안한 무리 가까이로 도망치려는 사람들이 있었다!

내 뒤로 두 남자가 천천히 지나갔다. 나는 그들이 나누던 대화 일부를 엿들었다.

한 사람이 말했다. "어느 흑인 마을의 청년회관과 다를 게 없지 않나요? 모든 게 다 똑같아요. 심지어는 문신조차도 여전히 유행이고요. 보다시피 이게 젊은 유럽이랍니다."

그 목소리는 이상하게도 나에게 훈계하듯, 낯익게 들렸다. 나는 그 두 사람을 따라 어두운 골목길을 걸어갔다. 그중 한 명은 작고 우아한 일본인이었고, 나는 가로등 불빛 아래에서 그의 노란 웃는 얼굴이 환히 빛나는 것을 보았다.

그러자 다른 한 사람이 다시 말했다.

"하지만 당신네 일본의 상황도 그다지 나을 건 없을 겁니다. 무리를 따르지 않는 사람들은 어디에서도 찾아보기 힘들지요. 여기에도 조금 있을 뿐이고요."

그의 말 한마디 한마디가 즐거운 놀람으로 나를 사로잡았다. 나는 말하는 이를 알고 있었다. 데미안이었다.

바람 부는 밤, 나는 그와 일본인을 따라 어두운 골목을 지나며 그들의 대화를 듣고 데미안의 목소리의 울림을 즐겼다. 그 목소리에는 예전의 어조가 담겨 있었고, 예전의 아름다운 안정감과 평온함이 담겨 있었으며, 나를 지배하는 예전의 힘이 담겨 있었다. 이제 모든 것이 다 괜찮았다. 나는 그를 찾은 것이었다.

교외의 거리 끝에서 일본인은 작별 인사를 하고 현관문을 열었다. 데미안은 갔던 길을 되짚어 돌아왔다. 나는 멈춰서서, 길 한복판에서 그를 기다렸다. 두근거리는 가슴으로, 나는 레인코트를 입고 팔에는 가느다란 지팡이를 건 그가 바르고 유연한 모습으로 나를 향해 다가오는 것을 보았다. 그는 한결같은 발걸음을 바꾸지 않고, 내 바로 앞까지 다가와, 모자를 벗고, 결연한 입과 특유의 광채가 서린 넓은 이마가 있는 친숙하고 환한 얼굴을 보여주었다.

"데미안!" 내가 외쳤다.

그는 나에게 손을 내밀었다.

"그래, 너로구나, 싱클레어! 너를 기다리고 있었어."

"내가 여기 있는 줄 알았던 거야?"

"정확히 알지는 못했지만, 분명 그럴 거라고 기대했지. 나는 오늘밤 너를 처음 보았고, 너는 내내 우리를 따라왔지."

"그럼 나를 곧바로 알아본 거야?"

"당연하지. 물론 네가 변하기는 했지만, 여전히 그 표지를 가지고 있구나."

"그 표지라고? 무슨 표지?"

"기억할지 모르겠지만, 우리는 그걸 일찍이 카인의 표지라고 불렀었지. 그것은 우리의 표지야. 너는 늘 그 표지를 지니고 있었고, 그래서 나는 네 친구가 된 거야. 그런데 그 표지가 이제는 더 분명해졌다."

"나는 그런 줄은 몰랐어. 아니, 어쩌면 알고 있었는지도 모르겠다. 데미안, 한번은 네 그림을 그렸는데, 그 모습이 나랑 너무 똑같아서 깜짝 놀랐었어. 그게 바로 그 표지인 걸까?"

"그래, 바로 그거였어. 네가 지금 여기 있어서 정말 좋다! 어머니도 기뻐하실 거야."

나는 깜짝 놀랐다.

"어머니? 어머니도 여기 계셔? 하지만 어머니는 나를 전혀 알지도 못하잖아."

"아, 어머니는 너를 잘 알고 있어. 내가 어머니에게 네가 누구인지 말하지 않아도 어머니는 금방 너를 알아보실 거야. 너는 오랫동안 소식이 없었지."

"아, 나도 자주 편지를 쓰고 싶었는데 그러지를 못했어. 얼마 전부터는 너를 곧 찾아야 한다고 느꼈지. 그리고 매일 그렇게 되기만을 기다렸어."

그는 내 팔을 잡아 팔짱을 끼고, 나와 함께 걸었다. 그에게서 평온함이 흘러나와 내 안으로 흘러들었다. 우리는 이내 예전처럼 스스럼없이 이야기를 나누었다. 우리는 학창 시절, 견진성사 수업, 그리고 그 당시 방학 동안의 불행했던 만남에 대해서도 기억해냈다. 다만 우리 사이의 최초의 가장 긴밀했던 관계인 프란츠 크로머와의 이야기만큼은 그때도 언급하지 않았다.

어느덧 우리는 기이하고 불길한 예감이 드는 대화를 나누고 있었다. 우리는 조금 전 일본인과 데미안이 나누었던 대화를 떠올리며 대학생들의 사는 모습에 관해 이야기를 나눴고, 그러다가는 그와는 한참 떨어져 있는 것처럼 보이는 다른 주제로 넘어갔다. 그러나 데미안의 말들 속에서 그것들은 서로 긴밀하게 연결되었다.

그는 유럽의 정신과 현시대의 징후에 대해 언급했다. 그는 어디에서나 연합과 무리 짓기가 지배하고 있지만, 자유와 사랑은 어디에서도 찾아볼 수 없다고 말했다. 대학생 조합과 합창단 모임에서 국가에 이르기까지 이 모든 공동체는 강제적인 형태로서, 불안과 두려움과 당혹감에서 비롯된 것들이며, 그 내부는 부패하고 낡아 붕괴 직전에 놓여 있다는 것이었다.

데미안이 말했다. "공동체란 멋진 것이지. 그러나 지금 우리가 보고 있는, 어디에서나 만연하는 것들은 결코 그렇지가 못해. 진정한 공동체는 개개인이 서로에 대해 알게 되는 것들을 토대로 새롭게 생겨나고, 한동안은 세상을 변화시키게 되지. 그러나 지금 존재하는 공동체는 그저 무리 짓기에 불과할 뿐이야. 사람들은 서로에게로 도피하고 있어. 서로가 서로를 두려워하기 때문이지. 고용자들은 고용자들대로, 노동자들은 노동자들대로, 학자들은 학자들대로! 그러면 그들은 왜 두려워할까? 사람들은 단지 자기 자신과 하나가 되지 못할 때만 두려워해. 그들은 결코 자기 자신을 알았던 적이 없기 때문에 두려워하는 거야. 자기 안의 미지의 것을 두려워하는 사람들뿐인 공동체! 그들 모두는 자신들의 삶의 법칙이 이제는 더 이상 유효하지 않으며, 자신들이 케케묵은 목록에 따라 생활하며, 종교든 도덕이든 그 어느 것도 우리가 필요로 하는 것에 어울리지 않는다고 생각하고 있어. 100년이 넘도록 유럽은 그저 연구나 하고 공장만 건설했어! 그래서 사람 한 명을 죽이는 데 몇 그램의 화약이 필요한지는 정확히 알고 있지. 하지만 신에게 어떻게 기도하는지는 알지 못하고, 어떻게 하면 한 시간 동안 즐겁게 보낼 수 있는지조차 몰라. 여기, 대학생들의 술집을 봐봐! 아니면, 부자들이 즐겨 찾는 환락가를 보든지! 절망적이야! 싱클레어, 이 모든 것에서는 즐거운 것은 아무것도 나올 수가 없어. 그처럼 두려운 마음에 하나로 뭉친 이 사람들은 두려움과 악의로 가득 차 있고, 그래서 어느 누구도 다른 사람을 신뢰하지 않아. 그들은 더 이상 이상이 아닌 이상에 집착하고, 새로운 이상을 제안하는 사람을 돌로 쳐 죽이지. 나는 분쟁이 존재하는 것을 느껴. 싸움이 벌어질 거야. 전쟁이 곧 일어날 것이라고 나는 확신해. 물론 전쟁은 세상을 '개선'하지는 못할 거야. 노동자들이 공장주를 때려죽이든, 아니면 러시아나 독일이 서로에게 총질을 해대든, 결국에는 단지 주인만 바뀌게 될 거야. 그렇다고 해서 그런 일이 헛된 일인 것만은 아닐 거야. 그로 인해 오늘날의 이상의 무가치함이 밝혀지게 될 것이고, 석기시대의 신들은 정리 정돈되겠지. 지금 있는 모습대로의 이 세상은 쇠퇴하고, 침몰하려 해. 또 그렇게 될 것이고."

"그럼 우리는 어떻게 되는 거야?" 내가 물었다.

"우리? 아, 아마 우리도 함께 파멸하겠지. 사람들은 우리 같은 이들도 때려죽일 수 있어. 다만, 그런다고 해서 우리가 끝장나는 것은 아니지! 우리에게서 남겨진 것, 또는 우리 가운데 살아남은 이들 주위로 미래의 의지가 모여들 거야. 우리 유럽이 한동안 기술과 학문의 박람회를 통해 부르짖던 외침에 가려 들리지 않았던 인류의 의지가 드러나게 될 거야. 그러고 나면 인류의 의지는 오늘날의 공동체들, 국가와 민족들, 단체와 교회의 의지와 똑같지 않다는 사실이 밝혀질 거야. 결코, 그리고 세상 어느 곳에서도 말이야. 오히려 자연이 인간에게서 원하는 것은 너와 나 안에, 즉 우리 개개인에게 기록되어 있어. 그것은 예수 안에 기록되어 있었고, 니체 안에 기록되어 있었지. 오늘날의 공동체들이 붕괴될 때, 오직 하나 중요한 것인 이 흐름을 위한 공간은, 물론 날마다 달라 보일 수 있지만, 비로소 생겨나게 될 거야."

늦은 시간, 우리는 강가에 있는 정원 앞에 멈춰 섰다.

"우린 여기 살고 있어." 데미안이 말했다. "조만간 한번 놀러 와! 반가운 마음으로 기다리고 있을게."

나는 행복한 마음으로 서늘해진 밤을 지나 집으로 가는 먼 길을 걸어갔다. 시내 곳곳에서는 대학생들이 소란을 피우며 비틀거리는 발걸음으로 집으로 돌아가고 있었다. 나는 종종 그들의 우스꽝스러운 종류의 행복감과 나의 고독한 삶 사이의 대비를 때로는 결핍감을 느끼며, 때로는 경멸하며 인지했다. 하지만 그런 세계가 나와는 얼마나 무관한지, 그런 세계가 나에게는 얼마나 멀고도 잊힌 것인지 오늘처럼 느긋하고 은밀하게 느껴본 적은 결코 없었다. 나는 고향마을의 공무원들을, 위엄 있는 노신사들을 떠올렸다. 그들은 마치 축복받은 낙원의 추억처럼 그들이 선술집에서 보낸 학창 시절의 추억에 매달렸고, 마치 시인이나 다른 낭만주의자들이 일찍이 자신들의 어린 시절을 기렸듯 그들의 학창 시절의 사라져버린 '자유'를 숭배했다. 어디를 가나 똑같았다! 그들은 과거 어디에서나 '자유'와 '행복'을 찾았다. 순전히, 그들 자신의 책임감이 상기되고 그들 자신의 길을 가라는 경고를 받게 될지도 모른다는 두려움 때문이었다. 그들은 몇 년 동안이고 술에 빠져 살며 환호했고, 그러다가는 피난처로 숨어 들었으며, 이내 국가에 봉사하는 건실한 신사가 되었다. 그래, 썩어 있었다. 우리가 사는 곳은 썩어 있었다. 그리고 그 같은 대학생들의 어리석음은 다른 수백의 어리석음과 비교해 조금도 덜 멍청하거나 덜 나쁘지 않았다.

그러나 멀리 떨어져 있던 집에 도착해 침대에 눕자 그 모든 생각은 사라졌고, 나의 생각은 그날 하루가 내게 선사했던 위대한 약속에 대한 기대감으로 가득 찼다. 원한다면, 나는 내일이라도 당장 데미안의 어머니를 만날 수 있었다. 대학생들이 술집을 찾고 얼굴에 문신을 새기든, 세상이 썩어 종말을 기다리고 있든, 그건 내가 상관할 바가 아니었다! 나는 오직 하나, 나의 운명이 새로운 모습으로 나를 향해 다가오기만을 기다렸다.

나는 아침 늦게까지 단잠을 잤다. 나를 위한 새날이 어린 시절의 크리스마스 파티 이후로 더는 경험하지 못했던 장엄한 축제일처럼 밝아왔다. 나는 내면 깊이 동요하고 있었지만, 두려움은 전혀 없었다. 나는 내 삶의 중요한 하루가 시작되었음을 느꼈고, 나를 둘러싼 세상이 기다림 속에 의미심장하고 엄숙하게 변화했음을 보고 느꼈다. 나직이 내리는 가을비 또한 아름답고 고요했으며, 엄숙하고도 즐거운 음악으로 가득한 축제일 같았다. 외부 세계는 나의 내면 세계와 처음으로 완벽한 조화를 이루었고, 그렇다면 영혼을 위한 특별한 날이요, 그렇다면 살 만한 가치가 있는 것이다. 어떤 집도, 어떤 쇼윈도도, 골목길의 어떤 얼굴도 내게 거슬리지 않았다. 모든 것은 원래 그대로였지만, 일상적이고 익숙한 것의 공허한 얼굴을 드러내는 대신, 간절한 기다림 속에서 경건하게 운명을 맞이할 준비가 되어 있었다. 어렸을 적, 성탄절과 부활절 같은 대축일 아침이면 나는 그렇게 세상을 바라봤었다. 나는 이 세상이 여전히 그렇게 아름다울 수 있는지 미처 몰랐었다. 나는 내 내면 속의 삶에 익숙해졌고, 외부에 존재하는 것에 대한 감각이 내게서는 소실되었다는 사실, 그것의 반짝이는 색채의 상실은 필연적으로 어린 시절의 상실과 관련이 있다는 사실, 영혼의 자유와 어른다움을 위해서는 어느 정도는 사랑스러운 광채의 포기라는 대가를 치러야만 한다는 사실에 익숙해져 있었다. 이제 나는 그 모든 것이 단지 묻히고 희미해졌을 뿐이며, 자유로워진 사람과 어린아이의 행복을 포기한 사람 또한 세상이 빛나는 것을 보고 어린아이다운 내밀한 시선의 전율을 맛보는 것이 가능하다는 사실을 황홀해하며 깨달았다.

그날 밤에 막스 데미안과 헤어졌던 교외의 정원을 다시 찾아가는 시간이 왔다. 비구름에 어두워진 잿빛 키 큰 나무들 뒤로 밝고 편안한 작은 집 한 채가 숨어 있었다. 큼지막한 유리 벽 뒤에는 키 큰 다년생 화초들이 자라고 있었고, 반짝반짝 빛나는 유리창 뒤로는 그림들이 걸리고 책들이 나란히 놓여 있는 어두운 실내 벽들이 보였다. 현관문은 작고 따뜻한 거실로 곧장 이어졌고, 흰색 앞치마를 두른 얼굴이 까무잡잡하고 말이 없는 나이 든 하녀가 나를 맞이하며 내 외투를 받아들었다.

그녀는 나를 거실에 혼자 남겨두었다. 나는 주위를 둘러보았고, 그 즉시 내 꿈 한가운데에 서 있었다. 문 위의 짙은 색 나무 벽 위, 검은 틀의 유리 액자 안에는 낯이 익은 그림 하나가 걸려 있었다. 세계의 알껍데기를 깨고 훌쩍 날아오르려 하는, 황금빛 노란색 새매의 머리를 가진 나의 새였다. 나는 그 모습에 사로잡힌 채, 가만히 서 있었다. 그 순간, 마치 내가 일찍이 행하고 경험했던 모든 것이 응답과 성취가 되어 나에게 되돌아오기라도 하듯 내 마음은 너무나 행복하면서도 아팠다. 나는 수많은 이미지가 번개처럼 내 영혼을 스쳐 지나가는 것을 보았다. 대문의 아치 위에 돌로 만든 오래된 문장이 있는 고향의 아버지 집, 그 문장을 그리던 소년 데미안, 두려움에 휩싸인 채 어린 시절 나의 적인 크로머의 사악한 속박에 휘말렸던 소년인 나 자신, 교실의 조용한 책상에 앉아 동경 속의 새를 그리고 있던 청년인 나 자신, 자기 자신의 실로 짠 그물에 걸려든 나의 영혼, 그리고 모든 것이, 바로 그 순간까지 내 안에서 울려 퍼진 모든 것이 내 안에서 확인되었고, 응답받았고, 승인되었다.

눈물이 글썽이는 눈으로 나는 나의 그림을 응시하며, 나 자신의 마음을 읽었다, 그 순간, 나의 시선이 아래를 향했다. 새의 그림 아래 열린 문에는 짙은 색 옷을 입은 키 큰 여자가 서 있었다. 그녀였다.

나는 아무 말도 할 수 없었다. 시간도 나이도 보이지 않는 아들의 얼굴과 닮았고, 생명력이 느껴지는 의지로 가득한, 아름답고 품위 있는 여자의 얼굴은 나를 향해 상냥하게 미소 짓고 있었다. 그녀의 눈빛은 성취였고, 그녀의 인사는 귀향을 뜻했다. 나는 말없이 그녀에게 손을 내밀었다. 그녀는 힘 있고 따뜻한 손으로 내 손을 마주 잡았다.

"싱클레어 씨군요. 금방 알아봤어요. 잘 왔어요!"

그녀의 목소리는 그윽하니 따뜻했고, 나는 달콤한 포도주 같은 그 목소리에 젖어 들었다. 그리고 이제 나는 눈을 들어, 그녀의 평온한 얼굴, 깊이를 알 수 없는 검은 눈, 신선하고 성숙한 입, 그 표지가 새겨진 자유롭고 위엄 있는 이마를 쳐다보았다.

"만나 뵙게 되어 정말 반갑습니다!" 나는 그렇게 말하며 그녀의 손에 입을 맞췄다. "평생을 길 위를 떠돌다가, 이제야 집에 돌아온 것만 같습니다."

그녀는 어머니 같은 미소를 지었다.

"누구도 집으로 돌아가지는 못해요." 그녀가 다정하게 말했다. "그러나 친근한 길들이 만나는 곳에 이르면 온 세상이 잠시나마 고향처럼 느껴지곤 하지요."

그녀는 내가 그녀에게로 오는 길에 느꼈던 것을 말하고 있었다. 그녀의 목소리와 그녀의 말은 그녀의 아들과 아주 비슷하면서도 무척이나 달랐다. 모든 것이 더 성숙하고, 더 따뜻하고, 더 확신에

차 있었다. 그러나 데미안이 일찍이 누구에게도 소년의 인상을 준 적이 없던 것과 마찬가지로, 그의 어머니 또한 다 자란 아들을 둔 어머니처럼 보이지 않았다. 그녀의 얼굴과 머리카락에 감도는 숨결은 그토록 젊고 달콤했고, 그녀의 황금빛 피부는 그토록 팽팽하고 주름 하나 없었으며, 입은 그토록 활짝 피어 있었다. 그녀는 내 꿈속에서보다 더 당당하게 내 앞에 서 있었고, 그녀 가까이에 있음은 사랑의 행복이었고, 그녀의 눈길은 성취였다.

그러니까 이는 나의 운명이 내게 모습을 드러낸 새로운 이미지였고, 그 안에서 나타난 이미지는 더 이상 엄격하지 않았고, 더 이상 외롭지 않았으며, 오히려 성숙하고 유쾌했다! 나는 아무런 결심도 하지 않았고, 아무런 서약도 하지 않았다. 나는 하나의 목표에 도달했고, 높은 길에 다다랐다. 그리고 그곳에서는 또 다른 길 하나가 가까이 다가온 행복의 나무우듬지에 의해 그늘이 드리워진 채, 온갖 쾌락의 가까이에 있는 정원에 의해 서늘해진 채, 약속의 땅을 향해, 넓고 찬란하게 뻗어 있었다. 나에게 무슨 일이 일어날지라도, 이 여자가 이 세상에 있다는 것을 알고, 그녀의 목소리에 젖어 들고, 그녀 가까이에서 숨 쉴 수 있는 나는 축복받은 존재였다. 그녀가 나의 어머니이든, 나의 연인이든, 나의 여신이든 상관없었다. 단지 그녀가 여기 있기만 한다면, 단지 나의 길이 그녀의 길 가까이에 있기만 한다면, 아무래도 상관없었다!

그녀가 나의 새매 그림을 가리켰다.

"이 그림을 받았을 때보다 데미안이 더 기뻐했던 적은 없어요." 그녀가 사려 깊게 말했다. "나도 마찬가지고요. 우리는 당신을 기다렸어요. 그러다 이 그림이 왔고, 우리는 당신이 우리에게 오는 길로 들어섰다는 것을 알았지요. 싱클레어 씨, 당신이 어린 소년이었던 어느 날, 내 아들이 학교에서 돌아와 말했어요. '이마에 표지가 있는 소년이 있어. 그 아이는 분명 나와 친구가 될 거야.' 그게 바로 당신이었지요. 쉽지는 않았겠지만, 우리는 당신을 믿었습니다. 한번은 방학을 맞아 집에 와 있던 당신과 데미안이 다시 만났지요. 당신은 당시 열여섯 살 정도였을 거예요. 데미안이 그때 일을 내게 말해주었지요."

내가 말 중간에 끼어들며 말했다. "오, 데미안이 그때 그 일을 말했었군요! 그때는 제가 가장 힘들 때였어요!"

"맞아요, 데미안이 내게 말했지요. '싱클레어는 지금 가장 힘든 일과 마주하고 있어. 그는 다시 한번 공동체 속으로 도망치려 시도하고 있어. 심지어 술집의 단골손님이 되었더라고. 그러나 그렇게 되지는 않을 거야. 그의 표지는 감추어져 있지만, 그를 은밀히 불태우고 있거든.' 그렇지 않았나요?"

"맞습니다. 정말로 그랬어요. 그러다가 베아트리체를 보게 되었고, 그런 다음에는 마침내 한 명의 인도자가 다시금 내게로 찾아왔지요. 그의 이름은 피스토리우스였습니다. 그리고 그제야 저는 왜 나의 소년 시절이 그토록 밀접하게 데미안과 연결되어 있었는지, 왜 내가 그에게서 벗어날 수 없었는지 깨달았지요. 아주머니, 아니 어머님, 그 당시 저는 끄떡하면 심지어 죽고 싶다고 생각하곤 했습니다. 그 길이 정말로 누구에게나 그렇게도 힘든 길인 건가요?"

그녀는 손을 들어 바람결처럼 부드럽게 내 머리를 쓰다듬었다.

"태어난다는 것은 언제나 어려운 일이지요. 알고 있듯이, 새는 알에서 나오려고 애를 써요. 돌이켜 생각해보고, 스스로에게 질문

해보세요. 그 길이 정말 그렇게 힘들었나요? 단지 어렵기만 했나요? 아름답지는 않았나요? 혹시, 그보다 더 아름답고 더 쉬운 길을 원했던 건가요?"

나는 고개를 저었다.

"힘들었어요." 나는 마치 잠꼬대하듯 말했다. "그 꿈이 내게로 올 때까지는요."

그녀는 고개를 끄덕이며, 뚫어져라 나를 바라보았다.

"맞아요, 자신의 꿈을 찾아야 해요. 그래야 그 길이 쉬워지지요. 하지만 영원히 지속되는 꿈은 없고, 모두가 새로운 꿈으로 교체되지요. 그러니 어떤 꿈이든 붙잡고 매달려서는 안 돼요."

나는 깜짝 놀랐다. 그건 일종의 경고였을까? 아니면 일종의 방어였을까? 하지만 무엇이 됐든 마찬가지였다. 나는 기꺼이 그녀의 인도를 받으며, 그 목적지가 어디인지 묻지 않을 준비가 되어 있었다.

내가 말했다. "제 꿈이 얼마나 오래 지속될지는 모르겠습니다. 그저 영원했으면 좋겠습니다. 새의 그림 아래서 나의 운명은 나를 어머니처럼, 그리고 연인처럼 맞아주었습니다. 나는 그 운명에 속할 뿐, 다른 누구에게도 속하지 않습니다."

"그 꿈이 당신의 운명인 한, 당신은 그 꿈에 충실해야 합니다." 그녀는 진지한 어조로 내 말을 확인해주었다.

갑자기 슬픔이 나를 엄습했고, 이 황홀한 시간에 죽고 싶다는 간절한 바람이 나를 사로잡았다. 나는 내 안에서 눈물이 걷잡을 수 없이 솟구쳐 나를 압도하는 것을 느꼈다. 얼마나 오랫동안 더 이상 울지 않았던가! 나는 급하게 그녀에게서 등을 돌렸고, 창가로 가서, 눈물이 고여 흐릿해진 눈으로 화분 속의 꽃들 너머를 바라보았다.

뒤에서 그녀의 목소리가 들려왔다. 그 목소리는 차분하지만, 넘칠 만큼 가득 채워진 포도주 잔처럼 부드러움으로 가득 차 있었다.

"싱클레어, 당신은 어린아이이군요! 당신의 운명은 당신을 진정 사랑해요. 당신이 충실하다면, 당신이 꿈꾸듯 언젠가는 완전히 당신 것이 될 거예요."

나는 감정을 억눌렀고, 다시 그녀 쪽으로 얼굴을 돌렸다. 그녀가 손을 내밀었다.

그녀는 미소 지으며 말했다. "나에게는 친구가 몇 명 있어요. 몇 안 되는 아주 친한 친구들이죠. 그들은 나를 에바 부인이라고 불러요. 원한다면, 당신도 그렇게 불러도 돼요."

그녀는 나를 문 쪽으로 데리고 갔고, 문을 열더니 정원을 가리키며 말했다. "저기 가면 데미안이 있을 거예요."

나는 키 큰 나무들 아래 멍하니, 그리고 동요된 채, 서 있었다. 그 어느 때보다도 더 깨어 있는 것인지, 아니면 꿈을 꾸듯 몽롱한 상태인지 분간이 되지 않았다. 나뭇가지에서는 빗방울이 기분 좋게 떨어지고 있었다. 나는 정원 안으로 천천히 들어섰다. 정원은 강기슭을 따라 멀리까지 뻗어 있었다. 드디어 데미안이 보였다. 그는 열린 작은 정자 안에서 웃통을 벗은 채, 매달린 샌드백 앞에서 권투 연습을 하고 있었다.

나는 놀라 멈춰 섰다. 데미안은 대단히 아름다워 보였다. 넓은 가슴과 안정되고 남자다운 머리 그리고 팽팽한 근육이 달라붙은 들어 올린 팔은 강하고 튼실했고, 몸의 움직임은 콸콸대는 샘물처럼 엉덩이와 어깨와 팔목에서 솟구쳐 나왔다.

"데미안!" 내가 소리쳤다. "거기서 뭐 하고 있는 거야?"

그는 반갑게 웃었다.

"훈련하는 중이야. 전에 봤던 조그만 일본인과 한판 붙기로 약속했거든. 그 녀석은 고양이처럼 날쌔고, 또 그만큼 위험하기도 하지. 하지만 나를 감당할 수는 없을 거야. 나한테는 그에게 갚아줘야 할 아주 작은 굴욕이 있어."

그가 셔츠와 재킷을 입었다.

"어머니한테는 벌써 다녀온 거야?" 그가 물었다.

"응, 데미안. 너의 어머니는 정말 멋진 분이시더라! 에바 부인! 그 이름도 어머니에게는 아주 잘 어울려. 마치 만물의 어머니 같거든."

그는 잠시 생각에 잠겨 나를 빤히 쳐다보았다.

"벌써 어머니 이름도 안 거야? 너, 진짜 대단하다! 어머니가 첫 번째 만남에서 자기 이름을 말해준 건 네가 처음이야."

그날 이후로 나는 마치 아들이나 형제처럼, 또 연인처럼 그 집을 드나들었다. 등 뒤로 문을 닫고 들어설 때면, 또는 어느덧 저 멀리 정원의 키 큰 나무들이 우뚝 서 있는 게 보일 때면, 나는 마음이 넉넉해지고 행복했다. 밖에는 '현실'이 있었고, 밖에는 거리와 집들, 사람과 시설들, 도서관과 강의실들이 있었다. 그러나 여기 안에는 사랑과 영혼이 있었고, 여기 안에서는 동화와 꿈이 살고 있었다. 그러나 우리는 결코 세상과 단절된 채로 살고 있지 않았고, 생각과 대화 속에서 우리는 종종 세상 한가운데에서 살았다. 단지, 우리는 경계선이 아니라 다른 방식의 바라보기에 의해 대다수의 사람들과 구분된 채, 다른 활동 영역에서 살았다. 우리의 역할은 세계 속의 섬 하나를 보여주는 것이었고, 어쩌면 하나의 전형, 어쨌거나 삶의 다른 가능성을 예고하는 것이었다. 나는, 오랫동안 고독한 개인이었던 나는 완전한 외로움을 맛본 사람들 사이에서 가능한 공동체를 알게 되었다. 나는 더 이상은 행복한 사람들의 식탁으로, 즐거운 사람들의 잔치로 돌아가기를 갈망하지 않았으며, 더는 다른 사람들의 공통점을 보며 부러움이나 향수를 느끼지 않았다. 그리고 서서히 '그 표지'를 지닌 사람들의 비밀 속으로 끌려 들어갔다.

표지를 지닌 우리는 당연히 이 세상이 보기에는 기이한 사람, 정신 나가고 위험한 사람으로 간주될 수도 있었다. 우리는 깨어난 사람 내지 깨어나고 있는 사람들이었고, 우리의 노력은 언제나 점점 더 완전해지는 깨어 있음을 향한 것이었다. 그와 달리, 다른 사람들의 행복 추구와 노력은 그들의 견해, 그들의 이상과 의무, 그들의 삶과 행복을 무리의 그것들과 점점 더 밀접하게 연관시키는 것이었다. 물론 그곳에도 노력은 있었고, 그곳에도 또한 힘과 위대함은 존재했다. 그러나 우리가 이해하기로는 우리의 표지를 지닌 사람들은 새로운 것, 개별화된 것, 미래의 것을 향한 자연의 의지를 나타냈던 반면, 다른 사람들은 고수하려는 의지 속에서 살고 있었다. 우리와 마찬가지로 인류를 사랑했던 그들에게, 인류는 보존되고 보호되어야만 하는 완성된 무언가였다. 반면, 우리에게 인류란 우리 모두가 향해 나아가고 있는 머나먼 미래였으며, 그 미래의 이미지는 아무도 몰랐고, 그 법칙은 어디에도 기록되어 있지 않았다.

에바 부인, 막스, 그리고 나 외에도 우리 모임에는 다소 멀든 가깝든 아주 다양한 유형의 많은 구도자들이 속해 있었다. 그들 중 일부는 특별한 길을 갔고, 고립된 목표를 설정했으며, 특별한 견해와 의무들에 연연했다. 그들 가운데는 점성술사와 카발리스트들도 있었고, 톨스토이 백작의 추종자 또한 한 명 있었으며, 온갖 섬세하고 수줍음 많고 상처받기 쉬운 사람들, 새로운 종파의 신봉자, 요가 수행자, 채식주의자 등등이 있었다. 서로의 비밀스러운 평생의 꿈에 대해 저마다가 존중을 표시한다는 것 말고는, 우리는 이 모든 사람들과 사실 아무런 정신적인 공통점도 공유하지 않았다. 지난 과거의 신들과 새로운 이상에 대한 인류의 모색을 추적했던 다른 사람들이 우리와 좀 더 가까웠는데, 그들의 연구는 종종 나에게 피스토리우스의 연구를 생각나게 했다. 그들은 책을 가져왔고, 고대 언어로 기록된 텍스트를 우리에게 번역해주었으며, 고대의 상징과 의식들이 그려진 삽화를 보여주었고, 인류가 지금까지 가지고 있었던 모든 이상이 인류가 자신들의 미래의 가능성이라는 예감을 더 듬어가며 모색했던 무의식적인 영혼의 꿈들로 구성되어 있음을 깨우쳐주었다. 그렇게 우리는, 기독교로의 개종이라는 여명이 밝아오기까지 존재했던 고대 세계의 수천 개의 머리를 지닌 불가사의한 신들의 뒤엉킨 미로를 헤쳐 지나갔다. 고독했던 독실한 신자들의 신앙 고백은 우리에게 전해졌고, 민족마다 상이한 종교의 변화도 알게 되었다. 그리고 우리가 수집했던 모든 것에서는, 엄청난 노력을 통해 인류를 위한 강력한 새 무기를 만들어냈지만, 온 세상을 얻기 위한 대가로 자신의 영혼을 잃어버리고 말았고, 결국에는 깊고 강렬한 정신의 황폐함에 빠져버린 우리 시대와 현재의 유럽에 대한 비판의식이 생겨났다.

여기에도 특정한 희망과 구원론을 믿는 신자와 추종자가 있었다. 유럽을 개종시키려는 불교도들이 있었고, 톨스토이 신봉자들과 다른 종파들도 있었다. 이 긴밀한 모임 안에서 우리는 이러한 교리들에 귀를 기울였고, 이들 가르침을 상징 외의 어떤 것으로도 받아들이지 않았다. 표지를 지닌 우리는 미래를 설계하는 데에는 전혀 관심이 없었다. 모든 종파와 구원론은 이미 진작에 죽어 쓸모없는 것처럼 여겨졌다. 그리고 우리는 오직 하나, 우리 각자가 완전히 자기 자신이 되고, 저마다의 안에서 작용하는 자연의 싹의 의지에 완전히 부응해 살게 되어, 불확실한 미래가 우리에게 가져올 수 있는 모든 것에 대비할 수 있게 되는 것만이 우리의 의무이자 운명이라고 생각했다.

왜냐하면 말을 했든 하지 않았든, 우리 모두는 현재의 것의 재생과 붕괴가 임박했고 이미 감지할 수 있다는 사실을 분명하게 느낄 수 있었기 때문이다. 데미안은 내게 종종 말하곤 했다. "이제 일어나게 될 일은 우리의 상상을 초월하는 것들이야. 유럽의 영혼은 영원토록 꽁꽁 묶여 있었던 짐승이야. 그 짐승이 풀려나게 된다면, 그의 첫 번째 움직임은 분명 가장 사랑스러운 것은 아닐 거야. 그러나 그토록 오랫동안 계속해서 없다고 거짓말로 부정되고 마비되었던 그 영혼의 진정한 욕구가 단지 밝혀지기만 한다면, 그 길이 곧게 뻗어 있는지 우회하는지는 그다지 중요하지 않아. 그러면 우리의 날이 올 것이고, 그러면 사람들은 우리를 필요로 하게 될 거야. 지도자나 새 입법자로서가 아니라, ─ 우리는 새로운 법을 더는 경험하지 못할 거야 ─ 그보다는 기꺼이 동참하는 사람들로서, 운명이 부르는 곳이면 어디든 함께할 마음의 준비가 되어 있는 사람들로서 말이야. 봐봐! 자신들의 이상이 위협받을 때면, 모두가 믿기 어려울 만큼 놀라운 일을 행할 준비가 되어 있어. 그러나 하나의 새로운 이상, 새롭지만 아마도 위험하고 섬뜩한 성장의 자극이 찾아와 문을 두드릴 때면, 그곳에는 아무도 없지. 우리는 바로 그때 그곳에 있고, 그들과 함께 갈 소수의 사람이 될 거야. 그렇게 하라고 우리에게는 표지가 주어진 것이니까. 공포와 증오를 불러일으켜, 그 당시의 인류를 좁은 목가적 환경에서 위험한 광활한 공간으로 내몰았던 카인처럼 말이야. 인류의 행로에 영향을 끼쳤던 사람들은 너나 할 것 없이 운명을 맞이할 준비가 되어 있었기 때문에 그 같은 능력과 영향력을 발휘할 수 있었던 거야. 모세와 부처도 마찬가지고, 나폴레옹과 비스마르크도 마찬가지지. 어느 흐름에 봉사하는지, 어떤 극단의 힘에 의해 지배받는지는 그들 자신이 선택할 수 있는 게 아니야. 비스마르크가 사회민주주의자들을 이해하고 그들에 대비했더라면, 그는 능수능란한 지배자일지는 몰라도 분명 운명적인 인간은 아니었을 거야. 나폴레옹, 카이사르, 로욜라, 모두가 마찬가지였지! 우린 그런 상황을 언제나 생물학적이거나 진화사적으로 생각해야 해! 지표면의 엄청난 변화가 수생 동물을 육지로 내몰고, 육지 동물을 물속으로 밀어 넣었을 때, 새로운 것과 들어보지 못한 것을 성취하고 새로운 적응을 통해 자신들의 종을 구할 수 있었던 것은 바로 운명을 맞이할 준비가 되어 있었던 표본들이었어. 그들 표본이 일찍이 자신들의 종 안에서 보수주의자이자 현상 유지자, 또는 기인이자 혁명가로서 두각을 나타냈었는지 우리는 알지 못해. 단지 그들은 준비가 되어 있었고, 그래서 새로이 전개되는 진화의 상황을 뛰어넘어 동족을 구할 수 있었다는 것만을 우리는 알고 있지. 그래서 우리는 준비되어 있고 싶은 거야."

그런 대화를 나눌 때면 에바 부인도 종종 자리를 함께하곤 했지만, 그녀 자신은 그런 식으로 이야기에 끼어들지는 않았다. 그녀는 각자의 생각을 말하는 우리들의 신뢰 가득하고 이해심 많은 경청

자이자 메아리였다. 마치 그런 생각들 모두가 그녀에게서 나왔다 가 그녀에게로 돌아가는 것만 같았다. 그녀 곁에 앉아, 때때로 그녀 의 목소리를 듣고, 그녀를 감싸고 있는 성숙함과 영혼의 분위기를 함께한다는 것은 내게 있어 더없는 행복이었다.

내 안에서 어떤 변화, 흐려짐이나 새로워짐이 일어날 때면, 그녀 는 즉시 알아차렸다. 자면서 꾸었던 꿈들이 마치 그녀가 불어넣은 영감인 것 같다는 생각이 들었다. 나는 그녀에게 그런 꿈 이야기를 자주 들려주었고, 그녀에게 그 꿈들은 명확한 감정으로 쫓아갈 수 없는 이상한 점이라곤 전혀 없는, 당연하고 자연스러운 것들이었 다. 한동안 나는 우리가 낮 동안에 나눴던 대화의 복사품 같은 꿈들 을 꾸었다. 나는 전 세계가 혼란에 빠지고, 내가 혼자서나 데미안과 함께 거대한 운명을 초조하게 기다리고 있는 꿈을 꾸었다. 운명은 베일에 싸여 있었지만, 어딘지 모르게 에바 부인의 특징을 지니고 있었다. 그녀에 의해 선택받거나 거부당한 것, 그것이 운명이었다.

그녀는 때로 미소 지으며 말했다. "싱클레어, 당신의 꿈은 완전 하지가 않아요. 당신은 최상의 부분을 잊었어요." 그러면 그 부분 이 다시금 내게 떠오르는 일도 벌어졌고, 그럴 때면 나는 어떻게 그 걸 잊어먹을 수 있었는지 도무지 이해하지 못하곤 했다.

나는 때때로 충족되지 못한 욕망으로 괴로워했다. 내 옆에 있는 그녀를 품에 안지 못한 채, 바라보기만 하는 것을 더는 참을 수 없 을 것만 같았다. 그녀는 그런 것 또한 즉시 알아차렸다. 한번은 여러 날을 떠나 있다가 반쯤은 정신이 나간 상태로 그 집을 다시 찾았다. 그러자 그녀는 나를 한쪽 옆으로 데려가 말했다. "당신이 믿지 않는 욕망에 굴복해서는 안 돼요. 나는 당신이 무엇을 원하는지 알고 있어요. 당신은 그러한 바람을 포기하거나, 아니면 완전히 적절하게 소망할 수 있어야 해요. 당신이 일단 자신 안에서 그 성취에 대해 완전히 확신하는 방식으로 소망할 수 있게 된다면, 그 성취 또한 존재하는 거예요. 그러나 당신은 바랐다가는 이내 또 후회하고, 그러면서 두려워해요. 그 모든 것을 극복해야 해요. 당신에게 동화 하나를 들려줄게요.”

그리고 그녀는 나에게 어느 별과 사랑에 빠졌던 젊은이의 이야기를 들려주었다. 그는 바닷가에 서 있었고, 두 손을 내뻗은 채 그 별을 경배했으며, 그 별의 꿈을 꾸었고, 그의 생각은 온통 별에 관한 생각으로 가득했다. 그러나 그는 사람이 별을 껴안을 수는 없다는 것을 알고 있거나 알고 있다고 생각했다. 그는 성취의 희망도 없이 별을 사랑하는 것이 자신의 운명이라고 생각했다. 그리고 그러한 생각에서 그는 체념 및 자신을 개선하고 정화해줄 무언의 충실한 고통에 관한 평생의 작품을 썼다. 그러나 그의 모든 꿈은 무산되었다. 어느 날 밤, 그는 다시 바닷가 높은 절벽에 서서 별을 올려다보며 사랑으로 불타올랐다. 그리고 가장 큰 갈망의 순간, 그는 별을 향해 훌쩍 뛰어 허공에 몸을 던졌다. 그러나 뛰어드는 순간에도 그는 번개처럼 생각했다. 이건 정말이지 불가능한 일이야! 그는 절벽 아래 바닷가로 떨어져 산산이 부서졌다. 그는 사랑하는 법을 몰랐다. 뛰어내리던 순간의 그에게 견고하고 확실하게 성취를 믿는 영혼의 힘이 있었다면, 그는 위로 날아올라 별과 하나가 되었을지도 모른다.

“사랑은 애원하는 게 아니에요.” 그녀가 말했다. “또, 졸라서도 안 되고요. 사랑은 그 자체로 확신에 이르게 하는 힘이 있어야 해요. 그러면 더 이상 당겨지는 것이 아니라, 끌어당기게 되지요. 싱클레어, 당신의 사랑은 나에 의해 이끌리고 있어요. 언제고 당신의 사랑이 나를 끌어당긴다면, 그러면 내가 다가갈 거예요. 나는 나를 선물로 주는 것이 아니라, 정복당하고 싶어요.”

그러나 또 한 번은 그녀가 내게 다른 동화를 들려주었다. 희망 없이 사랑했던 어느 연인의 이야기였다. 그는 자신의 영혼 속으로 완전히 물러나서 자신이 사랑으로 불타고 있다고 생각했다. 세상은 그에게서 사라져버렸고, 그는 푸른 하늘과 초록 숲을 더 이상 보지 못했으며, 시냇물도 그에게는 살랑살랑 속삭이지 못했고, 하프 소리도 그에게는 울리지 않았다. 모든 것이 가라앉았고, 그는 가련하고 비참해졌다. 그러나 그의 사랑은 더욱 커졌고, 그는 사랑하는 아름다운 여인을 소유하기를 포기하느니 차라리 죽어 없어지기를 원했다. 그때, 그는 자신의 사랑이 그의 안에 있는 다른 모든 것을 태워버렸음을 느꼈다. 그 사랑은 점점 더 강력해져서 끌어당기고 당겼으며, 아름다운 여인은 따라올 수밖에 없었고, 그녀는 왔으며, 그는 그녀를 자기 쪽으로 끌어당기기 위해 두 팔을 활짝 벌리고 서 있었다. 그러나 그녀가 그의 앞에 서던 순간, 그녀는 완전히 변해 있었다. 그는 전율을 느끼며, 그가 잃어버렸던 세계 전체를 자신에게로 끌어들였음을 깨달았다. 그녀는 그의 앞에 서서 그에게 순종했다. 하늘과 숲과 시냇물, 그 모든 것이 새로운 색으로 신선하고 찬란하게 그를 향해 다가왔고, 그에게 속했으며, 그의 언어로 말했다. 그리고 그는 단지 여인 하나를 얻는 대신에 가슴속에 온 세상을 품었고, 하늘의 모든 별은 그의 안에서 빛났으며, 기쁨은 그의 영혼을 통해 반짝였다. 그는 사랑했고, 그 과정에서 자기 자신을 발견했다.

그러나 대부분의 사람들은 사랑하다 자기 자신을 잃고 만다.

에바 부인을 향한 나의 사랑은 내 삶의 유일한 내용인 것 같았다. 그러나 그녀는 날마다 달라 보였다. 때때로 나는 내 본질이 매혹당해 추구하는 것은 그녀라는 사람이 아니며, 그녀는 단지 내 내면의 상징일 뿐으로 나를 더 깊이 나 자신에게로 데려가려 한다고 확신하곤 했다. 나는 종종 마치 내 마음을 뒤흔드는 절박한 질문들에 대해 나의 무의식이 대답하는 것처럼 그녀가 말하는 것을 듣곤 했다. 그러고 나면, 다시금 그녀 옆에서 관능적인 욕망으로 불타오르며, 그녀가 만졌던 물건들에 입 맞추는 순간이 있었다. 그리고 점차 관능적이고 관능적이지 않은 사랑과 현실과 상징이 한데 겹쳐졌다. 그러다가 나는 집에 있는 내 방에서 편안하고 친밀하게 그녀를 생각하면서, 내 손에서는 그녀의 손이, 내 입술에서는 그녀의 입술이 느껴진다고 상상했다. 또는 내가 그녀 집에서 그녀의 얼굴을 바라보며 그녀와 말을 하고 그녀의 목소리를 들었지만, 그녀가 정말로 거기 있는 것인지 아니면 꿈속에 보이는 것인지 구분이 되질 않았다. 나는 사람들이 어떻게 하나의 사랑을 지속적이고 사그라들지 않게 소유할 수 있는지 예감하기 시작했다. 책을 읽다가 새로운 깨달음을 하나 얻었는데, 마치 에바 부인의 키스와 같은 느낌이었다. 그녀는 내 머리를 쓰다듬어주었고, 미소 지으며 그녀의 성숙하고 향기로운 온기를 내게 풍겼으며, 그리고 나는 마치 나 자신이 내적으로 한 단계 발전한 것 같다는 느낌을 받았다. 내게 있어 중요하고 운명적이었던 모든 것이 그녀의 모습으로 구체화될 수 있었다. 그녀는 내 생각 하나하나로 바뀔 수 있었고, 나의 생각 하나하나는 그녀로 바뀔 수 있었다.

나는 부모님 집에서 머물러야 했던 크리스마스 휴가가 다가오는 게 두려웠다. 에바 부인과 떨어져 지내야 하는 2주 동안이 참기 힘든 고통일 것이라고 생각했기 때문이다. 그러나 전혀 그렇지 않았다. 집에 있으며 그녀를 떠올리는 것은 멋진 일이었다. H시로 돌아오고 나서도 나는 이틀 동안 그녀의 집을 찾지 않았다. 그녀의 관능적 존재로부터의 그 같은 안정과 독립을 음미하기 위해서였다. 나는 또한 그녀와 나의 결합이 새로운 비유적인 방식으로 일어나는 꿈들을 꾸었다. 그녀는 바다였고, 나는 그 안으로 흘러 들어갔다. 그녀는 별이었고, 나 자신도 별이 되어 그녀에게로 가는 길에 있었다. 우리는 서로 만났고, 서로에게 끌리는 것을 느꼈으며, 함께 머물렀고, 가깝고도 소리 나는 원을 그리며 언제나 더없이 행복하게 서로를 맴돌았다.

그녀를 다시 방문하던 날, 나는 그녀에게 그 꿈 이야기를 했다.

"아름다운 꿈이군요." 그녀가 조용히 말했다. "그 꿈을 현실로 만드세요!"

초봄의 어느 날, 결코 잊지 못하는 하루가 찾아왔다. 나는 거실 안으로 들어섰다. 창문 하나가 열려 있었고, 온화한 기류가 히아신스의 묵직한 향기를 실내 공간에 퍼뜨리고 있었다. 아무도 보이지 않았고, 나는 막스 데미안의 서재로 이어지는 계단을 올라갔다. 나는 가볍게 노크했고, 평소처럼 응답을 기다리지 않고 서재 안으로 들어섰다.

방 안은 어두웠고, 커튼은 모두 드리워져 있었다. 데미안이 화학 실험실로 꾸며 놓은 작은 옆방으로 들어가는 문은 열려 있었다. 그 방에서는 비구름 사이로 비치는 초봄의 밝고 하얀 햇살이 비쳐 들어왔다. 나는 아무도 없다고 생각하고 커튼 하나를 열어젖혔다.

그 순간, 나는 커튼으로 가리어진 창문 가까이에 놓인 의자에 막스 데미안이 잔뜩 웅크린 채 기이하게 변한 모습으로 앉아 있는 것을 보았다. 그리고 한 가지 생각이 번개처럼 나를 스치고 지나갔다. 전에도 이미 한 번 저런 모습을 경험한 적이 있어! 그는 두 팔을 축 늘어뜨리고 있었고, 두 손은 무릎에 올려져 있었으며, 두 눈을 뜬 채 살짝 앞으로 숙인 얼굴은 멍하니 죽어 있었고, 그의 눈동자에서는 마치 한 조각 유리에서처럼 작고 현란한 반사광이 생기 없이 번득였다. 창백한 얼굴은 자기 자신 안으로 가라앉은 채, 엄청난 경직 외에는 다른 아무런 표정도 없었고, 마치 어느 사원의 입구에 있는 태곳적 동물의 마스크처럼 보였다. 그는 숨을 쉬지 않는 것 같았다.

문득, 기억이 났다. 그렇다. 그런 모습의 그를 나는 이미 한 차례 본 적이 있었다. 수년 전, 내가 아직 어린 소년이었을 때였다. 그의 눈은 지금처럼 내면을 응시하고 있었고, 그의 두 손은 생기 없이 나란히 놓여 있었으며, 그의 얼굴 위로는 파리 한 마리가 기어다니고 있었다. 그리고 아마도 6년 전, 그는 지금같이 나이 들고 지금같이 세월의 흔적이 사라진 모습이었다. 얼굴의 주름은 오늘과 하나도 다르지 않았다.

나는 겁에 질린 채, 조용히 방을 나와 계단을 내려갔다. 나는 거실에서 에바 부인을 마주쳤다. 그녀는 창백하고 피곤해 보였다. 그런 모습은 이제껏 한 번도 본 적이 없었다. 그림자 하나가 창문을 스쳐 지나갔고, 눈부시게 하얀 햇빛은 갑자기 사라졌다.

"데미안한테 갔었어요." 나는 다짜고짜 속삭이듯 말했다. "무슨 일이 있었나요? 데미안이 자고 있어요. 아니면, 생각에 빠진 건지,

잘 모르겠어요. 전에도 그런 모습을 본 적이 있어요."

"하지만 그 아이를 깨우지는 않았지요?" 그녀가 황급히 물었다.

"네. 데미안은 제가 들어가는 소리도 듣지 못했어요. 저는 바로 밖으로 나왔고요. 에바 부인, 데미안이 왜 저런 거예요?"

그녀는 손등으로 이마를 쓰다듬었다.

"걱정 마요, 싱클레어. 아무 일도 아니니까요. 그 아이는 되돌아가 있는 거예요. 하지만 오래 걸리지는 않을 거예요."

비가 막 내리기 시작했지만, 그녀는 자리에서 일어나 정원으로 나갔다. 그녀를 따라 나가서는 안 될 것 같다는 느낌이 들었다. 그래서 나는 거실 안을 서성이며 매혹적인 히아신스 꽃향기를 맡았고, 문 위에 있는 나의 새의 그림을 응시하다, 그날 아침 그 집을 가득 채우고 있던 기이한 그림자를 중압감 속에 들이마셨다. 이게 뭐지? 무슨 일이 일어난 걸까?

에바 부인은 얼마 지나지 않아 돌아왔다. 그녀의 검은 머리카락에는 빗방울이 맺혀 있었다. 그녀는 안락의자에 앉았다. 피곤함이 그녀에게 드리워져 있었다. 나는 그녀에게 다가가, 그녀 위로 몸을 숙이고, 그녀의 머리카락에 묻은 물방울에 입 맞췄다. 그녀의 두 눈은 밝고 고요했지만, 그 빗방울에서는 눈물 맛이 났다.

"제가 데미안한테 가볼까요?" 나는 속삭이듯 물었다.

그녀는 살며시 미소 지었다.

"싱클레어, 어린아이처럼 그러지 마요!" 그녀는 마치 자기 안에 있는 어떤 속박을 깨부수기라도 하듯 큰 소리로 경고했다. "지금은 그만 갔다가, 이따가 다시 와요. 지금은 당신과 아무런 이야기도 할 수가 없겠어요."

나는 집과 마을을 벗어나 잰걸음으로 산을 향해 걸어갔다. 비스 듬히 내리는 가느다란 빗줄기가 나를 향해 다가왔고, 구름은 두려 움에 휩싸인 듯 무겁게 눌려 낮게 흘러갔다. 아래쪽에서는 바람이 거의 불지 않았으나, 높은 곳에서는 폭풍이 몰아치는 것 같았다. 무 쇠같이 단단한 회색 구름 사이로 해가 잠깐씩 창백하고 눈부시게 모습을 드러냈다.

그때, 하늘 저편에서 느슨한 노란 구름이 몰려오더니, 회색 벽에 막혀 나아가질 못했다. 그리고 바람은 노랑과 파랑으로 순식간에 형상 하나를 만들어냈다. 한 마리 거대한 새였다. 그 새는 파란 혼돈 을 뿌리치고 나왔고, 몇 차례 날갯짓과 더불어 하늘 속으로 사라졌 다. 그러자 폭풍우 소리가 들려왔고, 비가 우박과 뒤섞여 후드득 소 리를 내며 쏟아졌다. 짧고, 믿기 어려울 만큼 섬뜩하게 울리는 천둥 이 채찍질 당한 풍경 위에서 우르릉 쾅 소리를 냈다. 그리고 곧이어 한 줄기 햇빛이 다시금 살짝 비쳤고, 가까이 있는 산들의 갈색 숲 위에서는 창백한 눈이 흐릿하고 비현실적으로 반짝였다.

몇 시간 후, 비에 젖고 바람에 시달린 나는 다시 돌아갔고, 데미 안은 그런 나를 맞아 직접 현관문을 열어주었다.

그는 나를 데리고 그의 방으로 올라갔다. 실험실에는 가스 불꽃 이 켜져 있었고, 종이가 여기저기 널려 있었다. 뭔가 작업을 하고 있었던 것 같았다.

"앉아." 그가 말했다. "피곤하겠다. 날씨가 고약했잖아. 밖에 있 느라 고생 좀 했다는 건 보기만 해도 알겠어. 곧 차를 내올 거야."

"오늘은 뭔가가 이상해." 나는 머뭇거리며 말을 꺼냈다. "그저 단 순한 약간의 악천후가 아닐 수도 있어."

그는 나를 유심히 바라보았다.

"뭔가를 본 거야?"

"응. 구름 속에서 순간적으로 하나의 형상을 또렷이 보았어."

"무슨 형상인데?"

"한 마리 새였어."

"새매? 그걸 본 거야? 네 꿈속의 새?"

"맞아, 내 새매였어. 그 새는 노랗고 거대했는데, 검푸른 하늘로 날아갔어."

데미안이 한숨을 내쉬었다.

노크 소리가 들렸고, 나이 든 하인이 차를 가져왔다.

"차부터 좀 마셔, 싱클레어. 내 생각에, 네가 우연히 그 새를 본 건 아닐 듯 싶은데?"

"우연히 봤다고? 그런 걸 우연히 보기도 하나?"

"맞아, 그렇지는 않지. 그 새는 뭔가를 의미하는 거야. 그게 뭔지 알겠어?"

"아니. 나는 단지 그게 어떤 격동을 의미한다고 느낄 뿐이야. 운명 속의 한 걸음 말이야. 나는 그것이 우리 모두와 관련이 있다고 생각해."

그는 격정적으로 방 안을 왔다 갔다 했다.

"운명 속의 한 걸음!" 그가 큰 소리로 외쳤다. "나도 어젯밤에 비슷한 꿈을 꿨어. 그리고 어머니는 어제 똑같은 것을 말해주는 예감을 느꼈고. 꿈을 꾸는데, 내가 어떤 나무줄기이거나 탑에 기대어 놓은 사다리를 타고 올라가고 있었어. 꼭대기에 올라가니, 전체가 다 보였지. 도시와 마을들이 불타고 있는 거대한 평야였어. 아직 모든 것을 다 말해줄 수는 없어. 내게도 아직은 모든 게 명확하지는 않거든."

"그 꿈을 너와 관련지어 해석하는 거야?" 내가 물었다.

"나와 관련짓냐고? 당연하지. 자신과 상관없는 일을 꿈꾸는 사람은 아무도 없어. 그러나 네 말이 맞아. 그게 내 일인 것만은 아니지. 나는 나 자신의 영혼 속에서의 움직임을 보여주는 꿈들과, 아주 드문 경우이기는 하지만 인간의 운명 전체가 암시되는 꿈들을 꽤 정확하게 구별해. 나는 그런 꿈을 꾼 적이 거의 없었고, 일종의 예언이었으며 실현되었다고 말할 수 있는 꿈을 꾼 적은 아직 한 번도 없었어. 그 꿈들의 해석은 너무나 불확실해. 하지만 단지 나 혼자만의 문제가 아닌 뭔가를 꿈꾸었다는 것만큼은 분명하게 알고 있어. 그 꿈은 내가 전에 꿈꾸었고, 어젯밤의 꿈으로 이어지는 다른 꿈들의 일부이기 때문이야. 싱클레어, 나는 바로 그 꿈들에게서 내가 이미 너에게 말했던 예감을 얻었어. 우리는 우리의 세계가 정말로 썩어 있다는 것을 알고 있지만, 그것이 세계의 파멸이나 그와 비슷한 것을 예언할 진짜 근거는 될 수 없을 거야. 그러나 나는 몇 년째 꿈을 꾸고 있어. 그리고 그 꿈들을 통해 내가 추론하거나, 느끼거나, 아니면 다른 무엇이어도 상관없겠지만, 어쨌거나 내가 그 꿈들에게서 느끼는 것은 그러니까 이 오래된 세계의 붕괴가 점점 다가오고 있다는 사실이야. 처음에는 아주 빈약하고 막연한 예감이었지만, 그것들은 점점 더 분명해지고 강해졌어. 아직은, 나와도 관계가 있는 뭔가 대단하고 끔찍한 일이 눈앞에 닥쳤다는 것 말고는 나도 아는 게 없어. 싱클레어, 우리는 우리가 종종 이야기했던 것을 경험하게 될 거야! 세계는 새로워지려 하고 있어. 죽음의 냄새가 나. 죽음 없이는 어떤 새로운 것도 일어나지 못해. 그것은 내가 생각했던 것보다 훨씬 더 끔찍해." 나는 깜짝 놀라 그를 바라보았다.

"네가 꾼 꿈의 나머지 부분도 말해줄 수는 없어?" 나는 조심스럽게 물었다.

그는 고개를 저었다.

"아니."

문이 열리고, 에바 부인이 들어왔다.

"여기에 같이들 있었구나! 너희들, 슬픔에 빠지게 되는 건 아니겠지?"

그녀는 생기 있어 보였고, 더는 조금도 피곤해 보이지 않았다. 데미안은 그녀에게 미소 지었고, 그녀는 겁에 질린 아이들에게로 가는 엄마처럼 우리에게 다가왔다.

"어머니, 우리는 슬퍼하고 있는 게 아니에요. 단지, 이 새로운 징후의 수수께끼를 풀어보려 했을 뿐이에요. 하지만 그런 짓은 아무 의미가 없네요. 일어나려는 것은 갑자기 일어나게 될 것이고, 그러면 우리는 우리가 알아야 할 것을 어느새 경험하게 될 거예요."

그러나 나는 왠지 편치 않은 기분이 들었다. 그리고 작별 인사를 하고 혼자서 거실을 걸어가던 나에게는 히아신스 향기가 시들고, 무미건조하며, 시체 같다고 느껴졌다. 우리 위로 그림자 하나가 드리워져 있었다.

종말의 시작

나는 그해 여름학기도 H시에 머물겠다는 나의 주장을 관철시켰
다. 집에 있는 대신, 우리는 이제 거의 언제나 강가의 정원에서 시
간을 보냈다. 그 밖에도 격투 시합에서 제대로 패배를 맛봤던 일본
인은 떠나갔고, 톨스토이 추종자도 없었다. 데미안은 말 한 마리를
소유하고 있었고, 날마다 장시간 말을 탔다. 나는 종종 그의 어머니
와 단 둘이 있었다.

때때로, 나는 내 삶의 평화로움에 놀라곤 했다. 나는 너무나 오
랫동안 혼자 있는 것에, 포기를 실천하는 것에, 나의 고통과 힘들게
씨름하는 것에 익숙해져 있었다. 그래서 H시에서의 그 몇 달은 단
지 아름답고 즐거운 것들과 감정에 매혹되어 편안하게 살 수 있는
꿈의 섬처럼 보였다. 나는 이것이 우리가 생각해왔던 저 새롭고 더
높은 공동체의 서곡임을 예감했다. 하지만 나는 늘 이 같은 행복에
대한 깊은 슬픔에 사로잡혀 있었다. 왜냐하면 그런 행복이 지속되

지 않으리란 것을 잘 알고 있었기 때문이다. 내게는 충만함과 편안함 속에서 숨 쉴 운명이 주어지지 않았고, 내게는 고통과 역경이 필요했다. 언젠가 이 아름다운 사랑의 이미지들에서 깨어나, 다시금 타인들의 차가운 세계 속에 완전히 홀로 서 있게 될 것이며, 그곳에서는 오직 고독이나 투쟁만이 나를 기다리고 있을 뿐, 평화도, 함께하는 삶도 없을 것이란 사실을 나는 느꼈다.

그럴 때면 나는 곱절의 애착을 느끼며 에바 부인 곁으로 바짝 다가갔고, 내 운명이 여전히 그 아름답고 고요한 모습을 지니고 있다는 사실에 기뻐했다.

그 여름의 몇 주는 빠르고 쉽게 지나갔고, 학기는 어느새 끝나가고 있었다. 이별이 임박해 있었지만, 나는 그에 대해서는 생각하고 싶지 않았고, 또 그러지도 않았다. 그 대신, 꽃의 꿀을 찾는 나비처럼 아름다운 날들에 매달렸다. 지금이야말로 나의 행복한 시간이었고, 나의 인생의 첫 번째 성취이자 내가 결속으로 받아들여짐이었다. 그러고 나면 과연 어떻게 될까? 나는 아마도 다시금 힘겹게 나의 길을 찾아 나설 것이고, 그리움에 시달릴 것이며, 꿈을 꿀 것이고, 다시 혼자가 될 것이다.

그러던 어느 날, 그 같은 예감이 너무도 강렬하게 나를 엄습했고, 에바 부인에 대한 나의 사랑은 갑자기 고통스럽게 불타올랐다. 세상에! 이제 곧 끝이야. 그러고 나면 나는 그녀를 더 이상 보지 못할 것이고, 집 안을 걸어 다니는 그녀의 안정되고 기분 좋은 발걸음 소리를 더 이상 듣지 못할 것이고, 내 책상 위에는 더 이상 그녀의 꽃이 놓여 있지 않을 거야! 그런데 나는 무엇을 성취했지? 그녀를 얻는 대신에, 그녀를 얻기 위해 투쟁하는 대신에, 그녀를 영원히 내게로 끌어오는 대신에, 나는 꿈을 꾸었고, 편안함 속에 나를 내맡겼어! 그녀가 일찍이 진정한 사랑에 대해 내게 말했던 모든 것이, 수백 가지 세련되고 경고하는 말들이, 수백 가지 그윽한 유혹들, 어쩌면 약속이었을지도 모를 것들이 내게 떠올랐다. 그것들에서 나는 무엇을 이루어냈는가? 아무것도 없었다! 아무것도!

나는 방 한가운데에 서서, 나의 모든 의식을 한데 모아 에바 부인을 생각했다. 내 영혼의 힘을 한데 모아, 그녀가 내 사랑을 느끼게 하고 싶었고, 그녀를 나에게로 끌어당기고 싶었다. 그녀는 와야만 했고, 나의 포옹을 갈망해야 했고, 나의 키스는 만족할 줄 모른 채 그녀의 성숙한 사랑의 입술을 헤집고 들어가야 했다.

나는 서서, 손가락과 발이 차가워질 때까지 긴장했다. 내게서 힘이 빠져나가는 것이 느껴졌다. 잠시, 내 안에서 무언가가 단단하고 긴밀하게 움츠러들었다. 밝고 서늘한 무언가였다. 나는 한순간 내가 가슴에 수정을 지니고 있다는 느낌을 받았고, 그것이 나의 자아였음을 깨달았다. 냉기가 가슴까지 치고 올라왔다.

끔찍한 긴장에서 깨어나자, 무언가가 다가오는 것 같은 느낌이 들었다. 죽을 만큼이나 탈진한 상태였지만, 나는 에바가 뜨겁게 달아올라 황홀해하며 방으로 들어서는 것을 바라볼 준비가 되어 있었다.

말발굽 소리가 또각또각 길게 뻗은 길을 따라 다가왔고, 가깝고 강하게 들리더니 갑자기 멈추었다. 나는 창가로 달려갔다. 아래에서는 데미안이 말에서 내리고 있었다. 나는 뛰어 내려갔다.

"데미안! 무슨 일이야? 어머니한테 무슨 일이 생긴 건 아니지?"

그는 내 말에 귀 기울이지 않았다. 그의 얼굴은 몹시 창백했고,

이마 양쪽에서는 땀이 뺨을 타고 흘러내리고 있었다. 그는 흥분한 말의 고삐를 정원 울타리에 매고는, 내 팔을 잡고 나와 함께 길을 따라 걸어갔다.

"너도 벌써 들었니?"

나는 아무것도 몰랐다.

데미안은 내 팔을 꼭 잡았고, 어둡고 측은하고 기이한 눈빛으로 나를 향해 얼굴을 돌렸다.

"그러니까, 이제 시작된 거야. 러시아와의 고조된 긴장에 대해서는 너도 알고 있었지."

"뭐? 전쟁이라고? 나는 전쟁이 일어날 거라고는 전혀 생각도 못했어."

가까이에는 아무도 없었지만, 그는 나직하게 말했다.

"아직 선포되지는 않았어. 그러나 전쟁은 있을 거야. 그것만큼은 믿어도 돼. 지금까지 그 일로는 더 이상 너를 귀찮게 하지 않았지만, 그때 이후로 나는 세 차례 새로운 징후를 보았어. 그러니까 세상의 종말도 아니고, 지진도 아니며, 혁명도 아닐 거야. 그것은 전쟁이 될 거야. 너는 그것이 사람들에게 끼치는 영향을 보게 될 거야! 그것은 사람들에게 커다란 기쁨이 될 거야. 지금도 모두가 전쟁이 발발하기만을 고대하고 있어. 그들에게는 삶이 그만큼 싱겁고 따분해진 거야. 하지만 싱클레어, 너도 알게 되겠지만, 이것은 그저 시작에 불과해. 어쩌면 거대한 전쟁이 될지도 몰라. 엄청나게 거대한 전쟁 말이야. 하지만 그것조차도 시작에 불과하지. 새로운 것이 시작되고 있어. 그리고 새로운 것은 옛것에 매달리는 사람들에게는 끔찍한 것일 거야. 너는 무엇을 할 거야?"

나는 당황스러웠고, 그 모든 것이 여전히 낯설고 비현실적인 것으로만 여겨졌다.

"난 잘 모르겠어. 그럼 너는?"

그는 어깨를 으쓱해 보였다.

"동원령이 내려지는 대로 곧바로 입대할 거야. 나는 소위거든."

"네가 소위라고? 나는 전혀 몰랐네."

"그래, 그게 내가 택한 순응 가운데 하나였으니까. 너도 알듯이, 나는 밖으로는 주목받는 것을 좋아하지 않았어. 그리고 결점이 없기에는 늘 조금은 지나치다 싶을 정도로 많은 일을 벌였고. 내 생각에, 8일 후 정도면 벌써 전쟁터에 나가 있을 거야."

"세상에!"

"이 일을 감상적으로 받아들일 필요는 없어. 사실, 나는 기본적으로 살아있는 사람들에게 총을 겨누라고 명령하는 것을 즐기지는 않을 거야. 하지만 그런 것은 부차적인 것이 될 거야. 이제 우리 모두는 거대한 수레바퀴 안으로 끌려 들어가게 될 거야. 너도 마찬가지야. 너도 분명 징집될 거야."

"그럼 데미안, 네 어머니는?"

나는 그제야 비로소 15분 전에 있었던 일을 다시금 기억해냈다. 세상이 얼마나 변했던가! 나는 가장 달콤한 이미지를 불러내기 위해 전력을 다해 집중했고, 이제 운명은 갑자기 위협적인 가면을 쓴 채 나를 새롭게 바라보았다.

"어머니? 아, 어머니에 대해서는 아무 걱정할 필요가 없어. 어머니는 안전해. 지금 세상에 살고 있는 누구보다도 더 안전해. 그런데 어머니를 그토록 사랑하는 거야?"

"너도 알고 있었어?"

그가 밝고 소탈하게 웃었다. "어린 친구! 당연히 알고 있었지. 나의 어머니를 에바 부인이라고 불렀던 사람 가운데 그녀를 사랑하지 않았던 이는 이제껏 아무도 없었거든. 그건 그렇고, 어땠어? 너, 오늘 어머니나 나를 부르지 않았니? 그렇지?"

"응, 불렀어. 에바 부인을 불렀어."

"어머니는 그걸 느꼈어. 그래서 너한테 가야 한다고 갑자기 나를 보낸 거야. 어머니에게도 방금 러시아에 관한 소식을 말씀드렸거든."

우리는 돌아서서 조금 더 이야기를 나눴고, 그는 고삐를 풀고 말에 올라탔다.

위층에 있는 내 방에 돌아와서야 나는 내가 데미안이 전해준 소식으로 인해, 그리고 그보다도 더 그 이전의 긴장으로 인해 얼마나 지쳐 있는지 비로소 깨달았다. 그러나 에바 부인은 내 말을 들었다! 나는 내 마음속 생각으로 그녀에게 도달했던 것이다. 어쩌면 그녀가 직접 찾아왔을지도 모른다. 그렇지 않더라도 이 모든 것은 얼마나 특별하고, 근본적으로 얼마나 아름다운가! 이제 전쟁이 일어날 것이었다. 이제 우리가 몇 번이고 이야기했던 일이 일어나기 시작할 것이었다. 그리고 데미안은 그에 대해 아주 많은 것을 이미 알고 있었다. 세상의 흐름은 이제 더 이상 어딘가에서 우리 곁을 스쳐 지나가지 못한다. 세상의 흐름은 이제 갑자기 우리의 가슴 한가운데를 관통해 지나간다. 모험과 거친 운명이 우리를 부르고 있었다. 세상이 우리를 필요로 하고, 스스로 변하고자 하는 순간이 이제 찾아왔고, 아니면 이제 곧 찾아올 것이다. 이 모든 사실은 얼마나 기이

한가! 그 같은 상황을 감상적으로 받아들여서는 안 된다는 데미안의 생각은 옳았다. 단지, 그토록 고독한 '운명'이라는 사안을 내가 이제 그렇게 많은 사람들과, 그리고 온 세상과 함께 경험해야 한다는 사실이 기묘할 뿐이었다. 그럼 좋지!

나는 준비가 되어 있었다. 저녁이 되고, 나는 시내를 지나 걸어갔다. 도시 곳곳은 엄청난 흥분으로 들끓고 있었다. 어디서나 "전쟁"이라는 말이 들려왔다!

나는 에바 부인의 집으로 갔고, 우리는 정자에서 저녁을 먹었다. 손님은 나 하나뿐이었다. 아무도 전쟁에 대해서는 한마디도 하지 않았다. 단지 시간이 흐르고, 내가 떠나기 직전에야 에바 부인이 말했다. "사랑하는 싱클레어, 오늘 당신이 나를 불렀어요. 그리고 내가 직접 가지 않은 이유는 잘 알고 있을 거예요. 그러나 당신이 이제는 부름을 알고 있다는 것을 기억하세요. 그리고 그 표지를 지닌 누군가가 필요할 때면, 언제든 다시 부르고요!"

그녀는 자리에서 일어나, 황혼빛에 물든 정원을 앞서 걸어갔다. 신비로운 그 여인은 고요한 나무들 사이를 고귀하고 위엄 있게 걸어갔고, 그녀의 머리 위에서는 수많은 별들이 희미하고 부드럽게 빛나고 있었다.

나의 이야기는 이제 끝나가고 있다. 상황은 급격히 진행되었다. 얼마 지나지 않아 전쟁이 발발했고, 데미안은 은회색 외투에 제복을 입은 기이하고 낯선 모습으로 차를 타고 떠나갔다. 나는 그의 어머니를 집까지 바래다주었다. 곧이어 나도 그녀와 작별 인사를 나눴고, 그녀는 내 입술에 키스하고 잠시 나를 안아주었다. 그녀의 커다란 두 눈은 가깝고 흔들림 없이 내 눈 속으로 불타올랐다.

모든 사람들이 형제 같았다. 그들은 조국과 명예를 생각했다. 그러나 그들 모두가 잠시나마 베일이 벗겨진 얼굴을 바라보는 것은 운명이었다. 젊은이들은 병영에서 나와 기차에 몸을 실었고, 수많은 얼굴 위에서 나는 하나의 표지를 보았다. 그것은 우리 것이 아니었다. 그것은 사랑과 죽음을 의미하는 아름답고 위엄 있는 표지였다. 나 또한 본 적도 없는 사람들의 품에 안겼고, 나는 그것을 이해했으며, 기꺼이 그에 응답했다. 그들이 그렇게 했던 것은 일종의 도취였을 뿐, 운명의 의지가 아니었다. 그러나 도취는 신성했고, 이는 그들 모두가 그 짧고 일깨우는 운명의 눈을 들여다보았다는 사실에서 비롯된 것이었다.

내가 전쟁터에 도착했을 때는 이미 겨울로 접어들고 있었다.

처음에는 총격전이라는 충격에도 불구하고 모든 것에서 환멸을 느꼈다. 전에는, 이상을 위해 살고자 하는 사람이 왜 그렇게도 극히 드문가에 대해 많이 생각하곤 했었다. 하지만 이제 나는 많은 사람들이, 아니 모든 사람들이 이상을 위해 죽을 수도 있다는 사실을 알게 되었다. 단, 그 이상은 개인적이고 자유롭고 선택한 것이 아니라, 공통의 떠맡겨진 이상이어야 했다.

그러나 시간이 지나면서 나는 내가 사람들을 과소평가했다는 것을 알게 되었다. 봉사와 공동의 위험이 그들을 획일화시킨 만큼, 나는 진정 많은 사람들이, 살아 있는 사람과 죽어가는 사람들이 운명의 의지에 훌륭하게 다가서고 있음을 보았다. 많은 사람들이, 아주 많은 사람들이 공격할 때뿐만 아니라 언제든지, 목적이라는 것은 전혀 알지 못한 채 거대한 것에 완전히 헌신하고 있음을 의미하는 단호하고 멀고 조금은 광적인 눈빛을 띠고 있었다. 그들이 무엇을 원하든, 그들은 자신들이 준비가 되어 있고, 쓸모가 있으며, 그들로부터 미래가 형성되리라고 믿고 생각한다. 그리고 세상이 전쟁과 영웅 정신, 명예와 다른 오래된 이상에 더욱 완고하게 초점이 맞춰져 있는 것처럼 보일수록, 겉으로 드러나는 인간성의 목소리 하나하나는 그만큼 더 멀고 더 비현실적으로 들렸다. 그리고 전쟁의 외적이고 정치적인 목적에 대한 물음이 피상적인 것에 머무는 것과 마찬가지로, 이 모두는 단지 표면적인 것에 불과했다. 깊은 곳에서는 새로운 인간성과 같은 무언가가 생성되고 있었다. 나는 많은 이들을 볼 수 있었고, 그들 중 일부는 내 곁에서 죽어갔기 때문이다. 그들은 증오와 분노, 살인과 파괴가 그 대상과 연결되어 있지 않다는 것을 감정적으로 깨닫게 되었다. 그랬다! 목적과 마찬가지로, 대상은 완전히 우연적인 것이었다. 원초적 감정들은 제아무리 거칠다 할지라도 적을 향해 있지 않았고, 그들의 피비린내 나는 행위는 단지 다시 태어날 수 있기 위해 미쳐 날뛰고 죽이고 파괴하고 죽으려 하는 우리의 분열된 영혼, 우리의 내면의 발산에 불과했다. 거대한 새가 알에서 나오기 위해 싸우고 있었고, 그 알은 세계였으며, 그 세계는 파괴되어야만 했다.

어느 이른 봄날 밤, 나는 우리가 점령하고 있던 농가 앞에서 보초를 서고 있었다. 변덕스러운 돌풍 속에서 간간이 지친 바람이 불고 있었고, 플랑드르의 높은 하늘을 가로질러 구름 떼가 흘러가고 있었으며, 그 뒤 어딘가에는 달이 있으리라는 예감이 느껴졌다. 그날 하루 종일 나는 불안했고, 그 어떤 걱정인가가 나를 어지럽혔다. 어두운 초소에서 이제 나는 지금까지의 내 삶의 이미지들에 대해, 그리고 에바 부인과 데미안에 대해 진지하게 생각했다. 나는 포플러 나무에 기대서서, 요동치는 하늘을 바라보았다. 은밀하게 움찔거리는 밝은 하늘은 이내 연이어 솟아나는 일련의 커다란 이미지가 되었다. 이상하리만큼 약해진 나의 맥박에서, 바람과 비에 둔감해진 나의 피부에서, 그리고 번득이는 내면의 각성에서, 나는 어떤 안내자가 내 가까이에 있음을 감지했다.

구름 속에서는 거대한 도시 하나를 볼 수 있었고, 그 도시에서는 수백만 명의 사람들이 쏟아져 나왔으며, 그들은 무리를 지어 광활한 풍경 위로 퍼져나갔다. 그들 한가운데에서, 머리에는 반짝이는 별들이 있고, 산맥처럼 거대하며, 에바 부인의 모습을 한 강력한 신의 형상 하나가 나타났다. 사람들의 행렬은 마치 거대한 동굴 속으로 들어가듯, 그 신의 형상 속으로 들어가 사라졌다. 그 여신은 땅바닥에 웅크리고 앉았고, 그녀의 이마 위의 표지는 밝게 빛나고 있었다. 어떤 꿈 하나가 그녀를 지배하는 것 같았다. 그녀는 두 눈을 감았고, 그녀의 커다란 얼굴은 고통으로 일그러졌다. 그녀가 갑자기 낭랑한 목소리로 외쳤고, 그녀의 이마에서는 수천 개의 빛나는 별들이 튀어나왔으며, 그 별들은 장엄한 아치와 반원을 그리며 검은 하늘 너머로 훌쩍 날아올랐다.

그 별들 중의 하나가 맑은 소리를 내며 나를 향해 곧장 돌진해왔다. 그 별은 나를 찾고 있는 것 같았다. 그러고는 그 별은 포효하며 수천 개의 불꽃으로 쪼개졌고, 나를 하늘 높이 낚아챘다 다시금 땅바닥에 내동댕이쳤다. 그리고 세계는 천둥 치는 소리를 내며 내 위에서 무너졌다.

나는 흙과 수많은 상처로 뒤덮인 채, 포플러 나무 근처에서 발견되었다.

　나는 어느 지하실에 누워 있었고, 내 위에서는 대포 소리가 쾅쾅 울려대고 있었다. 나는 마차에 누워, 텅 빈 들판을 덜커덕거리며 지나갔다. 대부분은 잠이 들거나 의식이 없었다. 그러나 깊이 잠이 들면 들수록, 무엇인가가 나를 끌어당기고 있으며, 내가 나를 지배하는 주인인 어떤 힘에 순종하고 있다는 것을 그만큼 더 격렬하게 느꼈다.

　나는 어느 마구간의 짚 더미 위에 누워 있었다. 주위는 어두웠고, 누군가가 내 손을 밟았다. 하지만 나의 내면은 더 나아가려 했고, 그 마음이 더욱 강하게 나를 끌어당겼다. 나는 다시 마차 위에 누웠고, 나중에는 들것이나 사다리 위에 누웠다. 내가 어딘가로 가라는 명령을 받고 있다는 느낌이 점점 더 강하게 들었고, 마침내 그곳으로 가야겠다는 충동 외에는 아무것도 느끼지 못했다.

　나는 목적지에 와 있었다. 밤이었다. 나는 완전히 의식이 있었고, 내 안의 끌어당김과 충동을 여전히 강력하게 느끼고 있던 참이었다. 이제 나는 어느 넓은 실내 공간, 바닥에 깐 매트리스 위에 누워 있었고, 내가 부름받은 그곳에 와 있다는 것을 느꼈다. 나는 주위를 둘러보았다. 내 매트리스 바로 옆에는 또 다른 매트리스가 하나 놓여 있었고, 그 위에 누운 누군가가 몸을 앞으로 기울인 채 나를 바라보고 있었다. 그의 이마에는 그 표지가 있었다. 막스 데미안이었다.

　나는 말을 할 수가 없었다. 그 또한 말을 할 수 없었거나, 말하려 하지 않았다. 그는 나를 단지 바라만 보았다. 그의 얼굴에는 그의 위쪽 벽에 매달려 있던 등불 빛이 드리워져 있었다. 그가 나에게 미소 지었다.

　끝없이 오랜 시간 동안, 그는 계속해서 내 눈을 바라보았다. 우리가 서로 거의 맞닿을 때까지, 그는 천천히 내 쪽으로 더 가까이 얼굴을 들이밀었다.

　"싱클레어!" 그가 속삭이듯 나를 불렀다.

　나는 눈짓으로 그에게 그의 말을 알아들었다는 신호를 보냈다.

　그는 연민이 느껴지는 듯한 미소를 다시금 지어 보였다.

　"어린 친구!" 그가 미소 지으며 말했다.

　그의 입은 이제 나의 입 아주 가까이에 와 있었다. 그는 계속해서 나직이 말했다.

　"너, 아직도 프란츠 크로머를 기억하니?" 그가 물었다.

　나는 그에게 눈짓을 했고, 웃어 보일 수도 있었다.

　"싱클레어, 내 말 잘 들어! 나는 떠나야만 할 거야. 그리고 너는 크로머나 다른 무언가와 맞서서 언젠가는 나를 다시 필요로 하게 될지도 모르고. 그럴 때 네가 나를 부르면, 나는 이제 더 이상 말을 타거나 기차를 타고 달려가지 못해. 그럴 때는 네 안의 목소리에 귀를 기울여야 해. 그러면, 내가 네 안에 있다는 것을 알게 될 거야. 알겠지? 그리고 하나가 더 있어! 에바 부인은 언젠가 너한테 힘든 일이 생기면, 나더러 그녀가 나에게 준 키스를 대신 너한테 전해 주어야 한다고 말했어. 눈을 감아, 싱클레어!"

　나는 순순히 눈을 감았고, 여전히 피가 조금씩 흘러나오며 좀처럼 그칠 기미가 보이지 않던 내 입술에서는 가벼운 입맞춤이 느껴졌다. 그리고 나는 잠들었다.

　다음 날 아침, 사람들이 붕대를 감아야 한다며 나를 깨웠다. 마침

내 정신을 차린 나는 얼른 옆자리의 매트리스로 몸을 돌렸다. 거기
에는 한 번도 본 적이 없는 낯선 사람이 누워 있었다.

붕대를 감는 일은 고통스러웠다. 그 이후로 나에게 일어났던 모
든 일은 고통스러웠다. 하지만 때때로 열쇠를 찾아, 운명의 이미지
들이 어둠의 거울 속에서 잠들어 있는 나 자신 속으로 완전히 내려
갈 때면, 나는 단지 검은 거울 위로 몸을 숙이기만 하면 됐다. 그러
면, 나 자신의 모습이 보였다. 그리고 그 모습은 이제 나의 친구이
자 안내자인 '그'와 완전히 닮아 있었다.

Demian

내면으로의 여행을 탐구한 작가, 헤르만 헤세

인간 본질을 찾아 '내면으로의 길'을 걷는 구도자적 성향이 강한 헤르만 헤세의 작품은 늘 인간 존재의 근원에 도사린 빛과 어둠이라는 이원성의 대결, 서유럽 문화의 몰락과 동양적 신비에의 동경, 영혼의 자유와 인간성의 고귀함 등을 다루고 있다. 그가 추구한 것은 인간 내면에 공존하는 양면성을 발견하고, 이원적 존재를 다 같이 인정하면서 통일과 조화로 이어지게 하려는 단일화 과정이었다.

헤세는 1877년 독일 남부 칼브에서 태어나 질풍노도의 청소년기를 보낸 후 20대 초반에 작품활동을 시작해《수레바퀴 아래서》, 《크눌프》등의 작품을 발표하였다. 제1차 세계대전 직후 개인적인 삶에서 커다란 위기를 겪고, 그로 인해 내면으로 가는 길을 추구하기 시작하며 그의 작품세계도 전환점을 맞이한다. 이 시기를 대표하는 작품이 바로《데미안》이다.

일반적으로 헤세의 소설은 자전적이고 고백적인 성격을 띤다. 이는 인간의 성장과 교육이라는 문제를 중심주제로 다루기 때문이다. 그래서 그의 작품은 한 인간이 자신의 삶 속에서 마주하게 되는 존재의 근원과 그것이 야기하는 다양한 문제들을 문학적으로 형상화하고 있다.

《데미안》은 1919년 '에밀 싱클레어Emil Sinclair'라는 필명으로 처음 발표되었다. 은밀하고도 매혹적인 음성으로 다가와 헤세가 어린 시절부터 소중히 여겼던 싱클레어라는 이름은 그에게는 고통스러웠으나 이내 긍정하며 새롭게 세계와 현실을 이해하게 되었던 열정적 시기를 의미한다. 또한 온갖 대립이 부정되는 가운데 들어서는 단계인 양극적 단일성을 암시한다. 그리고 데미안이라는 캐릭터는 '내면으로의 여행을 떠난 시인'이라고 불리는 헤세가 자기 성찰과 내면으로의 길로 전환하는 과정과 현대인의 삶이 우리에게 제시하는 딜레마에 대한 해답으로 '마법적 사고'를 발견하는 시작점이다.

헤세는 문학사적으로 신낭만주의 작가 내지 낭만주의의 영향을 받은 작가로 규정된다. 그는 낭만주의 이념 중에서도 특히 종합적이고 조화로운 단일성을 기반으로 하는 낭만주의적 '삶의 철학' 및 서로 투쟁하는 대립적 힘들에 대한 근원적 체험을 무엇보다도 강조한다. 이와 관련해 헤세는 자신의 문학세계의 근본 축을 이루는 단일성 사상, 즉 모든 양극적 대립 사이를 오가는 가운데 모든 모순성을 뛰어넘는 삶의 조화로운 단일성에 대한 신비로운 체험과 예감을 직관적이고 문학적으로 형상화하려는 자신의 근원적 바람을 《요양객》에서 다음과 같이 함축적으로 표현한다.

"나는 이중성에 대한 하나의 표현을 찾고자 한다. 하나의 멜로디와 대립 멜로디가 끊임없이 동시에 보이며, 모든 화려함에 단순함이, 모든 농담에 진지함이 함께 깃들어 있는 주제와 문장을 쓰려 한다. 삶은 오직 그 안에서만, 양극 사이를 왕래하고 세계의 두 기둥 사이를 오고 가는 속에서만 존재하기 때문이다. (…) 나는 끊임없이 이 세상의 성스러운 다양성을 보여주려 한다. 동시에, 그 다양성은 하나의 단일성을 토대로 삼고 있음을 끊임없이 상기시키려 한다. 아름다움과 추함, 밝음과 어둠, 죄와 성스러움은 일시적으로 대립할 뿐, 지속적으로 서로에게 옮겨가게 된다는 것을 끊임없이 보여주고자 한다."

《데미안》: 단일성 사상의 문학적 구현

헤세의 작품에서는 삶의 대립적인 양상과 제반 요소들이 특별한 의미를 지닌다. 이것들이야말로 삶에 필수적인 긴장을 불러오고, 그로 인해 삶을 지속시키고 발전시키는 근본 원리이자 에너지인 변화와 변형이 생성되기 때문이다. 따라서 헤세의 작품 속 주인공들은 보편적 기준에 얽매이기보다는 저마다의 감정에 충실한 채 생각하고 행동하며 내면의 세계로 향한다. 이처럼 자기 자신의 길을 나아가며 개성과 특유의 독자성을 유지하고 발전시키는 것은 헤세가 다양성 속의 단일성, 단일성 속의 다양성을 구체적으로 묘사하기 위해 설정한 주인공들의 공통된 낭만적 목표이다. 어느 곳에도 정착하지 못하고, 무한한 것과 미지의 것을 동경하며 길을 떠나는 그들은 결국 무한한 것을 추구하면서 완성에 도달하려는 낭만적 존재의 문학적 구현인 셈이다.

이 같은 헤세의 특성은《데미안》의 첫 구절에 담긴 철학적 성찰로 이어진다. "단지 내 안에서 솟아나려던 것, 그것을 살아보려 했다. 그것이 왜 그리 힘들었을까?"(9쪽) 그리고 이 성찰은 '나'로부터 시작하여 '참된 나'를 향해 나아가는 한 존재의 치열한 성장 기록을 담고 있는 소설 속에서 사건이 진행되는 내내 계속해서 이어진다. 진정한 자아를 찾아가는 어느 한 인간의 삶이 상징적으로 그려지는 가운데, 그래서 헤세는 한 사람 한 사람의 삶은 자기 자신에게로 이르는 길이며 누구나 저마다의 목표를 향하여 나름 노력하는 소중한 존재임을 상기시키며 격려한다. "사람들 저마다의 삶은 자기 자신에게로 나아가는 하나의 길이고, 하나의 길을 가려는 시도이며, 하나의 오솔길의 암시이다."(11쪽)

아울러, 이 소설이 어린 싱클레어가 아니라 성인이 되어 자신의 어린 시절을 되돌아보는 주인공 에밀 싱클레어의 1인칭 시점에서 서술된다는 점에도 유의해야 한다. 즉, 서술자가 자신의 지나온 삶을 되짚어보며 자신에게 일어났던 일들을 분석해 제시하고 있는 이 소설은 한 인물의 개별적인 내적 발전을 다루고 있다. "우리는 서로를 이해할 수 있다. 그러나 저마다는 단지 자기 자신만을 해석할 수 있다."(11쪽) 하지만 한편으로는 이 소설의 서장은 서술자의 시선과 관심이 서술자 자신의 내면 세계에 고정되어 있는 동시에,

한 개인의 이야기가 보편적인 타당성을 가질 수 있음을 암시하고 있기도 하다.

"나에게는 (…) 나의 이야기가 중요하다. 그것은 나 자신의 이야기이기 때문이다. 그리고 그것은 어느 지어낸 인간, 있을 법한 인간, 관념적이거나 아예 존재하지 않는 인간의 이야기가 아니라, 실제로 존재하고 단 하나뿐이며 살아 있는 어느 한 인간의 이야기이기 때문이다. (…)우리가 단 하나뿐인 인간 이상의 존재가 아니었다면, (…) 이야기를 하는 것은 더 이상 아무런 의미가 없을지도 모른다. 그러나 모든 사람은 단지 그 자신인 것만이 아니다. 사람들 저마다는 (…) 유일무이하고 아주 특별하며, 어떤 경우에도 중요하고 기억할 만한 지점이기도 하다. 그러므로 사람들 저마다의 이야기는 중요하고 영원하며 거룩하다. 그러므로 사람들 저마다는 어떤 모습으로든 살아서 자연의 의지를 실현하는 한, 경이로우며 주목할 만한 가치가 있는 존재이다."(9~10쪽)

서술자가 이야기하는 주인공 에밀 싱클레어는 중산층 가정에서 자라는 어린 소년으로, 그의 이야기는 열 살 때로부터 시작된다. 그는 세상이 빛과 어둠, 선과 악으로 나뉜다는 사실을 깨닫기 시작하고, 자신의 삶 속에 희망의 길로 이끌어주는 밝은 세계와 악으로 통하는 어두운 세계가 공존해 있음을 어렴풋이 예감한다. 희망의 길로 이끌어주는 세계는 아버지의 집이었고, 악으로 통하는 어두운 세계는 하녀와 견습직공의 세계였다. 앵글로-프랑스어의 합성어로서 어둠을 의미하는 앞음절 'sin'과 빛을 의미하는 뒤음절 'clair'로 구성된 주인공의 이름 '싱클레어Sinclair'는 어린 소년이 빛과 어둠으로 이분화된 세계를 인식함을 상징하며, 따라서 이 이름은 소설의 사건 진행을 적절히 암시하고 있다.

소년 싱클레어는 의식하지 못한 채, 금지되어 있지만 유혹적인 악의 측면에 대해 무엇인가를 감지한다. 이 같은 싱클레어의 여정은 그런 그가 어두운 세계에 끌려 프란츠 크로머와 만나게 되고 그의 명령에 따라 집안의 돈을 훔쳐내며 시작된다. 그는 여러 차례 악의 세계에서 탈출하려 시도하나 실패한다. 그때 '막스 데미안'이 그의 앞에 나타나고, 데미안은 그의 고민을 읽고 그를 어둠의 세계에서 구원해준다. 싱클레어는 그후 데미안과 함께하며, 그처럼 보고 느끼고 생각하는 등 그를 닮기를 열망한다. 그리고 소설의 마지막 부분, "나 자신의 모습이 보였다. 그리고 그 모습은 이제 나의 친구이자 안내자인 '그'와 완전히 닮아 있었다."(216쪽)는 독백은 싱클레어가 마침내 피상적인 세계에서 벗어나 참된 자신에게로 이르게 되었음을, 싱클레어라는 이름의 '나' 안에 데미안이라는 이름의 '또 다른 나'가 합쳐진 조화로운 자아가 갖춰지게 되었음을 상징한다.

양극성: 두 세계의 인식

싱클레어는 부모님이 사는 세상을 '밝음, 명료함, 깨끗함, 부드러운 대화, 씻은 손, 깨끗한 옷, 좋은 매너'의 세상이라고 생각한다. 이 세상에서는 모든 것이 명확하고, 선과 악은 분명하게 구분된다. 하지만 이 빛의 세계는 "냄새가 달랐고, 말하는 게 달랐고, 약속하고 요구하는 게 달랐다."(13쪽)라고 묘사되는 어둠의 세계와 공존

한다. 첫 번째 세계가 빛으로 가득 차 있다면, 두 번째 세계는 "수수께끼 같은 일들, 도살장과 감옥 같은 것들, 술주정뱅이와 악다구니하는 여자들, 새끼를 낳는 암소와 넘어뜨려진 말들, 도둑질과 살인과 자살 이야기"(13쪽)로 구성된다. 하지만 첫 번째 영역과는 달리 "기괴하고 유혹적이며 끔찍하고 수수께끼 같은"(13쪽) 것들이 존재하는 이 어둠의 세계는 은연중에 싱클레어를 매료시킨다.

단일성: 자아와 타아의 합일

이 작품은 이 같은 양극성의 세계에서 자신에게로 향하는 길을 걸어가는 주인공 소년의 성장과정을 보여준다. 소설 서두에서 밝히듯, 저마다의 삶은 자기 자신을 향한 길, 그러한 길을 향한 시도, 길의 암시이다. 그 길은 일반적으로 수많은 내적 갈등과 위기를 동반한다. 하지만 변화 없이는 그 누구도 영혼의 조화로운 상태에 도달할 수 없다. 그리고 이 변화를 가능하게 하는 전제가 바로 양극성으로 대변되는 다양성의 세계이다. 싱클레어의 경우, 그의 길은 선과 악이 엄격하게 구분되는 기독교에서 밝은 세상과 어두운 세상을 결합한 아브락사스로 넘어가는 길, '나의 밖'에 존재하던 '또 다른 나' 데미안을 만나 그와 하나가 되는 길이기도 하다.

"하지만 때때로 열쇠를 찾아, 운명의 이미지들이 어둠의 거울 속에서 잠들어 있는 나 자신 속으로 완전히 내려갈 때면, 나는 단지 검은 거울 위로 몸을 숙이기만 하면 됐다. 그러면, 나 자신의 모습이 보였다. 그리고 그 모습은 이제 나의 친구이자 안내자인 '그'와

완전히 닮아 있었다.”(216쪽)

여기서 ‘거울 속을 들여다봄’은 한편으로는 자기 자신과의 만남을 의미하며, 다른 한편으로는 ‘나’ 밖에 존재하는 ‘너’, 즉 ‘또 다른 나’의 인식 및 그들과의 대화에 참여함을 의미한다. 그리고 거울 속 싱클레어 자신의 모습이 데미안과 완전히 닮았다고 하는 사실은 싱클레어의 자기 발견이 성공적으로 이루어졌음을 의미한다. 이 같은 자아와 타아의 소통과 합일은 베아트리체 일화에서도 여실히 드러난다. 어느 봄날, 공원을 산책하던 싱클레어는 눈길을 끄는 한 소녀와 마주치게 되고, 그녀에게 단테의 첫사랑인 ‘베아트리체’라는 이름을 붙여준다. 그리고 그녀에게 영감을 받아 그녀의 얼굴을 그림으로 재현하려 하지만 그의 시도는 실패한다. 싱클레어는 이제 마음 가는 대로 붓을 놀리고, 마침내 싱클레어를 설레게 하는 얼굴이 완성된다.

“완성된 그림 앞에 앉자 묘한 인상이 느껴졌다. 나에게 그 그림은 일종의 신들의 초상이거나 신성한 가면처럼 여겨졌다. 반은 남성적이고 반은 여성적이며, 나이가 느껴지지 않고, 의지가 강하면서도 몽환적이고, 경직되어 보이면서도 묘하게 생기가 있었다. 그 얼굴은 나에게 무언가 할 말이 있었고, 내 것이었으며, 나에게 무엇인가를 요구했다. 그리고 누군가와 닮아 보였지만, 그게 누구인지 나는 알지 못했다.”(108쪽)

하지만 완성된 그림 속 얼굴을 들여다보던 싱클레어는 이내 그 얼굴이 베아트리체가 아니라 데미안의 얼굴임을 알아차린다. 그리고 실제로는 그 그림이 베아트리체나 데미안의 것이 아니라 자신의 얼굴임을 깨닫는다. “그리고 점차 그 그림이 베아트리체가 아니고 데미안도 아니며, 나 자신이라는 느낌이 들었다. 그 그림은 나를 닮지 않았고, 그럴 리도 없다고 나는 생각했다. 그러나 그 얼굴은 내 삶을 구성하는 것, 나의 내면, 내 운명 또는 내 안에 존재하는 악마였다. 언제고 내게 다시 친구가 생긴다면, 그는 아마도 바로 저런 모습일 것이었다. 언젠가 내게 애인이 생긴다면 바로 저런 모습일 것이었다. 내 삶이 저러할 것이고, 내 죽음도 저러할 것이며, 이는 내 운명의 소리이자 리듬이었다."(110쪽)

이 에피소드는 결국 자아와 타아는 둘이 아니라 하나이며, 거울에 비친 나를 인식하듯 서로가 서로를 마주하고 소통하며 자아를 완성한다는 사실을 암시한다. 그리고 이 같은 사실은 '데미안'이라는 소설 제목에서도 확인할 수 있다. 일반적인 경우와는 달리, 이 소설은 주인공 싱클레어의 이름 대신 그의 동반자인 데미안의 이름을 채택하고 있으며, 이는 싱클레어와 데미안은 둘이 아닌 하나이며, 그가 찾고 있는 자아는 결국 데미안이라는 타아와의 교류와 합일을 통해 완성된다는 사실을 암시하고 있기 때문이다.

자기 자신에게로 향하는 길

'데미안, 어느 젊은 시절의 이야기'라는 제목으로 발표된 이 소설의 서장은 다음과 같이 말한다. "사람들 저마다의 삶은 자기 자신에게로 나아가는 하나의 길이고, 하나의 길을 가려는 시도이며, 하나의 오솔길의 암시이다. 일찍이 어떤 인간도 오롯이 자기 자신이었던 적은 없다. 그럼에도 불구하고 저마다는 자기 자신이 되기 위해 노력한다. 누군가는 어렴풋하게, 누군가는 좀 더 명확하게, 저마다 자기만의 방식으로 노력한다."(11쪽) 이는 앞으로 펼쳐질 싱클레어의 여정이 자아 찾기임을 알려준다. 싱클레어는 자신의 내면에서 '선'과 '악' 두 개의 상반된 세계가 대립하고 있는 것을 느끼며 갈등 속 방황을 계속한다. 하지만 데미안으로부터 "새는 알에서 나오기 위해 투쟁한다. 그 알은 세계이다. 태어나려는 자는 하나의 세계를 파괴해야 한다. 새는 신에게로 날아간다. 그 신의 이름은 아브락사스다."(120쪽)라는 메시지를 받고 자기 인식의 눈을 뜨게 된다.

아브락사스는 그리스 신화에 나오는 신의 이름이다. "아브락사스는 훨씬 더 많은 것을 의미하는 것 같습니다. 우리는 아브락사스라는 이름을 신적인 것과 악마적인 것을 하나로 결합하는 상징적 임무를 맡은 일종의 신성을 의미하는 이름이라고 생각할 수 있습니다."(122쪽) 남성적인 것과 여성적인 것을 포괄하는 이 신은 끊임없는 변화 속에서 창조적이고 지속적인 세계 원칙을 구현하는 전일적 존재로, 신적인 것과 악마적인 것을 한데 결합하는 상징적인 신을 의미한다.

《데미안》에서 가장 중요한 상징 중 하나는 '알 껍질을 깨고 나와 아브락사스 신에게로 날아가는 새'이다. 여기서 아브락사스 신에게로 날아가기 위한 행위인 '알 깨기'는 기존 세계에 대한 비판과 새로운 이해 및 평가를 뜻하고, 기존의 규범과 가치에 억압되어 있던 자아를 새롭게 인식함을 의미한다. 이는 한마디로 인간과 사물에 대한 '다르게 보기'를 상징한다.

또 다른 안내자였던 피스토리우스와의 대화를 통해서도 '새의 알 깨기'는 싱클레어에게 '새롭게 태어나기'의 상징이 된다. "(…)
모든 대화는 나를 형성하도록 도움을 주었고, 내가 내 허물을 벗고
알껍질을 깨는 것을 도왔다. 대화할 때마다 나는 매번 좀 더 높이,
좀 더 자유롭게 머리를 들었다. 그리고 마침내 나의 노란 새는 그의
아름다운 맹금류 머리를 부서진 세계의 껍질 밖으로 불쑥 내밀었
다."(140쪽) 병아리가 알을 깨고 나오듯, 기존의 세계인 알 껍질을
깨고 나오는 것은 언제나, 그리고 누구에게나 힘든 일이다. 하지만
새롭게 태어나기 위해서는 우리는 낡은 세계를 파괴해야만 한다.
기존의 단편적인 한계를 뛰어넘어야 한다.

데미안과의 만남

싱클레어가 만나고 영향받는 작품 속 주요 인물들과의 관계 또
한 대립의 체험으로서의 양극적 긴장을 내포하고 있다. 싱클레어
는 데미안과의 만남을 통해 비로소 자아 찾기라는 성장 과정에 발
을 내딛는다. 뿐만 아니라, 그의 도움을 받아 새로운 관점에서 세상
을 바라보고 평가하는 '다르게 보기', 그리고 주체적인 사고와 행
동을 배운다. 이 과정에서 때로는 데미안의 파격적인 사고와 행동
에 거부감을 느끼기도 하지만, 싱클레어는 점차 그것이 자기 자신
의 내부의 충동이기도 함을 예감한다. "꿈에서처럼 나는 그의 목소
리와 그의 영향력 아래에 놓여 있었다. 나는 그저 고개를 끄덕였다.
단지 내 안에서만 나올 수 있었던 어떤 목소리가 말하고 있는 것이
아니었을까? 그 목소리는 모든 것을 알고 있었을까? 그 목소리는

나 자신보다도 모든 것을 더 잘, 그리고 더 명확하게 알고 있던 것일까?"(53~54쪽)

그리고 삶의 다양한 가능성을 열린 마음으로 바라보기 시작하는 싱클레어에게 데미안의 생각과 말은 어느새 친숙한 것으로 다가온다. "그 당시 데미안이 신과 악마에 관해, 신적이고 공식적인 세계와 묵살되는 악마의 세계에 관해 말했던 것은 정확히 바로 나 자신의 생각이었고, 나 자신의 신화이자, 두 개의 세계 내지 세계의 절반, 즉 밝은 세계와 어두운 세계에 관한 나의 생각이었다."(82~83쪽)

궁극적으로 두 세계 사이에서 방황하며 성장통을 앓고 있는 싱클레어에게 '나'의 세계와 '너'의 세계, 카인의 세계와 아벨의 세계가 둘이 아니며, '나' 안에 '너'가 있고 '너' 안에 '나'가 있다는 것을 가르쳐주는 사람은 데미안이다. 그는 성숙한 인간이란 이 두 세계가 균형과 조화를 이룬 사람이라는 사실을 싱클레어에게 가르쳐준다.

피스토리우스와의 만남

피스토리우스와의 만남은 싱클레어의 내적인 발전 과정에서 또 다른 중요한 의미를 갖는다. 싱클레어는 그에게서 자기 자신을 다양한 삶의 과정의 한 부분으로 이해하는 법을 배우고, 다양성을 배제하기보다는 긍정적으로 받아들이기 시작한다. 피스토리우스는 싱클레어가 꿈에서 보거나 그림으로 그리는 형상들을 개체가 전체 세계와 결합함으로써 고립된 상태를 극복함을 보여주는 하나의 보편적 상징으로 해석하도록 도와준다.

"우리가 보는 사물들은 우리 안에 존재하는 것과 똑같은 것들이지. 우리가 우리 안에 갖고 있는 것 외에 다른 실체는 존재하지 않아. 그것이 대부분의 사람들이 비현실적인 삶을 사는 이유이지. 왜냐하면 그들은 외부의 이미지들을 현실적인 것으로 간주하고, 그들 자신 속의 세계에게는 전혀 말할 기회를 주지 않거든. 그러면서 행복할 수 있겠지. 그러나 일단 다른 것을 알게 된 사람은 더 이상 대부분의 사람들이 가는 길을 선택할 수가 없다네. 싱클레어, 대부분의 사람들이 걷는 길은 쉽고, 우리의 길은 어렵다네. 우리 함께 가보세나."(149쪽)

아울러 "우리가 누군가를 미워한다면, 우리는 그의 모습 속에서 우리 안에 들어 있는 무언가를 보고 미워하는 것이야. 우리 자신 속에 존재하지 않는 것은 우리를 화나게 하지 못하거든."(148쪽)이라는 그의 말은 "모든 진정한 타자 이해는 이해 주체의 자기해석 행위에 근거한다."는 알프레드 슈츠의 타자 이해를 떠올리게 하며, '자아'와 '타아'는 궁극적으로 둘이 아니라 하나임을 확인시켜준다.

낭만적 이론의 창조적 변용

낭만주의의 기본 입장은 '대립이 있는 곳에 삶이 있다'는 믿음 아래 단일성을 추구하는 것이었다. 따라서 꿈과 동경과 예감에 의하여 체험되고 묘사되는 대립적 요소는 낭만적 종합을 통해 비로소 단일성을 회복하며, 삶과 죽음, 현실과 이상, 고귀함과 비천함의 차이가 해소되어 신비로운 합일을 가져온다. 하지만 실제 삶에서는 효율성과 전문성을 중시해 본래 하나인 것을 굳이 분리하거나, 분석에만 몰두해 종합이라는 근본 요인을 외면하는 경우가 빈번하다. 바로 이러한 상황에서, 낭만적 종합이론의 영향을 받아 문학의 역할을 외재적 다양성에서 내재적 단일성을 찾아내어 눈에 보이게끔 제시하는 것이라고 굳게 믿었던 헤세의 예술관은 시사하는 바가 크다.

'창조적 변용'에 근거하는 헤세의 양극성은 단일성을 그 전제로 삼고 있다. 즉, 그가 이해하는 대립은 단일성이라는 범주 안에서 일시적으로 분리된 개념일 뿐이다. 따라서 작가로서의 헤세에게 중요한 점은 삶의 다양한 부분들을 어떻게 기술하여 서로 조화시키느냐 하는 문제였다. 이를 위해서는 무엇보다도 양극의 궁극적 본질을 올바르게 인식하는 것, 다시 말해 우선은 양극으로, 그런 다음에는 단일성의 양극으로 인식하는 자세가 중요했다. 그렇게 할 때 비로소 꿈과 동경과 예감에 의하여 체험된 대립적 요소는 낭만적 종합을 통해 단일성을 회복하게 되는 것이다. 이처럼 관념적인 이론으로서 정립한 단일성의 사상을 헤세는《데미안》에서 싱클레어라는 자아가 데미안이라는 타아를 만나 성장하는 과정을 통해 생생하게 묘사해내는 데 성공한다.

싱클레어는 데미안을 만나고, 보고 배우며, 그를 닮기를 동경하고 생각하며 행동하는 가운데 마침내 그와 하나가 된다. 어느 하나의 반쪽이 아닌 온전한 전체가 됨으로써 이제 진정한 자아의 인식에 도달하고, 진정한 인식의 완성이라는 상징을 통해 양극성과 단일성 사이의 관계를 성공적으로 묘사해낸다. 이처럼 싱클레어와 데미안이 하나가 됨으로써 완전함을 갖추게 된다는 설정은 헤세가 자유로운 내면의 세계에서 현실세계와의 대립을 극복하고, 지속되는 생성과 변화 및 다양성 속에서 영원히 살아 움직이는 인간의 자유로운 활동을 통해 조화와 종합에 이르는 단일성의 사상을 구현하였음을 시사한다.

"인간 저마다를 위한 진정한 사명은 단 하나, 자기 자신에게 이르는 것이었다. (…) 우리 저마다의 본분은 임의적인 운명이 아니라 자기 자신의 운명을 찾아, 그 삶을 자기 자신 안에서 온전하고 결연하게 살아내는 것이었다. 그 밖의 것들은 모두 반쪽에 불과했고, 도피하려는 시도였으며, 대중의 이상 속으로의 후퇴였고, 적응이자 자신의 내면에 대한 두려움이었다. (…) 나는 자연이 던지는 하나의 시도였다. 불확실한 것으로 던져진 존재, 어쩌면 새로운 것, 어쩌면 아무것도 아닌 무에게로 던져진 존재였다. 그리고 이러한 던져진 존재가 근원적인 깊은 곳으로부터 완전히 작용하게 하고, 그런 존재의 의미를 내 안에서 느끼고 완전히 내 것으로 만드는 것, 그것만이 나의 본분이었다."(167~168쪽)

김완균

1877년

- 7월 2일, 독일 남부 뷔르템베르크의 소도시 칼브에서 아버지 요하네스와 어머니 마리 군데르트의 장남으로 태어남. 인도에서 선교사로 활동하다가 귀국한 아버지는 유명한 인도학자 헤르만 군데르트의 기독교 서적 출판 사업을 돕다가 그의 딸과 결혼함. 인도에서 태어난 어머니 마리는 선교사 찰스 아이젠버그와 결혼했다가 사별하고 32세에 요하네스와 재혼해서 헤르만 헤세 외에 아델레, 파울, 게르트루트, 마리, 한스를 낳음.

1881년

- 아버지가 '바젤 선교단' 교사로 일하게 되면서 가족과 함께 스위스로 이주함.

1883년

- 아버지가 스위스 국적을 취득함으로써 전 가족이 스위스 시민이 됨.

1886년

- 가족이 다시 고향 칼브로 돌아오고, 헤르만 헤세는 라틴어 학교 2학년에 편입함.

1890년

– 뷔르템베르크 주州 시험을 준비하기 위해 괴핑겐 라틴어 학교로 옮기고, 시험 자격을 취득하기 위해 헤르만 헤세 혼자 스위스 국적을 포기함.

1891년

– 6월에 주시험에 합격하고, 그해 9월 케플러와 횔덜린 같은 인물을 배출한 유명한 마울브론 신학교에 장학생으로 입학함.

1892년

– 3월 7일, "시인이 아니면 아무것도 되지 않겠다"는 이유로 학교를 그만둠. 우울증 증세와 사춘기 방황으로 부모와 심각한 갈등을 겪음. 급기야 신학자 블룸하르트가 운영하는 바트 볼 요양원에서 자살 시도를 하고 슈테텐 정신병원에 3개월간 입원함. 바트 칸슈타트 김나지움(인문계 중등학교)에 입학함.

1893년

– 오직 하이네만 읽으며 그를 똑같이 흉내냄. 에슬링겐에서 서점 수습생으로 일하지만 사흘 만에 그만둠.

1894년

– 고향 도시 칼브의 페로트 시계 공장에서 수습공으로 일함.

1895년

– 1898년까지 튀빙겐의 헤켄하우어 서점에서 수습생으로 일함.

1898년

– 첫 시집《낭만적인 노래들Romantische Lieder》을 발표함. 습작 소설 '고슴도치'를 썼다고 알려져 있지만 원고가 분실됨.

1899년

– 산문집《자정 한 시간 뒤Eine Stunde hinter Mitternacht》를 출간함. 9월에 바젤로 이주함. 라이히 서점에서 1901년 1월까지 수습생으로 일함.

1900년

– 스위스 일간지《알게마이네 슈바이처 차이퉁Frankfurter Allgemeine Zeitung》에 기고문과 서평을 쓰기 시작함.

1901년

– 3~5월에 첫 번째 이탈리아 여행을 함. 가을에《헤르만 라우셔의 유작과 시Hinterlassene Schriften und Gedichte von Hermann Lauscher》를 출간함.

1902년

– 베를린 그로테 출판사에서 시집《시Gedichte》를 출간함. 출간 직전에 사망한 어머니에게 헌정함.

1903년

- 아홉 살 연상의 여인 마리아 베르누이와 두 번째 이탈리아 여행을 함. 서점 생활을 청산하고 집필에만 전념. 베를린 피셔 출판사의 청탁을 받고 소설《페터 카멘친트Peter Camenzind》를 탈고함.

1904년

- 《페터 카멘친트》를 출간함. 처음으로 문학적 성공을 거두고 신진 작가로 인정받음. 마리아 베르누이와 결혼해서 보덴제 호숫가의 작은 마을 가이엔호펜으로 이주함. 전업 작가로 생활하며 여러 신문과 잡지에 기고함. 전기《보카치오Boccaccio》,《아시시의 프란체스코Franz von Assissi》를 출간함.

1905년

- 12월에 첫 아들 브루노가 태어남. 오스트리아의 바우어른펠트 문학상을 받음.

1906년

- 소설《수레바퀴 아래서Unterm Rad》를 출간함. 독일 황제 빌헬름 2세의 권위에 노골적으로 저항하는 진보 잡지《3월März》의 공동 발행인으로 참가함.

1907년

- 가이엔호펜에 자신의 집을 지음. 중단편집《이 세상Diesseits》을 출간함.

1908년

– 단편집《이웃 사람들Nachbarn》을 출간함.

1909년

– 3월에 둘째 아들 하이너가 태어남. 취리히, 독일, 오스트리아로 강연을 다님.

1910년

– 뮌헨의 랑겐 출판사에서 소설《게르트루트Gertrud》를 출간함.

1911년

– 7월에 셋째 아들 마르틴이 태어남. 시집《길 위에서Unterwegs》를 출간함. 9~12월까지 화가 한스 슈투르체네거와 함께 아버지와 할아버지가 선교 활동을 했던 인도와 싱가포르, 실론, 수마트라를 여행함. 기대했던 영적 종교적 영감은 얻지 못했지만, 이후 그의 창작에 영향을 미침.

1912년

– 단편집《우회로Umwege》를 출간함. 가족과 함께 스위스 베른으로 이주해 작고한 화가 친구 알베르트 벨티의 별장에 거주함. 로맹 롤랑과 교유함.

1913년

– 여행기《인도에서. 인도 여행의 기록Aus Indien. Aufzeichnungen von

einer indischen Reise》을 출간함.

1914년

– 소설《로스할데Roshalde》를 출간함. 제1차 세계대전 발발과 함께 자원 입대하려 했으나 고도근시로 복무 부적격 판정을 받음.

1915년

– 입대가 좌절되자 베른의 '독일 전쟁 포로 후생 사업소'에서 일함. 여기서 일한 경험을 토대로 애국주의에 물든 전쟁 문학에 공개적으로 반대하는 목소리를 냈고, 그로써 우익 언론사들로부터 조국의 반역자로 낙인찍힘. 이때부터 스위스 국적을 신청하기로 서서히 마음먹음. 단편집《길가에서Am Weg》, 소설《크눌프. 크눌프 삶의 이야기 세 편Knulp. Drei Geschichten aus dem Leben Knulps》, 시집《고독한 자의 음악Musik des Einsamen》을 출간함.

1916년

– 아버지의 죽음, 아들 마르틴의 중병, 아내의 정신분열증 발발, 그리고 무엇보다 전쟁과 관련한 많은 예술가와 지식인의 정치적 태도에 대한 환멸로 깊은 정신적 위기에 빠짐. 이후 카를 구스타프 융의 제자인 요제프 베른하르트 랑 박사에게서 정신분석 치료를 받음. 이 경험이 소설《데미안Demian》(1919)으로 녹아들어감. 회화 작품들이 탄생하기 시작함. 단편집《청춘은 아름다워라 Schön ist die Jugend》를 출간함.

1917년

− 시대 비판적인 출판 활동을 중단하라는 권고와 함께 에밀 싱클
레어라는 가명으로 신문과 잡지에 기고함.《데미안》을 집필함.

1919년

− 정치 팸플릿《차라투스트라의 귀환. 어느 독일인이 독일 젊은이
들에게 보내는 한마디Zarathustras Wiederkehr. Ein Wort an die deutsche
Jugend von einem Deutschen》를 익명으로 출간했다가 이듬해 베를
린에서 실명으로 재출간. 정신병원에 수용된 아내와 별거하고
자녀들을 친구들에게 맡김.5월에 혼자 스위스 테신주 몬타뇰라
로 이사해 1931년까지 거주함. 에밀 싱클레어라는 가명으로 출
간한《데미안》이 폰타네상 수상 작품으로 결정되자 자신의 본명
을 밝히고 수상을 거절함(폰타네상은 신인에게 수여하는 문학상이
다). 체험담과 시를 묶은《작은 정원Kleiner Garten》,《동화Märchen》
를 출간함. 수많은 출판물과 독자 편지에 대한 답장에서 알 수 있
듯이, 독일을 정신적으로 쇄신해서 또 다른 전쟁을 막을 희망을
독일 젊은이들에게 걺. 본격적으로 수채화를 그리기 시작함.

1920년

− 시화집《화가의 시Gedichte des Malers》, 도스토옙스키에 대한 에세
이《혼돈을 들여다보다Blick ins Chaos》, 표현주의 단편집《클링조
어의 마지막 여름Klingeors letzter Sommer》, 수채화를 곁들인 소설
《방랑Wanderung》을 출간함. 다다이즘의 선구자 후고 발과 교유
함.

1921년

- 《시선집Ausgewählte Gedichte》을 출간함. 창작 위기를 겪음. 취리히 근처 퀴스나흐트에서 융에게 정신분석 치료를 받음. 화집《테신에서 그린 수채화 11점Elf Aquarelle aus dem Tessin》을 출간함.

1922년

- 인도의 시문학이라는 부제가 붙은《싯다르타Siddhartha》를 출간함.

1923년

- 산문집《싱클레어의 노트Sinclairs Notizbuch》를 출간함. 4년 전부터 별거 중이던 아내 베르누이와 이혼. 취리히 근처 바덴에서 요양함. 1952년까지 매년 늦가을 이곳에서 요양함.

1924년

- 스위스 국적을 재취득함. 스위스 여성 작가 리자 뱅거의 딸인 스무 살 연하의 루트 뱅거와 재혼함.

1925년

- 소설《요양객Kurgast》을 출간함. 루트 뱅거에게 바치는 사랑의 동화《픽토르의 변신Piktors Verwandlungen》을 발표함. 뮌헨, 울름, 아우구스부르크, 뉘른베르크 등지로 낭독 여행을 떠남. 이해부터 베를린 피셔 출판사에서 '헤세 전집'을 출간함. 뮌헨에서 토마스 만을 방문함.

1926년

– 독일 프로이센 예술원 문학 분과 국제위원에 선출됨. 기행문집 《그림책Bilderbuch》을 출간함. 예술사가 니논 돌빈과 사귐.

1927년

– 산문집 《뉘른베르크 여행Nürnberer Reise》과 히피들의 성서인 《황야의 이리Steppenwolf》를 출간함. 후고 발 출판사에서 헤세의 50회 생일을 맞아 자서전 《헤르만 헤세. 생애와 작품Hermann Hesse. Sein Leben und sein Werk》을 출간함. 두 번째 부인 루트 뱅거의 요청으로 합의 이혼함.

1928년

– 산문집 《관찰Betrachtungen》과 시집 《위기. 한 편의 일기Krise. Ein Stück Tagebuch》를 출간함. 빈의 실러 재단에서 메이스트리크상을 받음.

1929년

– 시집 《밤의 위안Trost in der Nacht》과 산문집 《세계 문학 총서Eine Bibliothek der Weltliteratur》를 출간함.

1930년

– 소설 《나르치스와 골드문트Narziß und Goldmund》를 출간함.

1931년

- 니논 돌빈과 세 번째 결혼. 화가 한스 보드머가 지어준 몬타뇰라의 카사 로사(일명 카사 헤세)로 이사해서 평생 여기서 거주함. 정치적 이유로 독일 프로이센 예술원을 탈퇴함. 여러 책을 한데 묶은《내면으로 길Weg nach innen》을 출간함. 소설《유리알 유희 Glasperlenspiel》집필을 시작함.

1932년

- 산문집《동방 순례Die Morgenlandfahrt》를 출간함.

1933년

- 단편집《작은 세계Kleine Welt》를 출간함. 나치의 등장 이후 어떤 정치적 성명서에도 서명한 적이 없음에도 수많은 편지와 문학 비평에서 나치 체제에 대한 거부감을 분명히 밝힘. 그의 집은 1933~1945년까지 독일을 탈출한 수많은 예술가들의 첫 번째 기착지가 됨.

1934년

- 나치의 문화 정책에 효과적으로 대응하기 위해 스위스 작가협회에 가입함. 시선집《생명의 나무Vom Baum des Lebens》를 출간함.

1935년

- 《우화집Fabulierbuch》을 출간함. 동생 한스가 자살함.

1936년

- 스위스에서 가장 권위 있는 '고트프리트 켈러 문학상'을 받음. 전원 시집《정원에서 보낸 시간Stunden im Garten》을 출간함.

1937년

- 산문집《기억의 낱장들Gedenkblätter》과《신시집Neue Gedichte》, 그리고 어린 시절의 기억을 담은《다리 저는 소년Der lahme Knabe》을 출간함.

1939년

- 제2차 세계대전 발발과 함께 헤르만 헤세의 작품은 금서로 지정되어《수레바퀴 아래서》,《황야의 이리》,《관찰》,《나르치스와 골드문트》등이 더 이상 인쇄되지 못함. 1933~1945년까지 헤르만 헤세의 책은 독일에서 총 20권이 출간되었지만 481권밖에 팔리지 않음. 결국 주어캄프 출판사와 합의하에 취리히의 프레츠 & 바스무트 출판사에서 '헤세 전집'을 계속 간행하기로 함.

1942년

- 최초의 시 전집《시Gedichte》가 취리히에서 출간됨.

1943년

- 취리히에서 장편소설《유리알 유희》를 출간함.

– 헤르만 헤세 작품의 독일 출판업자인 페터 주어캄프가 독일 게 슈타포에 체포됨.

1945년

– 시선집《꽃가지Der Blüttenzweig》, 미완성 소설《베르톨트Berthold》, 단편과 동화 모음집《꿈길Traumfährte》을 출간함. 2차 대전 종료 후에는 규칙적으로 실스 마리아에서 여름을 보냄.

1946년

– 정치 평론집《전쟁과 평화. 1914년 이후의 전쟁과 정치에 대한 고찰Krieg und Frieden. Betrachtungen zu Krieg und Politik seit dem Jahr 1914》을 출간함. 헤르만 헤세의 작품이 독일 주어캄프 출판사에 서 다시 간행됨. 괴테상과 노벨문학상을 잇달아 받음.

1947년

– 베른 대학에서 명예 문학박사 학위를 받음. 고향 칼브의 명예시 민이 됨.

1950년

– 브라운슈바이크 시에서 수여하는 빌헬름 라베상을 받음.

1951년

–《후기 산문Späte Prosa》과《서간집Briefe》을 출간함.

1952년

- 독일과 스위스에서 헤르만 헤세 탄생 75주년 기념행사가 열림. 주어캄프 출판사에서 '헤세 문학 전집' 전 6권을 간행함.

1954년

- 《픽토르의 변신》을 재출간함.《헤르만 헤세와 로맹 롤랑의 서한집Briefwechsel. Hermann Hesse - Romain Rolland》을 출간함.

1955년

- 독일 출판협회의 평화상을 수상함. 니논에게 헌정한 후기 산문집《마법의 주문Beschwörungen》을 출간함.

1956년

- 바덴뷔르템베르크의 독일 예술 후원회가 '헤르만 헤세 문학상' 제정을 위한 재단을 설립함.

1957년

- 헤르만 헤세의 80회 생일을 맞아 기존 전집을 증보해서 '헤세 전집' 총 7권을 출간함.

1961년

- 시선집《단계Stufen》를 출간함.

1962년

– 몬타뇰라의 명예시민이 됨. 바이블러가 쓴 전기《헤르만 헤세.
한 편의 전기Hermann Hesse. Eine Bibliographie》가 출간됨. 8월 9일
85세를 일기로 몬타뇰라에서 뇌출혈로 사망함.

1963년

– 《말년의 시Die späten Gedichte》가 출간됨.

1964년

– 바이마르 실러 박물관에 '헤르만 헤세 아카이브'가 설치됨.

1965년

– 니논 헤세가《산문 유고집Prosa aus dem Nachlaß》을 출간함.

1966년

– 니논 헤세가 1877~1895년까지 헤세의 생애를 담은《1900년 이
전의 유년기와 청소년기Kindheit und Jugend von Neunzehnhundert》
를 펴냄. 9월 헤세의 부인 니논이 71세로 사망함.

자기를 향해 나아가려는 하나의 시도

헌책방에서 일하며 알게 된 사실이 있는데, 이곳에도 엄연히 베스트셀러라는 게 존재한다는 거다. 아니, 엄밀히 말하자면 스테디셀러라고 해야겠다. 꾸준하게 잘 팔리는 책이 있다는 얘기다. 그러나 헌책방이라는 독특한 가게에서만큼은 이런 책을 베스트셀러나 스테디셀러라고 이름 붙이기는 어렵다. 사람이 살아가는 모양과 마찬가지로 저마다의 책에는 좀 더 복잡한 사정이 얽혀 있는 것이다.《데미안》을 예로 들자면, 독자들에게 만족감을 줄 만한 요소가 많은 책이다. 일단은 내용이 재밌다. 노벨문학상을 받은 작가들의 작품이 대개 그렇듯 현학적이거나 너무 거창한 주제의식을 드러내지 않고 겉으로 보기엔 평범한 성장소설처럼 읽힌다.《데미안》은 총 8장으로 구성되어 있는데 각 장을 따로 떼어 독립적인 작품이라 해도 좋을 만큼 완성도도 뛰어나다. 가장 훌륭한 점은 몇 번이나 반복해서 읽어도 그때마다 늘 새로운 무언가를 찾아낼 수 있을 만큼

이 소설엔 놀라운 암시와 상징성이 가득하다는 것이다.

좋은 책은 반복해서 읽었을 때 진가가 드러난다. 헌책방에서《데미안》을 사는 손님들에게도 물어보면 이 책을 처음 읽는 사람은 거의 없다. "어릴 적에 읽었는데 문득 또 생각이 나서요." 이런 대답을 자주 듣는다. 그리고 문득《데미안》이 생각난 사람들은 삶의 방향에 대한 고민을 품은 이들이 많다. 나는 지금 어디쯤 와 있는지, 어디로 가야 하는지 고민하는 사람들의 마음은 고민 없이 사는 이들보다 오히려 풍요롭다. 소설 속 인물들은 모두 고민하고, 고통받고, 고난을 겪는다. 생각 없이 사는 것처럼 보이는 불량학생 크로머도 제 나름의 고민이 있었으리라. 이 소설을 쓸 당시 헤세 역시 삶의 갈피를 못 잡고 방황하고 있었다. 서점 직원으로 일하며 글쓰기를 시작한 그는 작가로서 입지를 쌓았지만, 곧 전쟁이 일어났고 아내와 아들의 건강이 몹시 나빠졌다. 급기야 헤세도 정신적인 위기에 빠져 한동안 심리 치료를 받아야 했다. 그를 담당했던 의사는 카를 구스타프 융의 제자인 요제프 베른하르트 랑 박사다.

《데미안》은 바로 이런 시기를 거치며 탄생한, 작가 자신의 진솔한 고백과도 같은 소설이다.《데미안》에는 헤세의 자전적인 요소와 함께 융의 정신분석 이론에 영향을 받은 흔적을 찾아볼 수 있다. 이런 이유로 길지 않은 이 소설은 쉽게 읽히면서도 한 번만 읽고 끝내기엔 어쩐지 맛을 다 보지 못한 것 같은, 묘한 여운을 남기는 작품이다. 나 역시《데미안》을 고등학교 1학년 때 동네 헌책방에서 찾아 읽은 것을 시작으로 지금껏 십여 번이나 다시 읽었다.

책 내용을 가장 흥미롭게 만드는 건 역시 소설의 제목이기도 한 '데미안'이라는 인물이다. 그는 이야기 끝까지 등장과 퇴장을 반복하며 싱클레어 곁을 맴돌지만 명확한 정체를 도통 알 수 없는 수상한 사람이다. 데미안은 실제 인물이 아니라 어린 싱클레어가 만들어낸 상상 속 친구라는 해석이 있는가 하면, 밝음과 어두움이라는 두 세계 사이에서 고민을 거듭하는 인간 심리의 이중성을 상징한다는 이론도 널리 알려졌다.

사람은 누구나 진지한 고민과 역경을 통해 비로소 자신의 삶을 제대로 바라보는 계기를 맞이한다. 그 고통은 외부로부터가 아니라 대개는 내면에서 끓어오르는 욕망에 기인한다. 나의 길을 가고 싶은 욕망, 나만의 철학을 사유하려는 욕망, 그것으로 삶을 더 단단하게 만들어 세상과 맞서려는 의지가 인간의 정신을 성장시키는 힘이다. 문제는 고민의 결과가 아니라 이를 풀어나가는 과정이다. 싱클레어는 청소년 시기를 지나며 여러 사람과 만나 토론하고 다양한 관계를 맺으며 자기만의 세계를 만들어간다. 그 사유의 과정을 따라가며 읽는 것도《데미안》을 즐기는 또 다른 방법이다.

싱클레어에 비하면 데미안은 확실히 어른이다. 만약 나였다면 두 번 생각할 여지도 없이 데미안에게 전적으로 기댔을 것 같다. 학창시절 내 성격은 소극적이었고 매번 뒤에 숨는 길을 선택했다. 지금도 크게 달라지지는 않았지만, 적어도 그때 늘 어딘가에 숨어 있던 애처로운 나를 반성할 만큼은 자랐다. 나는《데미안》을 다시 읽을 때마다 그렇게 남몰래 조금씩 자랐다. 이 책을 다시 읽고 싶어 헌책방을 찾는 손님들도 어쩌면 나와 비슷한 마음이 아닐는지.

싱클레어는 데미안에게 이끌리면서도 주체적으로 사고하며 자기만의 철학을 사유하려고 애썼다. 그는 2장 '카인'에서 데미안의 말과 행동을 우물 속에 던져진 돌멩이로 비유했다. 데미안으로 인해 자기 생각이 깨어진 게 아니라 그것을 마음의 우물인 젊은 영혼에 품고 결과는 파동으로 만들었다. 싱클레어는 이를 "인식과 의심과 비판에 이르려는 나의 모든 시도가 시작된 지점"이라 말한다.

헤세가 썼듯이 애석하게도 여전히 많은 이들이 결코 인간이 되지 못한 채로 살아간다. 《데미안》 이후 한 세기나 지난 지금까지도! 참다운 인간이 되는 과정이란 이렇듯 다른 존재에 이끌리거나 의지하지 않고 자기만의 길을 찾아가려는 시도로부터 시작한다. 반면에 내 길은 아직 불안정하다. 돌이켜보면 내겐 데미안처럼 든든한 친구도 있었고 피스토리우스 같은 사람을 만나 예술에 대해 치열한 의견을 주고받은 기억도 있다. 야릇했던 첫사랑의 기억도……. 사실상 싱클레어와 다르지 않은 경험을 가졌으면서도 그것을 나만의 길로 가꾸려는 시도가 없었다.

수십 년 동안 책장에 간직해둔 낡은 《데미안》엔 고등학생이던 내가 본문에 그은 밑줄이 아직 남아 있다. "사람들 저마다의 삶은 자기 자신에게로 나아가는 하나의 길이고, 하나의 길을 가려는 시도"라는 대목이다. 헤세처럼 나 또한 서점에서 일하며 글 쓰는 생활을 이어가고 있어서 그런지 이 문장이 더 친밀하게 다가온다.

나는 이제 헌책방에서 다양한 손님들을 만날 때면 그들의 삶과 고민도 각각의 길이라는 걸 안다. 그 길은 하나로 정해지지 않고 저마다의 방향으로 뻗어나간다. 부족하고 실수투성이인 내 삶도 그 어디 즈음에 가느다란 길 하나를 만들어내고 있다. 길은 세계를 향해 끝없이 밖으로 뻗으며 동시에 나 자신에게로 나아가려는 하나의 아름다운 시도이다.

윤성근 (작가)

책세상 세계문학 010

데미안
Demian

초판 1쇄 발행   2024년 11월 15일

지은이   헤르만 헤세
옮긴이   김완균

펴낸이   김준성
펴낸곳   책세상
등록   1975년 5월 21일 제2017-000926호
주소   서울시 마포구 동교로23길 27, 3층 (03992)
전화   02-704-1251
팩스   02-719-1258
이메일   editor@chaeksesang.com
광고·제휴 문의   creator@chaeksesang.com
홈페이지   chaeksesang.com
페이스북   /chaeksesang   트위터 @chaeksesang
인스타그램   @chaeksesang   네이버포스트 bkworldpub

ISBN 979-11-7131-143-9 04800
　　　　979-11-5931-794-1 (세트)

＊잘못되거나 파손된 책은 구입하신 서점에서 교환해드립니다.
＊책값은 뒤표지에 있습니다.